漢字テキストとしての古事記

神野志隆光
Kohnoshi Takamitsu

東京大学出版会
Liberal Arts

Kojiki as a Kanji Text
Takamitsu KOHNOSHI
University of Tokyo Press, 2007
ISBN978-4-13-083044-7

はじめに

「漢字テキストとしての古事記」と題しましたが、要するに、漢字で書かれた『古事記』はどうよまれるべきかということです。

『古事記』をよむというとき、テキストはすぐ手にすることができます。詳しい注釈がついたのもあり、手軽な文庫本も出ています。それらには訓読された本文があり、付けられた注とあわせてよむというのが普通のよみかたでしょう。

しかし、いま、元来、『古事記』は漢字だけで書かれたものだということを考えたいのです。おおくの『古事記』のテキストには、訓読された本文だけでなく「原文」も載せられています。ただ、その「原文」は、すでに、処理が加えられています。句読点や、返り点などをつけて、よみやすくしたものになっています。それは、もう解釈を経たものだといわねばなりません。

そうした処理を加えない、元来の原文はどういうものか。図1を見てください。あとにも取り上げるイザナキの黄泉ゆきの話のところを掲げました。『古事記』の現存最古の写本である真福寺本のものです。名古屋の真福寺に所蔵されているのでこう呼びます。十四世紀末に書写された本です。原本はうしなわれ、中世のこの本がもっとも古い本なのです。当然テキスト・クリティクが必要だということがわかると思いますが、『古事記』の原文のすがたはこれによってうかがうことができます。ちなみに、わたしと山口佳紀さんとが注釈をつけた新編日本古典文学全集の「原文」をならべて見ると、「原文」と、括弧をつけた意味がわかってもらえますね。

あらためていいますが、「漢字テキストとしての古事記」と題したのは、漢字で書くということそのものから考えたいということなのです。いうまでもなく、漢字はそとから受け入れたものでした。元来文字をもっていなかったのですが、漢字を受け入れて文字をもち、書くようになったということから考えないと、『古事記』はとらえられないのです。

先取りしていえば、そのことを考えてゆくと、『古事記』は、神話や古い伝承を書いたものだと簡単にはいえないこともはっきりします。そうした『古事記』の根本を考えることをめざします。

さて、ここでのすすめかたですが、全体は、大きく三部で構成されます。まず、『古事記』の生まれた、古代の文字世界の実際に即して見ることからはじめましょう。そして、そのなかにあった、文字とことばの問題、つまり、漢字で書くということが、たんに日本語を書くというのでは済まされないことを、見てゆきます（これがI部です）。そのような文字世界への視点を踏まえて、漢字テキストとしての『古事記』が実現したものは何だったのかと、八世紀にあった『古事記』のなかに立ち入って見ることができるでしょう（これがII部となります）。そのうえにたって、『古事記』に、「古語」「古伝」を見ようとしてきたことを、歴史的にかえりみておきたいのです。漢字テキストとして見定めることによって、わたしたちをなおとらえている制度というべきものを、批判的に明確にできるのです（III部）。

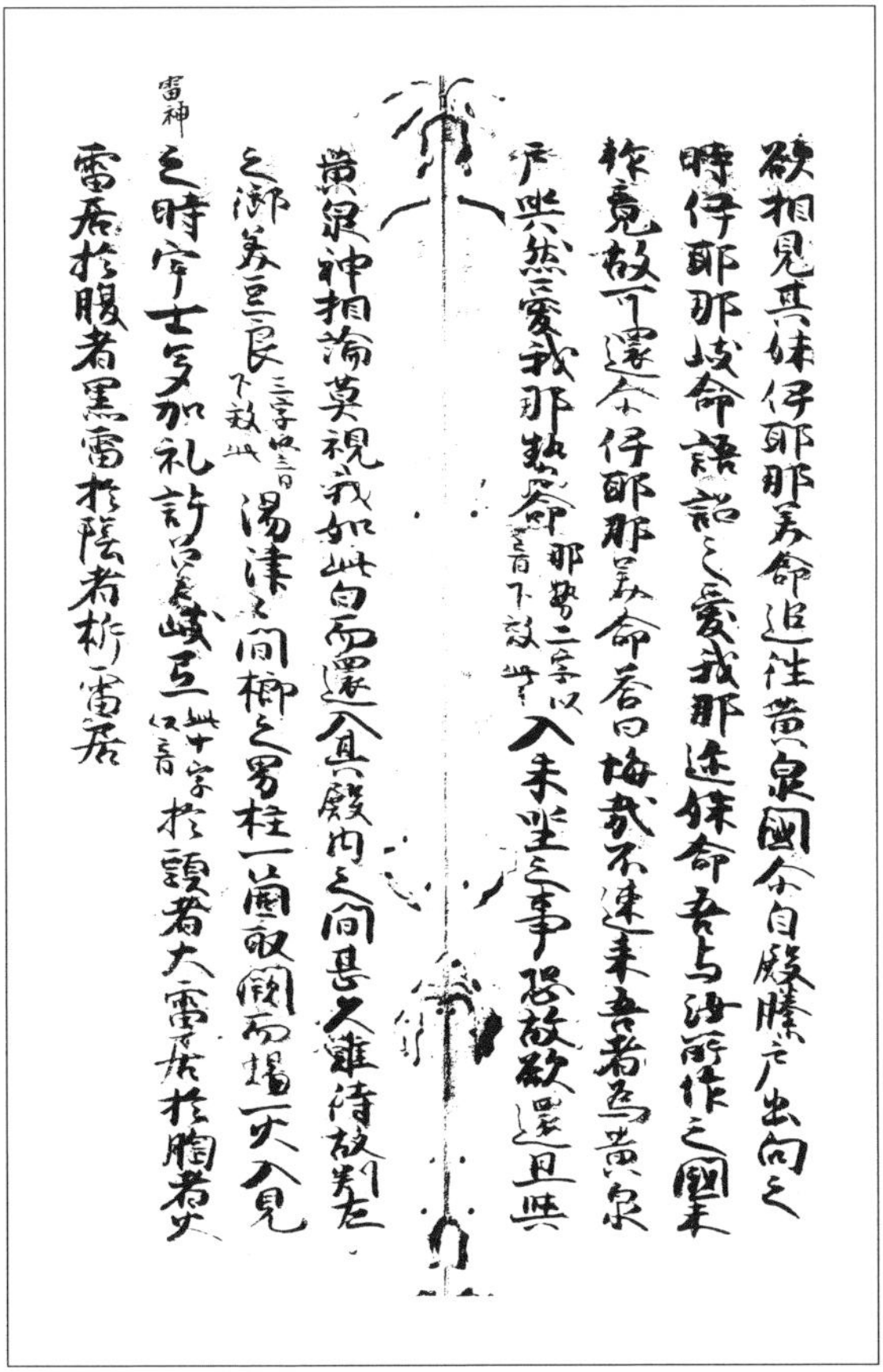

図1　『古事記』真福寺本［印書館］
『古事記』の現存最古の写本。名古屋市の真福寺に所蔵されているので、こう呼びます。真福寺二代の住職信瑜が、賢瑜という僧に書写させたもので、応安四年（一三七一）に上・中巻、同五年に下巻を書写したと、知られています。時代が新しく、誤字脱字も少なくないのですが、この本によって『古事記』の元来のすがたを考えることができます。

新編全集「原文」
欲レ相二見其妹伊耶那美命一、追二往黄泉国一。爾、自レ殿縢レ戸出向之時、伊耶那岐命語詔之、愛我那邇妹命、吾与汝所レ作之国、未作竟。故、可レ還。爾、伊耶那美命答白、悔哉、不二速来一、吾者為二黄泉戸喫一。然、愛我那勢命那勢二字以レ音。下レ効此。入来坐之事、恐故、欲レ還。且与二黄泉神一相論。莫レ視レ我、如此白而、還二入其殿内一之間、甚久、難レ待。故、刺二左之御美豆良一三字以レ音。下効レ此。湯津々間櫛之男柱一箇取闕而、燭二一火一入見之時、宇士多加礼許呂々岐弖、此十字以レ音。於レ頭者大雷居、於レ胸者火雷居、於レ腹者黒雷居、於レ陰者析雷居、

漢字テキストとしての古事記——目次

III 「古語」の制度

I

基盤としての文字世界

漢字で書くということをどうとらえるか、その問題をおいて『古事記』をよみはじめることはできません。『古事記』の入り口に立つまでに、漢字という外来の文字を受け入れて読み書きすることがどのように果されたか、『古事記』がどういう読み書きの空間のなかにあったかということについて、見ておかなければなりません。『古事記』が、神話や古い伝承を書きとどめたものだと簡単にはいえないということが、そこではっきりするでしょう。

一 文字世界の形成

はじめに、『古事記』の基盤となった文字世界を考えるために、この列島において文字をうけいれ、用いることがどのようになされてきたかということを、歴史的にふりかえっておかねばなりません。

1 文字と政治・国家

この列島の人々が文字に触れること自体は、紀元前からあったでしょう。この列島、などというと、もってまわったような言い方に聞こえるかも知れませんが、「日本」は、七〇一年の大宝令で、「日本天皇」というかたちで王朝名として設定されたものだと考えられます。いま、文字の世界の形成について見るときには、「日本」は使わないほうがいいでしょう（なお、「日本」の成立については、参照、神野志隆光『「日本」とは何か』講談社現代新書、二〇〇五年）。

しかし、文字は、自然成長的に、接しているうちにうけいれられ、だんだんと広がるというようなものではありえません。文字が機能する場がなければ、その使用はありえません。それは政治の問題であったということを見るべきです。

西暦五七年に、倭（倭というのは、中国からこの列島の種族を呼んだ名です）の王が、後漢王朝に使いを派遣し、冊封《さくほう》をうけたこと（『後漢書』）はよく知られています。冊封というのは、中国王朝が王として任じて君臣関係を結び、その地域の支配を認めることですが、王であることを証する印綬を与えます。後漢王朝から倭の王に与えられたのが、よく知られている志賀島出土の金印です。そして、王に任じられることによって中国王朝に対して朝貢の義務を負うことになるのですが、朝貢の際にはこの印を使用した国書を携行しなければなりませんでした（こうした冊封の問題については、参照、西嶋定生『日本歴史の国際環境』東京大学出版会、一九八五年）。

ここで文字＝漢字の使用が否応なく始まるのです。

西嶋前掲書が、

もちろんこのばあいに、文字といい文書といわれるものは、いうまでもなく漢字であり漢文であった。当時において、東アジア諸民族の中で、文字をもっているのは漢民族のみであり、その他の民族はすべて文字をもっていなかった。（中略）周辺民族は漢字と漢文を習得するよりほかに方法はなかったのである。

というとおりです。そして、五世紀まで、列島内部で文字を用いたといえるような資料（文字が機能しているといえるもの）は発見されていません。中国王朝のもとに文字の交通のなかに組織され、文字を用いることははじまったのですが、中国王朝との関係という限られた場で用いられたにとどまります。列島の国家や社会の成熟と関係なく、そのそとにあった、特殊技術としての文字でした。

西嶋前掲書は、「当時の倭人はいまだ文字を知らず、したがってこの金印が外交文書作成のために使用されるべきものであったということすら、理解できなかったのではあるまいか」というのですが、たとえ困難であれ、そうしなければならなかったのです。大陸からの渡来人に頼ったかも知れませんが、文字の使用がこうしてはじまったのでした。

外部でしか意味をもたないものでなく、列島内部で文字が機能し、意味をもつようになる段階、すなわち、文字の内部化の段階は、五世紀のことだと認められます。

A 千葉県稲荷台古墳出土「王賜」銘鉄剣、B 埼玉県稲荷山古墳出土鉄剣（図2）、C 熊本県江田船山古墳出土鉄刀の、三つの鉄剣・鉄刀の銘が、五世紀における文字の内部化を証してくれる資料です。Aは、古墳の年代が五世紀中葉から後半のはやい時期と見られ、Bに「辛亥年七月中記」とある「辛亥年」は四七一年と見られます。CにはBと同じ大王の名があります。それらは、地方の族長に下賜することによって、服属関係を確認するものだったと考えられます。

これらのなかで、とりわけBの最後に、「天下を治むるを左けむが為に此の百練の利刀を作ら令め、吾が奉事の根原を記せしむる也」とあることが注意されます。

「天下を治めるのをたすけるために、この精錬を重ねた刀を作らせ、奉事の由来を記させた」という意味ですが、だれが「天下」を治めているかというと、文中に見える「獲加多支鹵大王」（ワカタケル大王）です。列島の王を「大王」といい、その治めるところを「天下」というのです。

図2　稲荷山古墳出土鉄剣銘［奈良国立博物館『特別展　発掘された古代の在銘遺宝』］

埼玉古墳群のなかの一つ、全長約一二〇メートルの稲荷山古墳から昭和四三年（一九六八）に発掘された鉄剣に金象嵌によって刻まれた銘です。表に五七字、裏に五八字のあわせて一一五字の文ですが、訓読文のかたちで示すと、〈表〉「辛亥の年七月中記す。乎獲居の臣、上祖、名は意富比垝。其の児、多加利足尼。其の児、名は弖已加利獲居。其の児、名は多加披次獲居。其の児、名は多沙鬼獲居。其の児、名は、半弖比。」〈裏〉「其の児、名は加差披余。其の児、名は乎獲居の臣。世々、杖刀人の首と為り、奉事し来りて今の獲加多支鹵大王に至る。侍して斯鬼の宮に在りし時、天下を治むるを左けむが為に、此の百練の利刀を作ら令め、吾が奉事の根原を記せしむる也。」とあります（裏の後半は、普通「吾、天下を左治し」とよまれていますが、宮崎市定『謎の七支刀』の説に従いました）。大王のもとに「杖刀人」（親衛隊）として奉仕した東国の族長（古墳の被葬者）に、「杖刀人」の長＝「乎獲居の臣」が与えた剣と見られます。剣と銘は、大王のもとに組織される関係を確認するとともに、地方においては権威のシンボルとして働くものでした。

しかし、元来「天下」とは中国皇帝の世界をいうものであり、冊封を受けるのは、その世界の中に組み込まれることだったのです。自分たちの大王の世界を「天下」というのは、列島の国家が、中国のそとにあって、みずからひとつの世界であろうとすることを意味します。その世界を組織することが、文字によって（ていねいにいえば、レガリアとして刀剣を授与し、その上に服属関係を確認する文字も刻むことによって）担われています。文字がそういう役割を負うかたちで、文字の内部化は果されました。文字の内部化も政治の問題だったのです。

ところで、こうした資料が出てくるのは、その前にベースがあったと考えねばならないでしょうか。突如現れるのでなく、そのベースがあったはずだというのは、段階的に見ようとするものです。しかし、わたしは、段階的でなく、むしろ飛躍的なものと見るべきだと考えます。

この点について、平川南の「講演〈日本最古の文字〉」をめぐって、次のような質疑応答がありましたが、そこにこうした考え方の問題がよくあらわれています（神野志隆光編『上代文学会研究叢書　古事記の現在』笠間書院、一九九九年）。

神野志　それは、文字資料全体の、歴史的な概観の中でしか言えないと思うのですが、わたしは、五世紀の段階では、そういう、書かれた文字が理解されるとか、文字の理解のもとに、そうした鉄剣が意味を持ったということでは、必ずしもないのではないかと考えます。

平川　ただ稲荷山鉄剣の文型は、その後の上野三碑等に出てくる系図の書き方であるとか、そういうものと合致しているわけです。つまり、これだけの文字を作成できるということと、それが地方に残されている七世紀段階、或いは八世紀初頭の金石文の中で確認できる、繋がっているということは、今のところは資料が少ないからですけど、わたしは、我々の予想以上に、つまり、五世紀にこれが突如として出てくることは、前にベースがなければ想定しがたいということで、これ以前のものがあり得ると言ったのですが。まして、これが出た後は、すんなり繋がるのではないかということです。

神野志　わたしは、そういうベースはないという立場で見ております。端的に言いますと、四世紀以前に何か蓄積があるわけではない。突如現れる。そういうもので、その段階で意味を持つ、文字として意味を持つのではなくて、或いは、文字の理解が意味を持つのではなくて、文字が書いてある、それだけで意味を持つということで終るのではないか。

平川　文章をこれだけ構成できるのは、五世紀に突如ではあり得ないとわたしは考えます。

山口　文字というものの通用度というようなことで言うと、日本人は、そういう技術を持っていなくて、誰かに書いてもらう、或いは日本人の中にも多少プロみたいなのがいて、書けるというように、文字が内部からの成熟ではなく、政治的な意味というものである程度必要になったとすれば、それほど通用度というものは考えなくてよいのではないでしょうか。

平川と、山口佳紀・神野志とのあいだの、考え方の相違は明らかです。成熟や通用を背景としてあった五世紀の文字資料という平川の把握は、七世紀の地方における文字の浸透を、五世紀段階からの繋がりとして見ることとなります。段階的発展としてとらえるのです。しかし、社会の成熟とは別な政治の問題として、事態は一挙にすすむのではないでしょうか。六世紀の資料がきわめて少ないということも、そうした内部化のありようを証しているでしょう。

さらに、六世紀を経て、これも段階的にというより、一挙に、七世紀後半から内部化はすすんで、列島全体に広く文字が浸透すると言っていい状況となり、文字による行政がおこなわれていることが、木簡によってうかがわれます。そして、八世紀に律令国家を作り上げることにいたりつきます。いうまでもなく、成文法に基づき、文字によって運営される国家です。

要するに、文字は、政治と国家の問題でした。文字（漢字）の交通を作り上げることで、国家がつくられる――、それが文字世界の形成であったということです。

そして、その文字世界は、中国を中心とした古代東アジア世界の広がりとしてあったのです。この点について、明確に示してくれたのも、西嶋前掲書です。

わたしは、古代東アジア全体がひとつの文化世界としてつくられるという点で、この見方をうけとめたいと思います。もちろん、大陸地域で先進的に形成されていた文化を中心とするのですが、それを延伸して、共通の文字（漢字）、共通の文章語（漢文）により、教養の基盤と価値観とを共有する文化世界としてあった、東アジア世界を見るということです。その古代世界において、「中国」「日本」といった、つきつめれば、近代の国民国家の単位を立ててとらえることは、有効ではないというべきでしょう。

それを、ヨーロッパの古典古代世界に擬して、東アジア古典古代世界ということもできるかも知れません。それぞれの地域に固有の言語が存在するなかで、その世界の共通言語として貫く漢字・漢文があったのです。そういう漢字・漢文の位置と意味に注目したいと思います。

この列島に固有の文明があったことは、もちろん考えていいでしょう。しかし、いま、文字の世界においてあるのは、それとは別なところで、ひとつの文化世界につながってみずからもあろうとする営みです。大事なのはそのことです。漢字の文化世界の東のはてのローカルな営みとして、この列島の文字世界の形成は、あったということです。

それを成り立たせているのは学習です。たとえば、ある字をどう用いるかは、実際の用例に即して知らねばなりませんから、典籍を学ぶことが必須です。また、何かを書くというときには、文章としてのかたちを学ぶことがなければなりません。文字によって書くということは、教養を身につけることにほかならないし、また、それ以外になかったのです。そして、その教養は、同じ文化世界にあることを保障するものにほかなりません。同じ教養を共有しようとするものですから、「中国文学」の「影響」といったとらえ方が適切とはいえません。

2　文字の学習、教養の共有

その文字の学習について具体的にうかがうことができる資料があります。

出土した木簡のなかに、習書木簡と呼ばれる類があります。テキストに習って書いたり、同じ字をいくつも書いたりしたもので、実用として何かの役を果すのでなく、字を練習したと思われるものです。そこに文字学習の実際をまざまざと見ることができます。

たとえば、次の資料を見てください（図3）。

a 糞土墻墻糞墻賦　（藤原京跡出土）

b 〈表〉子曰学而不□□　〈裏〉□水明□□　（藤原京跡出土）

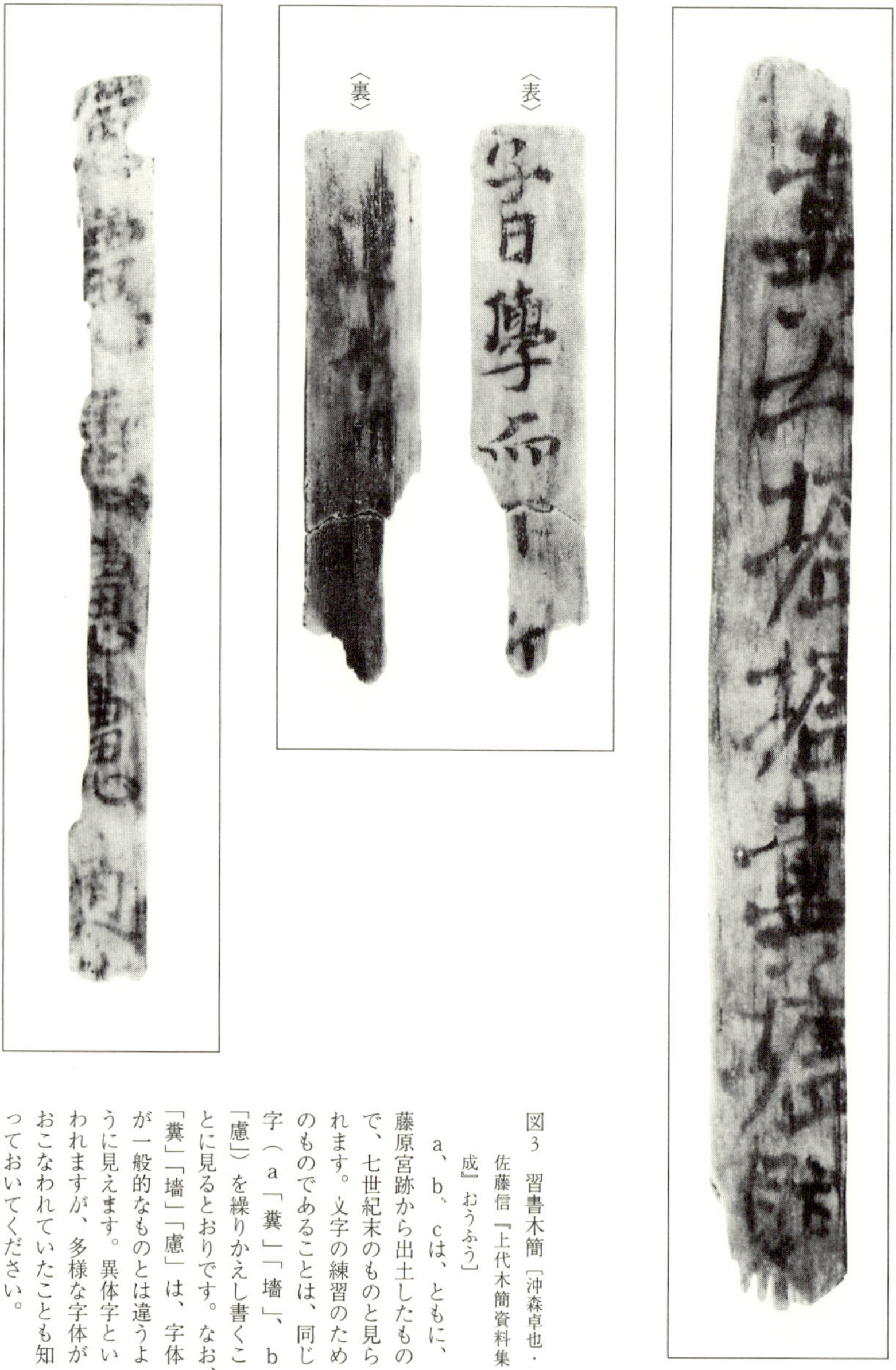

図3　習書木簡〔沖森卓也・佐藤信『上代木簡資料集成』おうふう〕

a、b、cは、ともに、藤原宮跡から出土したもので、七世紀末のものと見られます。文字の練習のためのものであることは、同じ字（a「糞」「墻」、b「慮」）を繰りかえし書くことに見るとおりです。なお、「糞」「墻」「慮」は、字体が一般的なものとは違うように見えます。異体字といわれますが、多様な字体がおこなわれていたことも知っておいてください。

c 慮慮慮慮慮逍□　（藤原京跡出土）

これらは、『論語』『千字文』によっていることが注目されます。

aは、『論語』公治長篇に「糞土之墻不可杇也」とある一節をもとにしています。その文字通りの意味は「腐った土で築いた牆《かき》は上塗りができない」ということですが、心根の腐った人物には教育も無駄だという、弟子の宰予に対する批判のことばです。なお、最後の「賦」はこの一段には出てきませんが、この段の前に出てくる字だということを、東野治之「『論語』『千字文』と藤原宮木簡」（『正倉院文書と木簡の研究』塙書房、一九七七年）が注意しています。

bも、表は『論語』為政篇の有名な一節、「子曰学而不思則罔、思而不学則殆」によるものでしょう。むやみに読みあさるだけで思索しなければ混乱するばかりだし、ただ思索するだけで読書しなければ独断におちいってしまう、という意味で、孔子の学問論ともいえます。

cは、『千字文』の「散慮逍遥」の句（こころの憂さをはらし、のびのびとする、の意）を書いたものと見られます。

『論語』はもう説明の必要がない有名な文献ですね。『千字文』は、その名のとおり、基本となる文字千字を、四字一句に組み立て、覚え易くした、学習テキストです。よくできたテキストですから、古代からずっと長く初歩の教科書として生き続けました。本文だけでなく、はやくから注をつけてさまざまなテキストを関連させながら学ばれてきました。

『論語』や『千字文』をもとに書いた木簡は他にいくつも発見されています。そのことの意味については、先にあげた東野前掲論文が、明快に教えてくれます。この二つは、東アジア古典古代世界では、最初に学ぶべきテキストだったのです。初級読本をもとにした文字学びのありようが、これらの木簡にうかがわれます。その学び方は中国でも同じことでした。大事なのは、文字は、一字ずつ切り離して覚えるようなものでなく、こうしたテキストの学習とともに学ばれるものであったということです。

文字の習得ということからして、教養を共有することにおいて果されるのであり、ひとつの文化世界として成り立つ基盤がそこに認められます。

そのことは、字書や類書、詞華集、また、注の意味を考えるとき、なお明確になります。教養・知識を共有することを基盤として、文字の学習・運用は実際に可能であったことに注意したいのです。

字書は、字形・字義・字音によって文字を分類したり解説したりするものですが、古代に利用されたものとして注目されるのは『玉篇』です。六世紀半ば、南朝の梁の時代に成ったものです。『大広益会玉篇』という、同じ『玉篇』という名の字書が現存しますが、後代に大きく改変されたものであり、古代の問題としては、いまは失われた元来の『玉篇』について考えねばなりません。ただ、原本も、成立後間もなく改められており、伝来されたのは原本ではなかったわけですから、正確には、原本系『玉篇』と呼ぶべきだといわれています。この字書の特徴は、所収の文字数が多く、先行の字書を取り込み、諸書から文例を引いて掲げるという体裁にあります。つまり、原典によらずに知識を得ることができるという、便利なもので、ひろく用いられたのでした。

原本系のテキストは中国でははやくに失われてしまいましたが、幸いに、一部ですが、その残巻が日本に残っています。それによって、元来の姿をうかがうことができます。いま述べたことは、実際に見れば、よくわかるでしょうから、資料として高山寺本を掲げておきます（図4）。

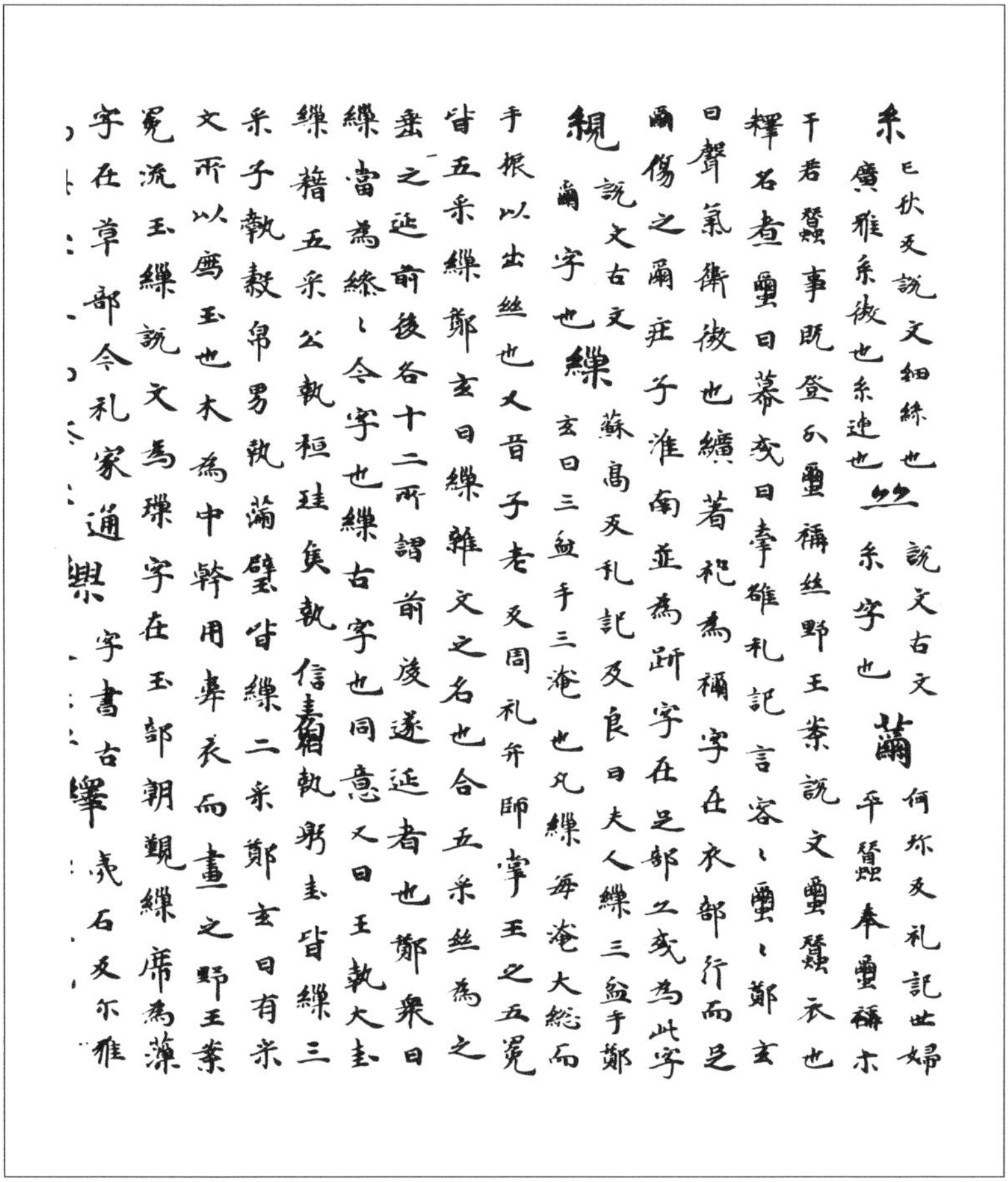

図4　原本系『玉篇』(巻二十七)
[東方文化学院]

残存が確認される原本系『玉篇』は、巻八、九、十八、十九、二十二、二十四、二十七です。巻二十二と二十七巻の二巻は全体が残っています。巻二十七は、前半が高山寺に、後半が石山寺に蔵されていて、あわせて「糸」の部から「索」の部までを収めるものです。図版に掲げたのは、「糸」部の最初の部分です(高山寺蔵)。はじめに反切で音を示し、『説文』など字書を引くとともに、諸書から文例をあげます。

3　類書・詞華集の実用性

類書と詞華集とは、学ぶべき実作例文集という点で、字書より、運用の点では実用的といえるかも知れません。類書は、主題別にさまざまな典籍から記事をあつめて、いわば切り張りするものです。ある事柄について、どの典籍にどういうかたちで載り、それにかかわる詩などにどのようなものがあるかということも知ることができるようにしています。この列島に伝えられたものとして、『日本国見在書目録』（九世紀末に現存した漢籍の目録）には、「雑家」の部に、『華林遍略』六百二十巻、『修文殿御覧』三百六十巻、『類苑』百二十巻、『芸文類聚』百巻、『翰苑』三十巻、『初学記』三十巻等の名が見えます。『北堂書鈔』百六十巻（『隋書』経籍志には百七十四巻とあります）の名はありませんが、確実に伝来されていたと認められます。いま残るのは、『北堂書鈔』『芸文類聚』『初学記』の三つだけです。規模もかなり異なりますが、作り方も特色があり、ちょうど用途に応じていろいろな辞典や事典があるのに似ています。類書は、知識・教養を身につけるための、絶好の学習事典だったのです。

そのことを実感するには、実見に如くはないので、これらの部立てと、天部の巻頭の記事とを紹介することとします。

『北堂書鈔』―帝王、后妃、政術、刑法、封爵、設官、礼儀、芸文、楽、武功、衣冠、儀飾、服飾、舟、車、酒食、天、歳時、地（図5ａ）

『芸文類聚』―天、歳時、地・州・郡、山、水、符命、帝王、后妃、儲宮、人、礼、楽、職官、封爵、治政、刑法、雑文、武、軍器、居処、産業、衣冠、儀飾、服飾、舟車、食物、雑器物、巧芸、方術、

内典、霊異、火、薬香草、宝玉、百穀、布帛、菓、木、鳥、獣、鱗介、虫豸、祥瑞、災異（図5b）

『初学記』―天、歳時、地、州郡、帝王、中宮、儲宮、帝戚、職官、礼、楽、人、政理、文、武、道釈、居処、器物、宝器、果木、獣、鳥・鱗介・虫（図5c）

それぞれの特色は、図版を見てわかるとおりです。『北堂書鈔』は、その事柄にかんする熟語・短文を連ねてゆくという体裁です。内容的には、帝王部二十巻（『芸文類聚』帝王部は四巻、『初学記』帝王部は、一巻のみ）をはじめとして、政治制度に偏るところがあり、詩や賦の実作を備えません。

それに対して、『芸文類聚』は、事項説明に続いて、詩・賦を主に、賛・銘・碑・序・表など、豊富な実作例をあげます。

『初学記』は簡略版ですが、「事対」（故事の対）の項を立て、それに実作例を示して詩文の制作のために備えるというように、実用性を重んじたものといえます。

これらだけでなく、『修文殿御覧』など、いまは残らないものも視野にいれておかなければなりません。学習事典といったように、それらは、典籍そのものをよまずに効率的に知識を蓄え、教養を身につける役に立ったものでした。さらに、実用という点で、読み書きするときに、直接そのまま使える文例の参考書となったということを、忘れないでください。

詞華集（アンソロジー）も、そのまま使えるという点では同じです。

周代から梁代までの詩文のエッセンス、約八百篇を集めた『文選』（三十巻）を、ここであげねばなりません。

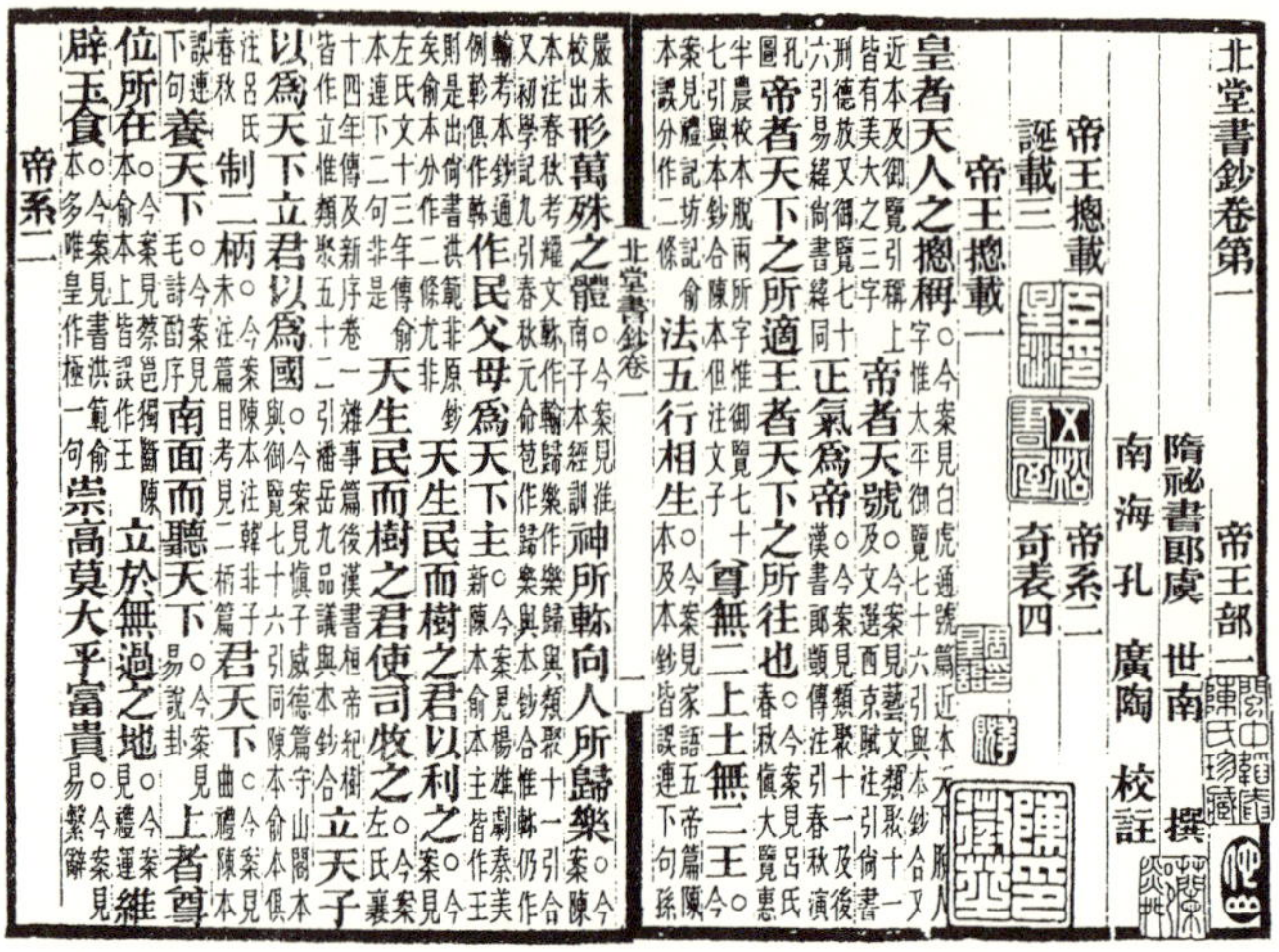
北堂書鈔卷第一　帝王部一
隋祕書郎虞世南撰
南海孔廣陶校註
帝王總載　帝系二
誕載三　奇表四
帝王總載一
皇者天人之總稱。帝者天號。
帝者天下之所適王者天下之所往也。
正氣爲帝。
尊無二上土無二王。
法五行相生。
形萬殊之體。神所輴向人所歸樂。
天生民而樹之君使司牧之。立天子
以爲天下立君以爲國。天生民而樹之君以利之。
作民父母爲天下主。
養天下。制二柄。君天下。上者尊
南面而聽天下。
位所在。立於無過之地。維
辟玉食。崇高莫大乎富貴。
帝系二

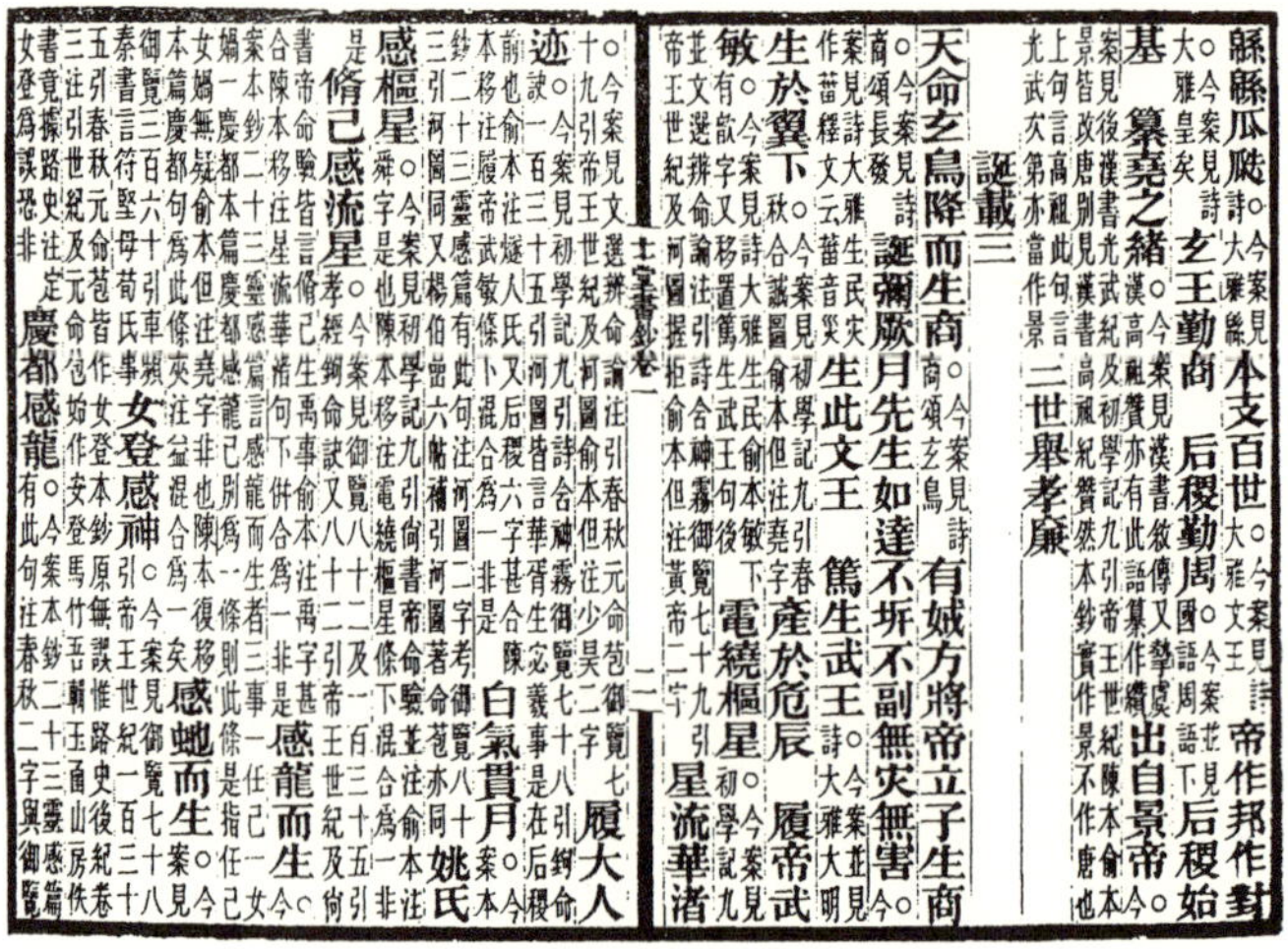
緜緜瓜瓞。本支百世。帝作邦作對
基。玄王勤商。后稷勤周。后稷始
纂堯之緒。出自景帝。
誕載三　世舉孝廉
天命玄鳥降而生商。有娀方將帝立子生商
誕彌厥月先生如達不坼不副無災無害。
生於翼下。生此文王。篤生武王。
敏。產於危辰。履帝武
電繞樞星。星流華渚
迹。履大人
白氣貫月。姚氏
感樞星。脩己感流星。
感龍而生。
女登感神。感虵而生。
慶都感龍。

図5 a『北堂書鈔』［清華大学出版社『唐代四大類書』］

虞世南が、隋に仕えていたときに編纂したといわれます。短文、熟語を並べ、出典を付すものです（ただし、「今案」は、後の人の注です）。文章を学ぶものとして、事典的に便利で有効だったと思われます。

藝文類聚卷第一
唐太子率更令弘文館學士歐陽詢撰
天部上　天　日　月　星　雲　風
天
周易曰大哉乾元萬物資始乃統天雲行雨施品物流形大明終始六位時成時乘六龍以御天乾道變化各正性命　又曰立天之道曰陰與陽又曰天行健　尚書曰乃命羲和欽若昊天　又曰皇天震怒命我文考肅將天威　禮記曰天地之道博也厚也高也明也悠也久也日月星辰繫焉萬物覆焉　論語曰天何言哉四時行焉百物生焉　老子曰天得一以清　春秋繁露曰天有十端天地陰陽水土金木火人凡十端天亦喜怒之氣哀樂之心與人相副以類合之天人一也　爾雅曰穹蒼蒼天也春爲蒼天夏爲昊天秋爲旻天冬爲上天　春秋元命苞曰天不足西北陽極於九故天周九九八十一萬里　渾天儀曰天如雞子天大地小天表裏有水地各乘氣而立載水而浮天轉如車轂之運　黃帝素問曰積陽爲天故天者清陽也　莊子曰天之蒼蒼其正色邪其遠而無所至極邪　申子曰天道無私是以恒正天常正是以清明　文子曰高莫高於天下莫下於澤天高澤下聖人法之　太玄曰有九天一爲中天二爲羨天三爲從天四爲更天五爲晬天六爲廓天七爲咸天八爲沈天九爲成天　又曰天以不見爲玄　皇覽記曰好道者言黃帝乘龍升雲登朝霞上至列闕倒影經過天宮　禮統曰天地者元氣之所生萬物之祖也廣雅曰太初氣之始也清濁未分太始形之始也清者爲精濁者爲形太素質之始也已有素朴而未散也二氣相接剖判分離輕清者爲天　呂氏春秋曰天有九野何謂九野中央曰鈞天東方曰蒼天東北曰變天北方曰玄天西北曰幽天西方曰皓天西南曰朱天南方曰炎天東南曰陽天　列子曰杞國有人憂天崩墜身無所寄廢於寢食又有憂彼之憂者曉之曰天積氣耳無處無氣奈何而崩墜乎其人曰天果積氣日月星宿不當墜也曉者曰日月星宿亦積氣中之有光曜者正使墜亦不能有中傷　說苑曰齊桓公問管仲王者何所貴對曰貴天桓公仰觀天管仲
藝文卷一　一

曰所謂之天者非謂蒼蒼莽莽之天也君人者以百姓爲天　白虎通曰天者身也天之爲言鎮也居高理下爲人鎮也男女揔名爲人天地所以無揔名何天圓地方不相類也天左旋地右周猶君臣陰陽相對向也張衡靈憲曰太素之前幽清寂寞不可爲象惟虛惟無蓋道之根也道根既建由無生有太素始萌萌而不兆斯謂龐洪蓋道之幹也道幹既育萬物成體於是剛柔始分清濁異位天成於外而體陽故圓以動斯謂天元道之實也天有元位　徐整三五曆紀曰天地混沌如雞子盤古生其中萬八千歲天地開闢陽清爲天陰濁爲地盤古在其中一日九變神於天聖於地天日高一丈地日厚一丈盤古日長一丈如此萬八千歲天數極高地數極深盤古極長後乃有三皇數起於一立於三成於五盛於七處於九故天去地九萬里　蜀志曰吳使張溫來聘溫問秦密曰天有頭乎密曰有之溫曰在何方密曰詩云乃眷西顧以此推之頭在西方溫曰天有耳乎密曰天處高而聽卑詩云鶴鳴九皐聲聞于天若其無耳何以聽之溫曰天有足乎密曰詩云天步艱難若其無足何以步之溫曰天有姓乎密曰姓劉何以然曰其子姓劉以此知之　楚辭天問曰圜則九重孰營度之八柱何當東南何虧（言天有八山爲柱皆何當値東南不足誰虧缺之）日月安屬列星安陳　詩　晉傅玄兩儀詩曰兩儀始分元氣上清列宿垂象六位時成日月西邁流景東征悠悠萬物殊品齊名聖人憂世實念羣生　又天行篇曰天行一何健日月無高蹤百川赴陽谷三辰因泰蒙　又詩曰天時泰兮昭以陽清風起兮景雲翔仰觀兮辰象日月兮運周俯視兮河海百川兮東流　賦　晉成公綏天地賦曰天地至神難以一言定稱故體而言之則曰兩儀假而言之則曰乾坤氣而言之則曰陰陽性而言之則曰柔剛色而言之則曰玄黃名而言之則曰天地若乃懸象成文列宿有章三辰燭燿五緯重光衆星回而環極招搖運而指方白虎時據於參代青龍垂尾於氐房玄龜匿首於女虛朱鳥奮翼於星張帝皇正坐於紫宮輔臣列位於文昌垣屏絡驛而珠連三台差池而鴈行軒轅華布而曲列攝提鼎峙而相望　贊　晉郭璞釋天地圖贊曰祭地肆瘞郊天致煙氣升太一精淪九泉至敬不文明德惟鮮　表　宋顏延之請立渾天儀表曰張衡創物蔡
藝文卷一　二

図5 b 『芸文類聚』
［清華大学出版社『唐代四大類書』］
欧陽詢らの編。唐の太宗の命を受けて、武徳七年（六二四）に成りました。隋代までの諸書から故事を含む文章を抜き出したあとに、詩や賦など、実作例をあげています。詩文制作の手引きであり、事項別の学習事典でした。

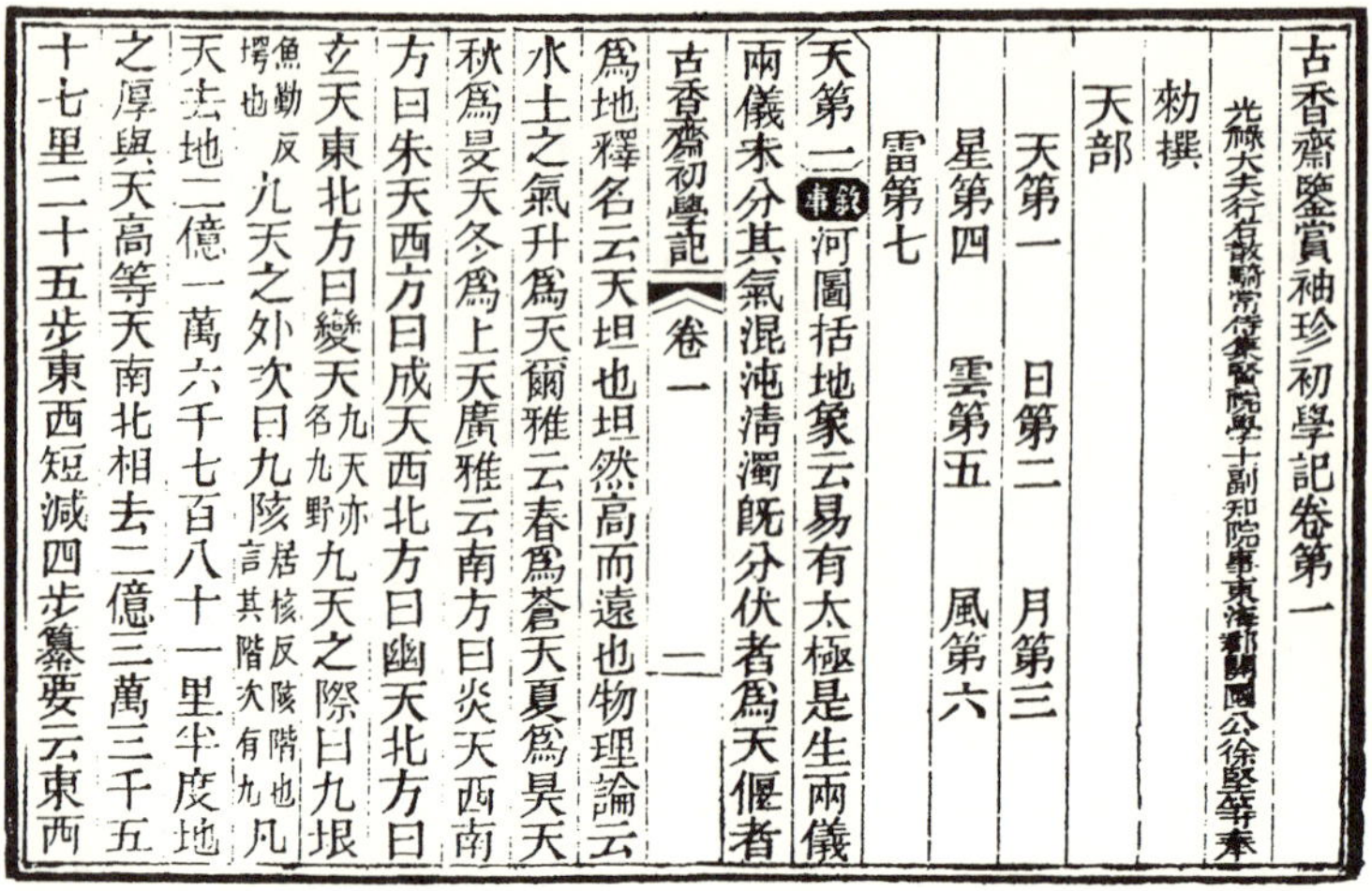
古香齋鑑賞袖珍初學記卷第一
光祿大夫行右散騎常侍集賢院學士副知院事東海郡開國公徐堅等奉
勅撰
天部
天第一　日第二　月第三
星第四　雲第五　風第六
雷第七

天第一 敘事 河圖括地象云易有太極是生兩儀
兩儀未分其氣混沌清濁既分伏者爲天偃者
古香齋初學記　卷一　一
爲地釋名云天坦也坦然高而遠也物理論云
水土之氣升爲天爾雅云春爲蒼天夏爲昊天
秋爲旻天冬爲上天廣雅云南方曰炎天西南
方曰朱天西方曰成天西北方曰幽天北方曰
玄天東北方曰變天九天亦名九野九天之際曰九垠
魚勤反堮也九天之外次曰九陔居核反陔階也言其階次有九凡
天去地二億一萬六千七百八十一里半度地
之厚與天高等天南北相去二億三萬三千五
十七里二十五步東西短減四步纂要云東西

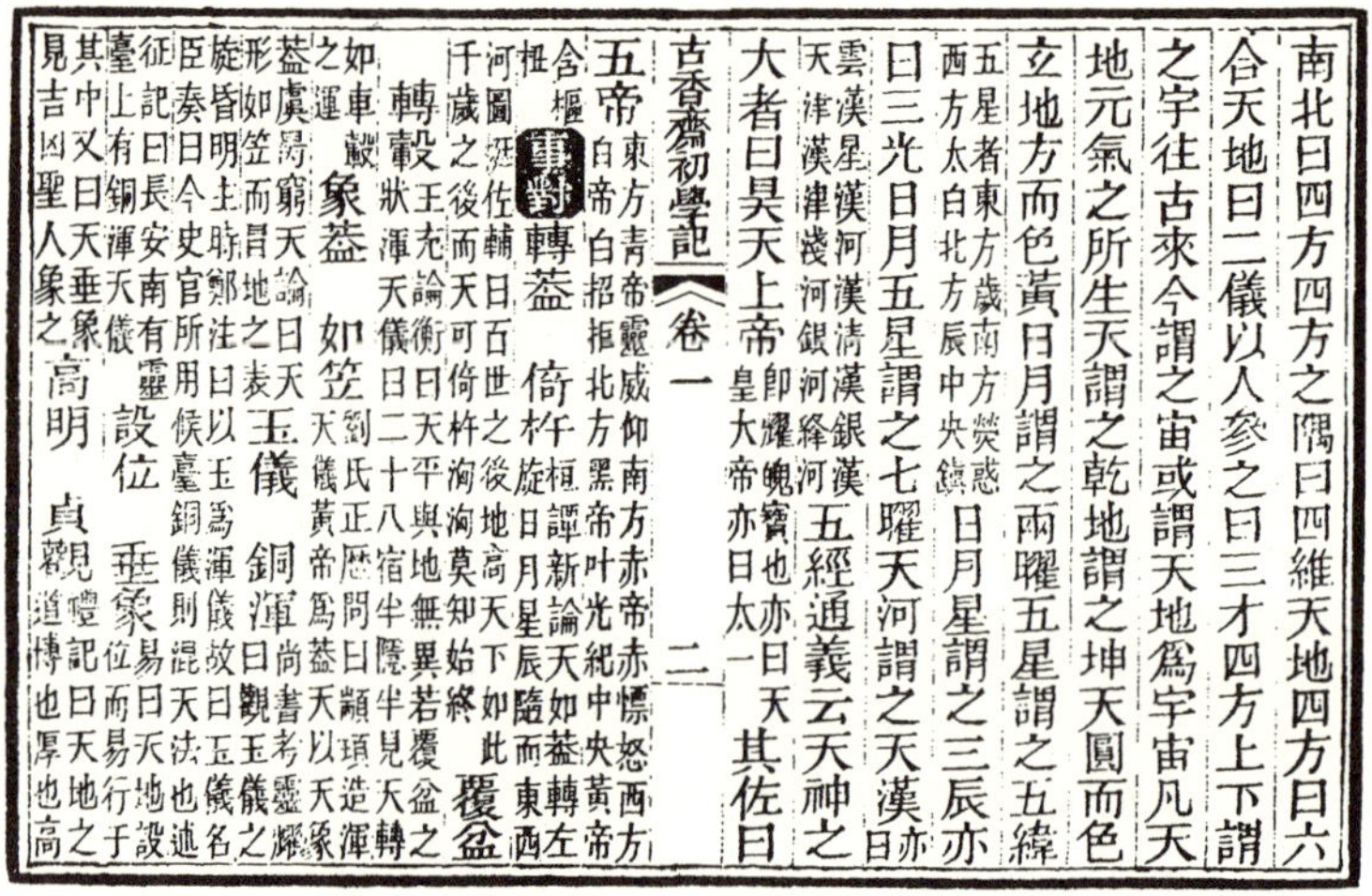
南北曰四方四方之隅曰四維天地四方曰六
合天地曰二儀以人參之曰三才四方上下謂
之宇往古來今謂之宙或謂天地爲宇宙凡天
地元氣之所生天謂之乾地謂之坤天圓而色
玄地方而色黃日月謂之兩曜五星謂之五緯
五星者東方歲南方熒惑西方太白北方辰中央鎮日月星謂之三辰亦
曰三光日月五星謂之七曜天河謂之天漢亦曰
雲漢星漢河漢清漢銀漢天津漢津淺河銀河絳河五經通義云天神之
大者曰昊天上帝即耀魄寶也亦曰天皇大帝亦曰太一其佐曰
古香齋初學記　卷一　二
五帝東方青帝靈威仰南方赤帝赤熛怒西方白帝白招拒北方黑帝叶光紀中央黃帝
含樞紐 事對 轉蓋 倚杵 桓譚新論天如蓋轉左旋日月星辰隨而東西
河圖挺佐輔曰百世之後地高天下如此千歲之後而天可倚杵洶洶莫知始終 覆盆
轉轂 王充論衡曰天平與地無異若覆盆之狀渾天儀曰二十八宿半隱半見天轉
如車轂之運 象蓋 如笠 劉氏正歷問曰顓頊造渾天儀黃帝爲蓋天以天象
蓋虞喜窮天論曰天形如笠而冒地之表 玉儀 銅渾 尚書考靈耀曰觀玉儀之
旋昏明主時鄭注曰以玉爲渾儀故曰玉儀名臣奏曰今史官所用候臺銅儀則混天法也述
征記曰長安南有靈臺上有銅渾天儀 設位 垂象 易曰天地設位而易行乎
其中又曰天垂象見吉凶聖人象之 高明 貞觀 禮記曰天地之道博也厚也高

図5 c『初学記』
［清華大学出版社『唐代四大類書』］

徐堅らの編。唐の玄宗の命を受けて、八世紀前半に成りました。皇子たちの手引き書として編んだので、「初学」というのだとされます。『芸文類聚』を簡略化したと言われますが、特徴は、「事対」として、故事の対の項を立てる点です。それは、詩文制作と学習とにとって実際的で有効でした。

『枕草子』にも「文は、文集、文選」とありますから、平安時代にも重視されていたのですが、八世紀においては、その存在は決定的といえるほどに大きいものでした。

『文選』は、詞華集たることを、その名において宣言して、賦、詩からはじまって、騒・詔・令・表・書・序・論等々、さまざまな文体の作品をえりすぐって総集しています。こういうとき、こういう場面ではこのように書くものだという、いわば、壮大な、見本集ともいえます。しかも、たとえば、賦に含まれる主題を、京都からはじめて、紀行、遊覧、江海、物色、鳥獣、哀傷、音楽、情、等々と、書き並べてみればもうあきらかですが、事や物を取り出してみせる、その全体が、世界にある諸々のことをあらわしだすことになるものです。詩も、多様な主題が展開されます。献詩、公讌、詠史、遊覧、詠懐、哀傷、贈答、行旅等、あり得るさまざまな場面における詩を並べることは、端的に言えば、世界を覆うということです。世界において考えられる主題を、まさに百科的にあらわしているのであり、学ぶ側からいえば、そのまま使える学習事典だということができます。

その『文選』につけられた注にも注目してほしいのです。七世紀半ば、李善という人が注をつけた『文選』が『日本国見在書目録』に載せられています。「文選六十巻　李善注」とあります。巻数でわかるように、広翰な注ですが（注によって、巻数は倍になったわけです）、その注のつけ方は、もっぱらその表現に関する用例を諸書からあげるものです。

嵇康の「琴賦」（第十八巻所収）を例として見ましょう。序において「衆器の中、琴徳最も優なり」（さまざまな楽器では琴の徳がもっとも優れている）といい、その琴について述べてゆきます。琴の材料となる「椅梧」（イイギリとアオギリ）の生えている場所から語り起こしますが、その語り起こしの部分を資料にあげました。図6を見てください（李善注文選）。本文と注とでは、注のほうが分量が多いくらいですね。

まず、本文だけ取り出してみます。


惟椅梧之所生兮、託峻嶽之崇岡。　惟れ椅梧《いご》の生ずる所、峻嶽の崇岡《しゅうこう》に託す。

披重壌以誕載兮、参辰極而高驤。　重壌を披《ひら》いて以て誕《おおい》に載《お》ひ、辰極に参《まじは》りて高く驤《あが》る。

含天地之醇和兮、吸日月之休光。　天地の醇和を含んで、日月の休光を吸ふ。

鬱紛紜以独茂兮、飛英蕤於昊蒼。　鬱紛紜《ふんうん》として以て独り茂り、英蕤《えいずい》を昊蒼に飛ばす。

夕納景于虞淵兮、旦晞幹於九陽。　夕に景《かげ》を虞淵《ぐえん》に納《い》れ、旦《あした》に幹を九陽に晞《かわか》す。

経千載以待価兮、寂神跱而永康。　千載を経て以て価を待ち、寂として神のごとく跱《た》ちて永く康《やす》し。


大意は、「椅梧の生えている所は、険しい山の高い岡であり、人地をおしひらいて生え、北極星に届かんばかりに高くそびえている。天地の醇和の気を含み、日月の光を吸収し、鬱蒼として茂り、花を天に飛ばす。夕べには影を虞淵に浮かべ、あしたには幹を太陽に乾かして、千年のあいだ買い手を待って、静かに神のように立ち、永く安らかであった」となります。場所の説明はなおつづきますが、ここまでにします。

これに対して注がたくさんつけられています。その注がどのようにつけられているかというと、文脈理解や解釈を示すのではありません。「椅」について「毛詩」とその「伝」を、桐と琴について「史記」を、「誕」の訓として「毛詩・伝」を、「辰極」について「爾雅」を、「驤」の訓として「尚書・伝」を、第三の句全体について「周易」を、「蕤」について「説文」を、「虞淵」について「淮南子」とその注を、「幹」「九陽」について「楚辞」とその注を、「待価」について「論語」を、それぞれ主に用例としてあげるのです。

一孔於下爲商聲故謂五音畢沈約宋書曰笛京房備其五音言易京者猶如莊周蒙人謂蒙莊及嚴襄宋翟之比

琴賦并序 尸子曰舜作五絃之琴以歌南風南風之薰兮可以解吾人之慍是舜歌也白虎通曰琴者禁也禁人邪惡歸於正道故謂之琴

嵆叔夜 臧榮緒晉書曰嵆康字叔夜譙國人幼有奇才博覽無所不見拜中散大夫以呂安事誅

余少好音聲長而翫之 杜預左氏傳注曰翫習也 以爲物有盛衰而此無變 文子曰夫物盛則衰 滋味有猒而此不勧 莊子曰聲色滋味之於人心不待學而樂之左氏傳閻沒女寛曰及饋之畢願以小人之腹爲君子之心屬猒而已說文曰猒從甘田犬會意字也 可以導養神氣宣和情志 管子曰道血氣而求長年淮南子曰古之人神氣不蕩乎外 處窮獨而不悶者莫近於音聲也 孟子曰柳下惠遺佚而不怨阨窮而不憫 是故復之而不足則吟詠以肆志吟詠之不足則寄言以廣意 毛詩序曰言之不足故詠歌之詠歌之不足不知手之舞之杜預左氏傳注曰肆申也尚書曰詩言志 然八音之器歌舞之象歷世才士並爲之賦頌其體制風流莫不相襲 淮南子曰晚世風流俗敗禮義廢仲長子昌言乘此風順此流而下走誰復能爲此限者哉孔安國尚書傳曰襲因也 稱其材幹則以危苦爲上賦其聲音則以悲哀爲主美其感化則以垂涕爲貴麗則麗矣然未盡其理也 高誘戰國策注曰麗美麗也 推其所由似元不解音聲覽其旨趣亦未達禮樂之情也 趣意也禮記曰故知禮樂之情者能作 衆器之中琴德最優 桓譚新論曰八音廣博琴德最優馬融琴賦曰曠三奏而神物下降何琴德之深哉 故綴叙所懐以爲之賦其辭曰

惟椅梧之所生兮託峻嶽之崇岡 毛詩曰椅桐梓漆爰伐琴瑟毛萇曰椅梓屬也史記曰龍門有桐樹高百尺無枝堪爲琴 披重壤以誕載兮參辰極而高驤 披開也重

大二百十六 小四百廿七 文十八 十二

壤謂地也泉壤稱九故曰重也毛萇詩傳曰誕大也載生也爾雅曰北極北辰也孔安國尚書傳曰襄上也驤與襄同 含天地之醇和兮吸日月之休光 謂包含天地醇和之氣引日月光明也周易曰天地絪縕萬物化醇 鬱紛紜以獨茂兮飛英蕤於昊蒼 說文曰蕤草木花貌汝誰切 夕納景于虞淵兮旦晞幹於九陽 納藏也淮南子曰日入于虞淵之汜又曰入于虞淵是謂黄昏高誘曰視物黄也晞乾也幹本也楚辭曰夕晞余身乎九陽王逸曰九陽謂九天之崖也 經千載以待價兮寂神跱而永康 論語子曰我待價者也價者物之數也康安也 且其山川形勢則盤紆隱深磪嵬岑嵓 盤曲紆屈隱幽深邃也崔嵬高峻之貌岑嵓危嶮之形字林曰嵓山巖也 亙嶺巉巖岞崿嶇崟 皆山石崖巘嶮峻之勢 丹崖嶮巇青壁萬尋若乃重巘增起偃蹇雲覆 偃蹇高貌言高在上貌偃蹇然如雲覆下也 邈隆崇以極壯崛巍巍而特秀 巍巍高大貌廣雅曰秀出也 蒸靈液以播雲據神淵而吐溜 蒸氣上貌言山能蒸出雲以沾潤萬物播布也孔子曰夫山者興吐風雲以通乎天地之間說文曰津液也溜水流也 爾乃顛波奔突狂赴爭流觸巖觝隈鬱怒彪休 觝至也隈水曲也彪休怒貌 洶涌騰薄奮沫揚濤瀄汩澎湃蟺蟺相糾 瀄汩去疾貌澎湃相戾之形也蜿蟺展轉也糾繚也蜿於阮切蟺音善糾巳糾切 放肆大川濟乎中州 肆猶縱也中州猶中國也 安回徐邁寂爾長浮 安回波靜遠去象上林賦曰安翔徐回又曰寂漻無聲 澹乎洋洋縈抱山丘 說文曰澹水搖也 詳觀其區土之所產毓奧宇之所寶殖 廣雅曰奧藏也毛萇詩傳曰宇居也 珍怪琅玕瑤瑾翕艶 高唐賦曰珍怪奇偉尚書曰球琳琅玕皆美玉名說文曰瑾玉名翕艶盛貌詩傳曰艶赤色貌 叢集累積奐衍於其側 蒼頡篇曰奐散貌衍溢也 若乃春蘭被其東沙棠殖其西 楚辭曰春蘭兮秋菊山海經曰崑崙之丘有木焉其狀如棠而黄華赤實其味如李而無核名曰沙棠御水人食之使不溺 消子宅其陽玉

大二百卅五 小四百卅三 文十八 十三 吳志

図6『文選　李善注』
［中文出版社］

七世紀半ばの成立ですが、成立してほどなく伝来され、広く学ばれました。『文選』自体が壮大なアンソロジーとして百科的表現辞典であるとともに、李善の注は、さまざまな書から書き抜いた、知の集積というべきものです。これを学んだことが、正倉院文書や木簡にうかがわれます（参照、東野治之「奈良時代における『文選』の普及」『正倉院文書と木簡の研究』塙書房、一九七七年）。

琴の素材について知るべきこととして語られたものと、そこに注として集められたものから派生してゆく知識（原典を見ることなく得られます）と、あいまって、教養と表現見本とを一挙に獲得できます。多様な学習事典となるわけです。

こうした、学習と、それによって教養を共有することとともに、文字世界は成り立ちます。文字を運用すること（書くこと・読むこと）は、そこでありえたし、それ以外にはなかったのです。

具体的な例として、『万葉集』巻五に入っている大伴旅人の手紙を取り上げて見ましょう。

その手紙というのは、当時大宰府に赴任していた旅人が、都の藤原房前に琴を贈るのにつけたものです。

　大伴淡等謹状
　梧桐日本琴一面　対馬結石山孫枝
此琴、夢化娘子曰、余託根遥嶋之崇巒、晞幹九陽之休光。長帯烟霞、逍遥山川之阿、遠望風波、出入雁木之間。唯恐百年之後、空朽溝壑。偶遭良匠、斮為小琴。不顧質麁音少、恒希君子左琴。即歌曰、
伊可尓安良武　日能等伎尓可母　許恵之良武　比等能比射乃倍　和我摩久良可武（八一〇）
　僕報詩詠曰
許等々波奴　樹尓波安里等母　宇流波之吉　伎美我手奈礼能　許等尓之安流倍之（八一一）
　琴娘子答曰
敬奉徳音。幸甚々々。片時覚、即感於夢言、慨然不得止黙。故附公使、聊以進御耳。謹状。不具。
　天平元年十月七日、附使進上。

謹通　中衛高明閤下　謹空

対馬の梧桐で作った琴を、「中衛高明閤下」つまり藤原房前に贈るといって、琴につけた手紙です。進上の口上ですが、歌も二首入っています。ちょっと手がこんでいて、夢に琴が乙女となってあらわれ「遠く離れた対馬の高山に根をおろし、百年の後むなしく谷底に朽ちることをおそれていたが、たまたま琴となったので、君子のそばにおかれることを願う」といい、

いかにあらむ日のときにかも声知らむ人の膝のへ我が枕かむ（八一〇）

大意：どんなときになったらこの音のわかってくださる方の膝を枕とできましょうか。

と歌ったといいます。それに対して、

言問はぬ木にはありともうるはしき君が手なれの琴にしあるべし（八一一）

大意：ものを言わない木ではあっても立派な方の愛用の琴にきっとなるでしょう。

と、答えたら、琴の乙女が喜んだといって、その琴を進上するというのです。房前こそ、琴を持つべき「うるはしき君」だということになります。これを受け取った房前の返事と歌も、この後に載っています。歌は、

言問はぬ木にはありとも我が背子が手馴れの琴地に置かめやも（八一二）

大意：ものを言わない木であってもあなたの愛用の琴を粗末にしましょうか。

とあります。ありがたく受け取り、大事にしますというのです。

琴の材の桐について述べる表現は、どの注釈書も指摘していることですが、先にあげた「琴賦」をそのまま使っているのは明らかですね。「託峻嶽之崇岡」「吸日月之休光」「旦晞幹於九陽」を適宜組み合わせて作文して、「託根

遥嶋之崇巒、晞幹九陽之休光」ができています。琴の材については、こんなふうに書くものだという文例として、そのまま使っているわけです。

そもそも、どのようなときにどう書くのかということを共有しなければはじまりません。コミュニケートの前提です。それがなければ、書くことも、よむことも成り立ちません。手紙というのはこのようなかたちで書くものだということからはじめて、共有される基盤（まさに教養）が必要です。この列島に生きた人々は、東アジアの文化世界に組み込まれて学習することによって、はじめて、それを可能にしたのです。

4　七世紀後半の文字世界と文字の質の転換

文字の学習について述べてきましたが、現実の文字の世界の話にもどりましょう。五世紀に文字の内部化を見ることができるといいましたが、そこでは、まだ、文字が列島全体に行き渡って広く用いられていることは認められません。文字は、限られた場の特別なものでした。あの稲荷山古墳・江田船山古墳の鉄剣や鉄刀の銘も、与えられた者が十分理解できたかどうかは、疑問です。しかし、理解の如何は、問題ではなかったでしょう。文字があるというだけで特別な何か（呪的な力）を感じさせるものであった、それで十分だったといえるかもしれません。

文字が広く列島をカバーするという状況は、七世紀も後半にならないと生まれません。文字の内部化の展開は、国家の展開とあいまつものであり、それだけの時間を必要としたのです。資料を見てゆくと、七世紀後半になって、文字が飛躍的に広がることが知られます。近年、木簡が多く出土してきて、それがあきらかになりました。木簡によって、この時期、地方においても文字を用いて機構を運営していたことが知られます。たとえば、長野県の屋代遺跡群の木簡は、七世紀後半のものをふくみますが、文字による機構の運営が認められるのです。

飛鳥では、飛鳥池遺跡から、六七〇年代のものを含む七千八百点以上の木簡が出土しました。七世紀後半の資料が非常に多く知られるようになって、問題ははっきりしてきたといえます。

新しい出土資料に加えて、いままで知られていた資料の見直しもなされてきました。七世紀前半の推古天皇時代(推古天皇の治世は、五九三―六二八年)のものとされてきた、推古朝遺文といわれる資料があります。文献に引用されて知られるような不確かなものは除いて、現存する資料を、その示す紀年にしたがって一覧的に並べると、

五九四年　旧法隆寺(現東京国立博物館)金銅釈迦像光背銘
六〇六年　旧法隆寺(現東京国立博物館)如意輪観世音菩薩造像銘
六〇七年　法隆寺金堂薬師仏光背銘
六二二年　天寿国繡帳銘(現存はごく一部のみ)
六二三年　法隆寺釈迦仏光背銘
六二八年　法隆寺釈迦三尊小像光背銘

となります。しかし、朝鮮製かと見られる旧法隆寺金銅釈迦像と、造型的見地から像自体をその年代の作とするには疑問があるとされる旧法隆寺如意輪観世音菩薩や法隆寺金堂薬師仏の銘(七世紀後半以後に配置しなおすべきものです)、持統朝以後の暦によったと見られる天寿国繡帳銘などを除いて見直すと、釈迦仏光背銘・釈迦三尊小像光背銘以外に、七世紀前半の推古天皇時代のものだということが確かな資料はないのです。

ここにはあげなかった文献資料についてちょっとだけいい添えれば、皇太子厩戸豊聡耳皇子（聖徳太子といいならわしていますが、聖徳太子という名は、『日本書紀』を離れたところで作られたものです）が制定した憲法十七条が、『日本書紀』推古天皇十二年（六〇四年）に載せられています。これを、疑うのに決定的な根拠がないというだけで、そのまま七世紀初頭の資料として扱うことができるでしょうか。七世紀初の推古天皇の時代を、厩戸皇太子の領導のもとに、憲法十七条を制定し、冠位十二階を定めて、礼と文字の法との世界を実現していたというのは、『日本書紀』のあらわしだしたものなのです。『日本書紀』のあらわしだす推古朝としてあるものを、歴史の現実のなかにあったものとしてそのまま信じることはできません。文献のなかに、引用されてあらわれてくる他の資料も、信頼性の問題があることは同じです。

こうして見直してくると、七世紀後半になって文字の世界が飛躍的に大きく広がること、そして、その資料（出土した木簡を加えて）には、それまでとは異なる文字使用の様相があらわれてくることが、はっきりととらえられるのです。さらに、柿本人麻呂が歌を文字で書いて作るようになったのが、この時期だということを重ねあわせて見ると、それは、なおはっきりします。

人麻呂についてこのようにいうのは、『万葉集』のなかに「柿本朝臣人麻呂歌集」（「人麻呂歌集」）が取り込まれていて、それが、人麻呂の手に成る歌集だと認められるからです。いま『万葉集』になかに見る「人麻呂歌集」の歌は、巻七、九、十、十一、十二を中心に、計三百六十四首にのぼります。それぞれの巻では、「人麻呂歌集」歌は、各部立て・項目において規範的な歌としてあつかわれており、その表記も尊重してそのままにしたと見られ、『万葉集』における一般的な歌の表記とは明らかに異なるありようを呈しています。

「人麻呂歌集」歌のなかで作歌年時を示すものは、巻十・二〇三三歌の一首しかありません。それには、「庚辰年」、つまり、天武天皇の九年（六八〇年）の作とあります。『万葉集』のなかには、「柿本人麻呂の作る歌」ということを題詞に明示する歌（人麻呂作歌と呼ばれています）もあります。人麻呂作歌は、持統天皇の三年（六八九年）の作とするものがもっともはやいものです。「人麻呂歌集」歌は、人麻呂作歌に先立って、天武朝のころになされていたのです。

歌が文字（漢字）で書かれるということは、文字の質という問題にかかわります。漢字は、当たり前のことですが、漢文を書くための文字でした。歌は漢文ではありません。歌は、日本語としてよまれるのでないと意味がありません。それまでとは異なる文字使用の様相といいましたが、漢字を使って漢文でないものを書くのです。次の章で見るように、それは、歌をふくめて、七世紀後半の文字の問題でした。文字の質の転換があったといわねばなりません。

七世紀後半の文字世界の広がりのなかには、そうした文字の質の転換があり、それが、新しい文字世界をひらいているのだと、この段階、また、ひきつづく八世紀の初めの文字の展開を見ることがもとめられます。

二 『古事記』の基盤としての文字世界

七世紀後半にはこの列島に文字が飛躍的にひろがり、文字の質が転換するといいましたが、その新しい文字世界が、『古事記』の基盤となるのです。この章では、そこにたちいって見てゆくことにします。

1 非漢文——漢文ではない漢字文

質の転換というのは、資料のなかに、漢文ではないものがあらわれるということです。漢字はいうまでもなく漢文を書くための文字でした。前章で見たとおり、この列島では、一世紀以来、文字を用いるのですが、列島社会のそとで、特殊技術としての漢文の読み書きがなされていたのでした。五世紀には列島の国家内部で文字が用いられるようになりますが、やはり、漢文として読み書きされるものでした。漢字の用い方としては当然のことといえます。

漢字は、列島の人たちのことば（母語）のなかに生まれたものでなく、外国語（非母語）の文字です。それを用いるのは、漢文として読み書きするほかないのです。ことばと文字とを切り離して学習することはありえません。前章では、辞書や類書による文字学習の実際を見ましたが、そこにあった根本的な問題として、このことを確かめておきましょう。

ところが、七世紀後半になると、漢文とは認められないようなものがあらわれます。漢文のための文字が、変わるのです。それは、文字の質の転換といわねばなりません。そして、そうした漢文でないものによって文字の広がりがささえられていると見られます。

七世紀の金石文については、前章で述べたように推古朝遺文の配置を見直さねばなりませんが、他の資料に関しても研究がすすめられており（参照、東野治之『日本古代金石文の研究』岩波書店、二〇〇四年）、それらをあわせて、年表化すると、つぎのようになります。

六二三年　法隆寺釈迦仏光背銘
六二八年　法隆寺釈迦三尊小像光背銘
六五〇年ころ　法隆寺二天造像銘
六五一年以後　旧法隆寺観音菩薩造像銘
六五八年　旧観心寺金銅釈迦像光背銘
六六六年　旧法隆寺如意輪観世音菩薩造像銘

六八一年　山名村碑文
六八六年　金剛場陀羅尼経跋語（これは文献です）
六八九年　采女氏塋域《えいいき》碑文（いまはありません）
六九二年　鰐淵寺観音菩薩台座銘
六九四年　法隆寺観音銅板造像記
七世紀末　法隆寺金堂薬師仏光背銘
　　　　　長谷寺法華説相図銅板銘
　　　　　天寿国繡帳銘

＊「大化二年」（六四六年）の紀年を有する宇治橋碑文は、文意は、大化二年に道登が宇治川に架橋したことを顕彰するものであり、大化より後のものです。
小野毛人墓誌は「丁丑年」（六七七年）の紀年がありますが、八世紀のものと見られ、船首王後墓誌は「戊辰年」（六六八年）の紀年がありますが、その年のものとするには問題があり、また、六六六年にあたるかとされる「丙寅年」の紀年をもつ野中寺弥勒菩薩台座銘についても問題がある、といわれるので（参照、東野前掲書）、この年表には入れてありません。

傍線をつけたのが、漢文ではないものです。山名村碑文（群馬県）や、鰐淵寺観音菩薩台座銘（島根県）のように、七世紀末に地方にまで広がった文字とともに、文字の質の転換を見るのです。
漢文でないものをどう呼ぶのがいいか、難しいのですが、ここでは、非漢文と呼びたいと思います。いままで用いられてきた「変体漢文」という用語では、漢文の変種みたいですし、また、「和文」というのでは、後で述べるような、漢字によって書くことがかかえる問題がぬけおちてしまうからです。

非漢文の代表的な資料として、具体的な例をあげましょう。山名村碑文（山ノ上碑文とも）と呼ばれている資料です（図7）。

辛巳歳集月三日記
佐野三家定賜健守命孫黒売刀自此
新川臣児斯多々弥足尼孫大児臣娶生児
長利僧母為記定文也　放光寺僧

辛巳の歳、集月三日記す。
佐野の三家《みやけ》を定め賜ひし健守の命の孫、黒売の刀自、此れを
新川の臣の児、斯多々弥の足尼の孫、大児の臣の娶りて生める児、
長利の僧、母の為に文を記し定めつ。放光寺の僧

釈文と訓読文とを並べてあげました。原文は石に刻まれたもので、現存しています（山名村はいまは高崎市になっています）。読み下しのかたちにしましたが、「辛巳の歳」は、六八一年、天武天皇十年にあたります。都からはるか離れた東国地方だということに注目しましょう。この段階では文字を用いることがそこにまで及んでいるので

図7　山名村碑（山ノ上碑）文
［奈良国立博物館『特別展　発掘された古代の在銘遺宝』］

群馬県山名村（現高崎市）に現存します。第一行目の書き出しは「辛己歳」とよめますが、「巳」と「己」とは通用しますから、「辛巳年」として差支えありません。「集月」の「集」は一画足りない字になっていますが、異体字のひとつです。「（年月日）記」という書き出しは、稲荷山古墳出土鉄剣銘（参照、図2）と同じです。辛巳は六八一年にあたります。この段階の文字の浸透をうかがわせるものです。

す。文意は、「佐野の屯倉を定めた健守の命の孫である黒売の刀自を、大児の臣（新川の臣の子で、斯多々弥の足尼の孫）が娶って生んだ子である長利の僧が、母のためにこの文を記し定めた」ということで、「長利の僧」＝「放光寺の僧」が母のために建てた墓誌と見られます。

この文は、漢文とはとうていいえないものです。二行目、「佐野三家定賜」の語順は、動詞「定」の前に、目的語にあたる「佐野三家」があり、漢文とは認められませんし、「賜」を尊敬の補助動詞につかうことも漢文にはありません。また、この行の最後の「此」は、次の行の「娶」に続くのですが、この語順も漢文とはいえません。四行目、「母為」の語順も同じことです。

日本語そのままの構文（語順）に漢字を並べたものであり、漢字の意味をつなぐことによって理解可能なのです。もう一点、よく知られている法隆寺金堂薬師仏光背銘をかかげましょう（図8）。

池辺大宮治天下天皇大御身労賜時歳
次丙午年召於大王天皇与太子而誓願賜我大
御病太平欲坐故将造寺薬師像作仕奉詔然
当時崩賜造不堪者小治田大宮治天下大王天
皇及東宮聖王大命受賜而歳次丁卯年仕奉

池辺の大宮に天の下治らしめす天皇、大御身労《つか》れ賜ひし時に、歳丙午に次《やど》りし年に、大王の天皇と太子とを召して、誓願し賜ひしく、「我が大

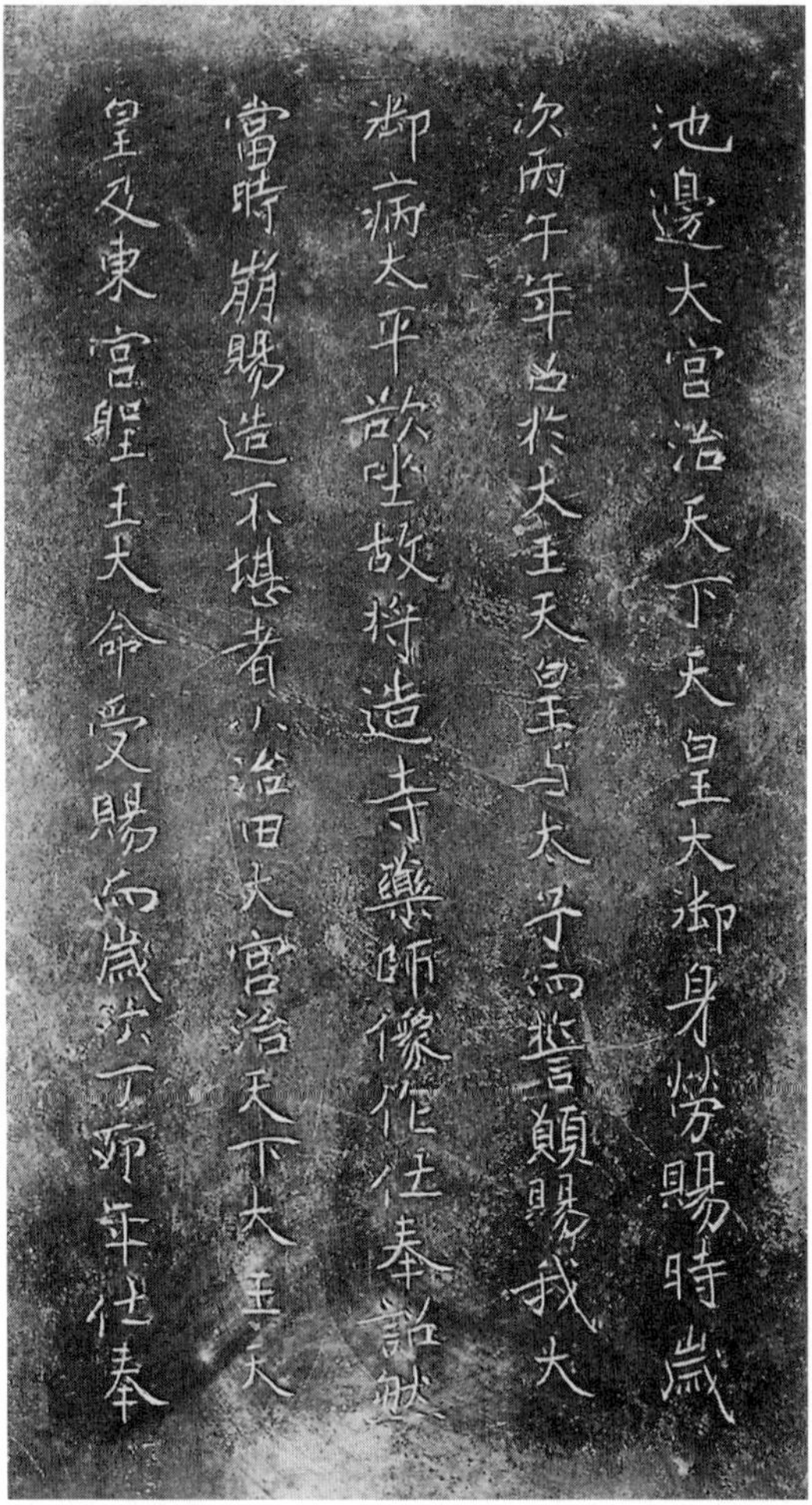

図8　法隆寺金堂薬師仏光背銘
〔奈良国立文化財研究所飛鳥資料館編『飛鳥・白鳳の在銘金銅仏』〕

「変体漢文」の代表的な資料として取り上げられることが多いのですが、「変体漢文」という用語が適切とはいえないことは、本文中に述べたとおりです。なお、この銘文は、「天皇」を含むという点でも注目されてきたものですが、七世紀末に位置づけるべきであり、推古天皇代に「天皇」号がおこなわれていた証とはできません。

御病太平かにあらむと欲ほし坐すが故に、寺を造り、薬師像を作りて、仕へ奉らむとす」と詔りたまひき。然あれども、
当時《そのとき》に崩り賜ひて、造るに堪へねば、小治田の大宮に天の下治らしめす大王の天皇と東宮の聖王と、大命を受け賜ひて、歳丁卯に次る年に仕へ奉りつ。

というものです。

漢字の意味をたどれば文意はとれます。「池辺大宮治天下天皇」（用明天皇）が、病気になった「丙午年」（五八六年）に、「大王天皇」（推古天皇）と「太子」（聖徳太子）とを呼び、病気平癒のために、寺をつくり薬師像をつくることを発願した、しかし、崩御して、そのことは果されないままになっていたのを、推古天皇（「小治田大宮治天下大王天皇」）と太子（「東宮聖王」）とが「丁卯年」（六〇七年）に完成した、という文意がわかりますね。そのままよめば、七世紀初頭に作られた像であり、それに造像の由来を刻んだものということになります。しかし、像の様式はそれより新しいと見られています。また、この時点で「東宮聖王」といった表現が厩戸皇子に対してなされていることも不審です。七世紀末に、仏像が再建されて、その元来の由来を刻んだと見られます。

「大御」「賜」「坐」といった敬語が繰りかえしあらわれますが、これは漢文では用いられないものです。また、語順を見ると、「太平欲」とあるのは、日本語の語順のままに並べたものであって、漢文の語順だと、「欲太平」となります。「薬師像作」「大命受」の語順も同じく漢文の語順ではありません。

七世紀後半以後、こうした非漢文とともに文字の広がりがあるということが、木簡を見合わせてゆくと、よりたしかになります。

2 非漢文の多様な広がり

一九九〇年代以後、各地から木簡の出土があいつぎましたが、とくに多数の七世紀の木簡の出土は、文字世界を見るのに重要な問題を投げかけるものであり、長野県屋代遺跡群や徳島県観音寺遺跡は、地方出土の木簡として、文字の浸透という点で注意されます。また、飛鳥池遺跡出土の木簡の意味はとりわけ大きいものがあります。八千点に近い大量の資料によって、限られた金石文資料ではうかがえなかった文字の現実にふれることができます。一言でいうと、非漢文の多様な広がりを見るのです。

具体的に掲げましょう。

A　白馬鳴向山　欲其上草食
　女人向男咲　相遊其下也　（飛鳥池遺跡）

B　世牟止言而□
　□本止飛鳥寺　（飛鳥池遺跡）

C　□止求止佐田目手和□
　羅久於母閉皮　（飛鳥池遺跡）

D　□詔大命乎伊奈止申者　（藤原宮跡）

E　椋□□之我□□稲者馬□得故我者反来之故是汝トア
　自舟人率而可行也　其稲在処者衣知評平留五十戸旦波博士家　（滋賀県西河原森ノ内遺跡）

F　奈尓波つ尓作久矢己乃波奈　（徳島県観音寺遺跡）

出土した遺跡名をカッコ内に示しました。徳島県観音寺遺跡のものはやはり一九九〇年代に発掘されましたが、滋賀県西河原森ノ内遺跡と藤原宮跡出土のものは以前から知られていました。こうして、あたらしい木簡の出土を得て、七世紀末には、非漢文が多様におこなわれていたということを、まざまざと見ることができます。

Aは、一句の字数をそろえていて、漢詩のようにも見えますが、詩としてきちんとつくられているとはいえません。習書の一種と見てよいでしょう。「白馬、山に向かひて鳴き、その上の草を食まむとす。女人、男に向かひて咲《わら》ひ、その下に相遊ぶ」とよまれます。訓字主体で、漢字の意味をつないで理解可能になっているものです。

Bは、右の行は、「せむと言て」とよまれます。仮名と訓字とが交用されたものです。左の行は、「本と飛鳥寺」とよめますが、これだけでは文意はわかりません。ただ、「止」が小書きであり、いわゆる宣命書きのかたちだということが注意されます。

Cは、一字一音で、仮名主体で書かれたものです。「とくとさだめて…」「…らくおもへば」とよまれます。文全体の意味はこれだけではよくわからないというしかありませんが、歌の一部のように思われます。ともあれ、このような書記があったことに、注意したいのです。同じ時期に、Fもありました。

Dは、「…詔りたまふ大命をいなと申さば」とよむことができます。ほんの一部ですから文脈はわかりません。訓字と仮名とが交用されていることは、Bと同じです。

Eは、「評」「五十戸」とありますから、大宝令以前の制度の時期、七世紀末のものとわかります。一部よめないところもありますが、稲の受け渡しに関する打ち合わせの手紙です。最初は、「椋《くらの》（直《あたひ》称《い》ふ）」という、発信のことばかと考えられています。用件は、「馬がなかったので、わたしはかえってきた（「我反来」）。だから、お前卜部が舟人をつれて行け。稲のありかは衣知評平留五十戸の旦波博士の家だ」ということだとわかります。「舟人率」は、漢文の語順ではありません。漢文として書かれたものでなく、漢字の意味をつないで理解されるものですが、四字目、「反来」の後の「之」は、意味の区切りにあたると見ていいでしょう。「可行也」の「也」も同じです。そのあとの一字文の空白も区切りの役割をしています。漢字の意味をたどることが、意味の切れ目をしめす助字（字としての意味はないもの）があることでできるというわけです。

Fは、阿波国府かと見られる遺跡から出土した木簡です。七世紀後半のものかと見られるのですが、一字一音で和歌を記した、いわゆる習書木簡です。「なにはつにさくやこのはな」とよめます。これらの文字の右側にも「奈尓」「矢己」という字があることが、赤外線画像では見えるといいますから、まさに習書です。「難波津に咲くやこの花冬ごもり今は春へと咲くやこの花」という歌の上二句を書いたものです（木簡は割られているので歌はなお続けて書かれていたであろうといわれます）。同じ歌を書いた木簡は、藤原宮跡からも、平城京跡からも出土していますし、法隆寺五重塔が解体修理されたときに見出された、組木に書かれてあった落書にも、「奈尓　奈尓波都尓佐久夜己」と、この歌の一部を書いてあったことはよく知られています。一字ずつ仮名として日本語にあわせて文字を用いるという手習いが、この歌によってひろくおこなわれていたのだとわかります。Fは、それが七世紀の、しかも地方においてなされていたことを証するものとして注目されます。さきにあげたCもあり、二〇〇六年には、難波宮跡から、七世紀中ごろのものと認められる、「皮留久佐乃皮斯米之刀斯□」と、一字一音で書かれた木簡も出土しました。こうした一字一音で書くことが、けっして孤立的なものではなかったといえそうです。

ここに取り上げた木簡は、日常の文字世界を反映したものといってよいでしょう。習書であったり、手紙であったり、特別な場の文字というのではありません。ハレ（晴れ）とケ（褻）という分け方が有効でしょう。木簡の文字は、ケのものです。ハレというのは、金石文の場合がそうだといえます。仏像の光背に刻まれた文字は、法隆寺の釈迦仏光背銘を見ればわかるとおり、一字一字、ていねいに刻まれた、本当に特別な文字ですね。木簡の文字と見合わせれば否応なく実感されます（図9）。

ケの文字というのは、文字世界の基盤そのものです。ベースにあった文字の広がりの姿なのです。それが、七世紀末にどのようにあったかを、うかがうことができます。要するに、多様な非漢文の広がりということです。訓主体に書くもの（さきの木簡でいえば、A、E）から、訓と仮名とを交用するもの（B、D）、仮名主体に書くもの（C、F）まで、多様な書記のなかに、非漢文はあったのです。金石文における非漢文は、こうしたベースの上にあったと見るべきです。

ただ、仮名主体の書記を、訓主体・交用と、同じ比重で並べて多様というのはかならずしも正しくありません。ひろく一般的におこなわれていたという徴証は見出しがたいのです。仮名主体で書かれた実際の資料は、歌に集中しています。

さて、この非漢文の多様性とともに、もうひとつ見すごすことのできない問題があります。非漢文の位置ないし扱いということです。ケ・ハレの文字世界を見渡して、非漢文はけっして劣ったものとはされていないといえます。文字が元来漢文のためのものだということと、教養を共有することによって読み書きされうるのだということに鑑みれば（前章で述べたとおりです）、文字世界において正統の位置にあるのは漢文であることはいうまでもありません。

しかし、七世紀末から八世紀初における現実の文字世界は、漢文と非漢文とのあいだに差をつけてはいないので

図9　法隆寺金堂釈迦三尊像光背銘
［奈良国立文化財研究所飛鳥資料館編『飛鳥・白鳳の在銘金銅仏』］

一四字×一四行に収められています。

法興元卅一年歳次辛巳十二月鬼
前太后崩明年正月廿二日上宮法
皇枕病弗悆干食王后仍以労疾並
著於床時王后王子等及與諸臣深
懐愁毒共相発願仰依三宝当造釈
像尺寸王身蒙此願力転病延壽安
住世間若是定業以背世者往登浄
土早昇妙果二月廿一日癸酉王后
即世翌日法皇登遐癸未年三月中
如願敬造釈迦尊像并俠侍及荘厳
具竟乗斯微福信道知識現在安穏
出生入死随奉三主紹隆三宝遂共
彼岸普遍六道法界含識得脱苦縁
同趣菩提使司馬鞍首止利仏師造

と記されています。亡くなった翌年に造られたということについて、「上宮法皇」などという言い方がそうした段階であったか疑問も出されてきましたが、六二三年の造像と刻銘と見てよいことは、東野治之『日本古代金石文の研究』（岩波書店、二〇〇四年）が論じたとおりです。

す。もっとも象徴的なのは、法隆寺金堂に、非漢文の光背銘をもつ薬師像と、漢文の光背銘をもつ釈迦三尊像とがならんでいるということです。

釈迦三尊像の光背銘は、聖徳太子（銘文では「上宮法皇」と呼んでいます）が病床についたとき、后・諸臣らが、病気平癒、もしくは往生のためにと、太子の身の丈の釈迦像を造ることを発願したのだが、六二二年に太子がなくなられ、癸未年（六二三年）に願のとおり造りおわった、とあります。この像については、六二三年の造像とそのときに刻まれた銘文として疑われるところはないとされます。薬師像は、釈迦三尊の数十年後のものということになりますが、同じ金堂に奈良時代からありました（「法隆寺伽藍縁起并流記資材帳」）。同じ七世紀の、漢文（釈迦仏）と非漢文（薬師仏）との二つが、同じ場所に、同じ重々しさをもって、並んでいたのです。

漢文から非漢文まで、文字の質の違いにかかわらず、段差なくひとつながりにあるという文字世界を、この金堂の情景は象徴するものです。

七世紀末に「人麻呂歌集」の歌が成されるのも、八世紀初に『古事記』がつくられるのも、こうした文字世界のなかにおいてであったということを、確認しましょう。そして、非漢文、すなわち漢文でなく文字を用いることが、どのように成り立つものであったかということに立ち入って見ましょう。そうでないと、漢字テキストとしての条件は正当にとらえることができないのです。

3　訓読のうえに成り立つ非漢文

繰りかえしになりますが、漢字は漢文のための文字でした。それが漢文でなく用いられるのはどのようにしてありえたのでしょうか。これも次第にということではすまされないものですね。

漢文として読み書きすること、つまり、外国語として読み書きすることは、はじめは、いわゆるダイレクト・メソッド（自分たちの言語を介さずにダイレクトに理解し、習得するというやりかた）しかありませんでした。たとえば、英語の学習を考えてみてください。明治のころ、はじめて英語を学ぶ人たちはダイレクト・メソッドで学びました。それと同じです。

ただ、英語学習でもそうであったように、のちには、ダイレクト・メソッドでなく、訳読法（漢文については、訓読というのが普通です。ここでも訓読ということにします）で学習することによって、新しい局面が開かれ、漢字の読み書きの浸透が一挙に果されるのでした。

訓読が、漢字と日本語との一定の固定的な対応関係（音的対応としての「音」、意味的対応としての「訓」）をつくり、そうした対応をもとに、助詞・助動詞（漢文にはそれにあたるものがありません）を読み添えて、そこで一定のかたちをつくってゆくのです（システムをつくってゆくということができます）。

それは、外国語として読み書きするというのとは異なるものをもたらします。さきに取り上げた山名村碑文をあらためて見てください。日本語そのままの構文（語順）に漢字を並べたものであり、漢字の意味をつなぐことによって理解されるものでした。このようなかたちで書くことが、どのようにして可能になったか。それは訓読がもたらしたと見るべきです。たとえば、目的語にあたるものを動詞の前に出して助詞ヲを読み添えて訓読するというかたちを定着させたとき、「定」や「娶」というのはそういう動詞だということで、そのかたちの上に文字をならべて、「佐野三家（ヲ）定」、「此（ヲ）娶」のような、漢文とは別な、書くかたちをつくったといえます。

書くことがないところには、当然、書くかたちもありません。書くのは、話すことばをそのままうつすなどということではありえません。訓読の定着が、書くかたちをもたらしたというべきなのです。そのよみのままに動詞の前に目的語を置くように漢字を並べることがありえたと考えれば、その成り立ちがわかります。訓読による学習の現場は、音義木簡と呼ばれる木簡にうかがうことができます（図10 a、b）。

ａは北大津遺跡出土の七世紀後半、ｂは観音寺遺跡出土の八世紀のものです。滋賀県北大津遺跡は都に近いといえるかもしれませんが、観音寺遺跡は徳島県ですから、地方での文字学習ということができます。見るとおり、両者は、漢字を和語に対応させているのですが、観音寺遺跡のものは、「椿」に一字一音でツバキとよみをつけたものです。また、とりわけ、北大津遺跡出土木簡のなかに、「誈」に、アザムカムヤモ、とよみをつけているのが注目されます。文脈のなかのかたちでよんだ——反語でよんでいます——ものであり、訓読がおこなわれていたことを証するものです。漢字を自分たちのことばのなかで消化していることが、そこに実感されます。そして、音仮名であれ、訓仮名であれ、漢字を意味とはべつに用いることが、こうした訓読のなかで熟していったのだととらえられます。

非漢文という呼びかたについて、ここでわかってほしいと思います。漢文とのかかわりにおいて成り立つ、漢文でなく読み書きすることとして、非漢文と呼びたいのです。「変体漢文」や「和文」では、問題を適切にあらわすことができないからです。

そういうなかに漢文もありました。図式化してみましょう（図11）。

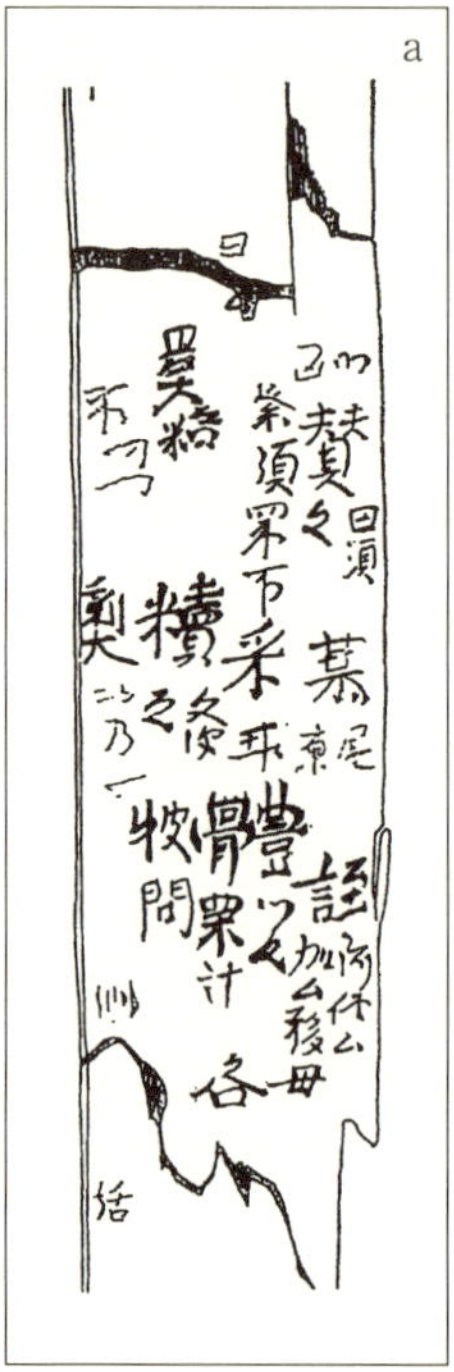

図10
a　滋賀県北大津遺跡出土木簡
［林紀昭・近藤滋「北大津遺跡出土の木簡」『滋賀大国文』一六号］
「誈　阿佐ム加ム移母」（アザムカムヤモ）のほかに、「賛田須久」（タスク）、「⿰米賣　久波之」（クハシ。⿰米賣は、精か）という訓も見られます。

b　徳島県観音寺遺跡出土木簡
［木簡学会『日本古代木簡集成』東京大学出版会］
国府の遺跡と考えられる遺跡ですが、ここからは、『論語』を習書した七世紀中ころの木簡や、一字一音で「なにはつ」の歌を記した七世紀後半の木簡（参照、三七ページ）も出土していて、地方への文字の浸透という点で注目されます。

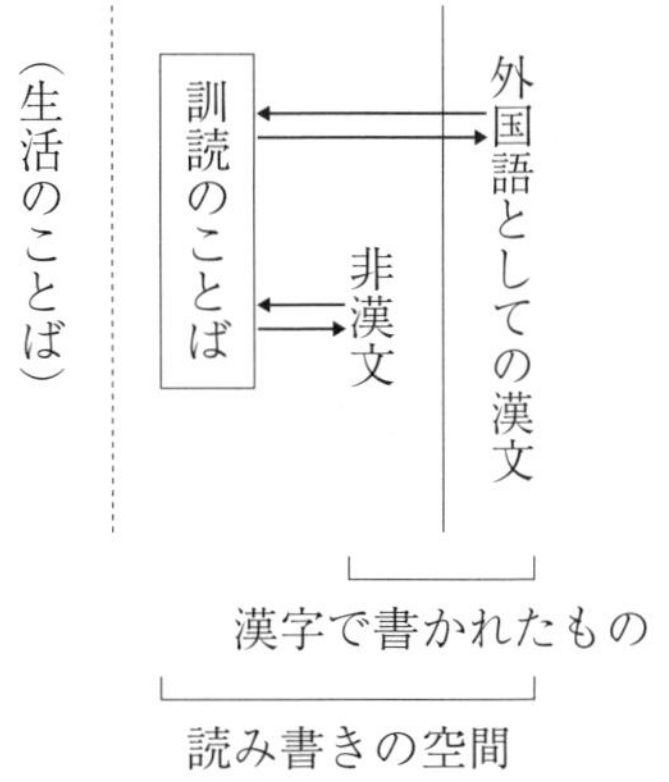

図11

見てほしいのは、非漢文から漢文まで、全体が訓読をベースにして、文字世界（読み書きの空間）は、あったということです。

漢文は、外国語文としてあったというにとどまらないのです。山口佳紀『古代日本文体史論考』（有精堂、一九九三年）が次のように述べるところは重要です。

> 訓読法がある程度固定し、一定の漢文に対して一定の日本語が思い浮かべられるというような状況が現れると、漢文は日本語を表記する形式でもあるという性格を帯びて来る。たとえば、「以和為貴」という漢文に対して、ヤハラグヲモチテタフトシトスと訓読する習慣が固定すれば、今度はヤハラグヲモチテタフトシトスという日本語文を「以和為貴」と表記することが可能になる訳である。

こうして、漢文は、日本人にとって、外国語文であると同時に日本語文でもあるという二重の性格をもつに至った。

といいます。

漢文＝日本語文、という誤解を生じそうな言い方にもきこえますが、要するに、ダイレクトに外国語文として読み書きされる（もちろん、その性格ももちます）だけのものではなくなったということです。漢文は、外国語文であるにせよ、埒外にあるのでなく、訓読されるべきものとしても読み書きされ、非漢文とひとつながりにあったということです。

このような文字世界が、八世紀初までに成り立っていました。それが『古事記』の基盤なのです。ただ、図11において、「訓読のことば」と「生活のことば」とを区別して示したことについていわなければなりません。それは、この文字世界にあったのは、たんに日本語というわけにはいかないという、本質的な問題にかかわります。

4　訓読のことばの人工性

たんに日本語とはいえないといいましたが、むしろ、人工的なことばだといえばわかりやすいかも知れません。つまり、訓読することは、生活のなかで話されていたことば（生活のことば、ということにします）とは異なることば（書記言語、ということができます）をつくるものであったということです。

ひとつには、読み添えの問題です。漢文には元来助詞・助動詞にあたるものがありません。日本語にとって、話し手の情意をあらわすのが助詞・助動詞であることはいうまでもありませんが、それを、読み添えて訓読するのです。ただ、恣意的にならないように、システム化されます。それは、一面で単純化ともいえます。意味把握を中心として、微妙なニュアンスの差異は切り捨てることになるからです。築島裕『平安時代の漢文訓読語につきての研究』(東京大学出版会、一九六三年)が、「(読み添えが)原漢文の実質的内容を表現する為の必要最低限度のものに止めるといふ方針が存したやうに看取される」というとおりなのです。単純化されるから、無統制におちいらずにすむということですが、意味把握優先のために、生活のことばのなかにありえたかもしれない助詞・助動詞よりせまく、限定されてしまいます。くわえて、漢語を直訳することによって、生活のことばのなかにはなかった新しい語彙や概念がうまれてきます。

たとえば、「天下」をアメノシタと訓読し、天皇の治めるところをいうものとして用いることは当たり前のように思われますが、考えてみてください。天空をいうアメも、下方を意味するシタも、もとよりあったでしょう。しかし、二つを結合するなら、天空の下、という意味になるはずですが、そうした一般的な意味で用いることはなく、すべて政治的なアメノシタです(「治天下」というかたちがもっとも多いものです)。そういう概念があって漢語「天下」にあてたのでなく、その訳語(翻訳語)として誕生したことば・概念が、アメノシタだと考えられます。本居宣長の『古事記伝』も「本漢籍より出たる称にて、神代よりの古言にはあらじか」といっています。

わたしたちにとっては普通の、ニアタリテとか、トトモニとか、ヲハジメテとかいったことばもそうですね。「と」も「ともに」ももともとあったでしょう。しかし、「と」だけで十分なのに「ともに」をつけるのは、漢文の「与―共」の翻訳語として作り出したものではないかといわれます(奥村悦三「話すことと書くことの間」『国語と国文学』六八巻五号、一九九一年)。

そういう人工性は、近代の翻訳文体のこと(新しい書きことばでした)を考えればわかりやすくなります。ただ、そもそも書くということがなかったところで漢文を訳読するのですから、それは、あたらしくかたちそのものをつくることだったのです。

自分たちのことばのうえに対応する漢字をのせてゆくことが、一字一音でそのままことばを書いたり、仮名と訓字とを交用して「と」などの助詞を仮名で書いたりして、漢字に慣れればそんなふうにできたのではないか。飛鳥池遺跡等から出土した非漢文の木簡には、そうした事態がうかがえるのではないかと考えたくなるかもしれません。しかし、そんなふうに考えられるものではないのです。

山名村碑文を、また、あらためて見てください。それは、母のために碑を建てることを、父母をめぐる系譜的関係のなかに述べるものでした。そこにおいて父母の結婚と自分の出生を述べることが、「娶」によっていわれているのでした。その、某(男性)が某(女性)を娶って生んだ子某、というかたちは、訓読から生まれたものです。古代の結婚が妻問い婚であったことはよく知られています。「娶」というのは、「女」と「取」とをあわせた字です。意味するところ、女を取るということです。メトル、とよむものですが、この男性原理の結婚をいうことば自体も、「某が某を娶って生んだ子某」という系譜表現のかたちも、生活のことばのなかにはありえようがありません。訓読を通じて得られるしかなかったものです。

仮名主体の一字一音で書けば、ことばをそのままうつして書けるというかもしれませんが、そうではありません。もうひとつ、よく知られた正倉院仮名文書を取り上げて見ましょう。仮名で書かれたものは正倉院に二つあるので、甲乙と区別していますが、取り上げるのは乙です(図12)。

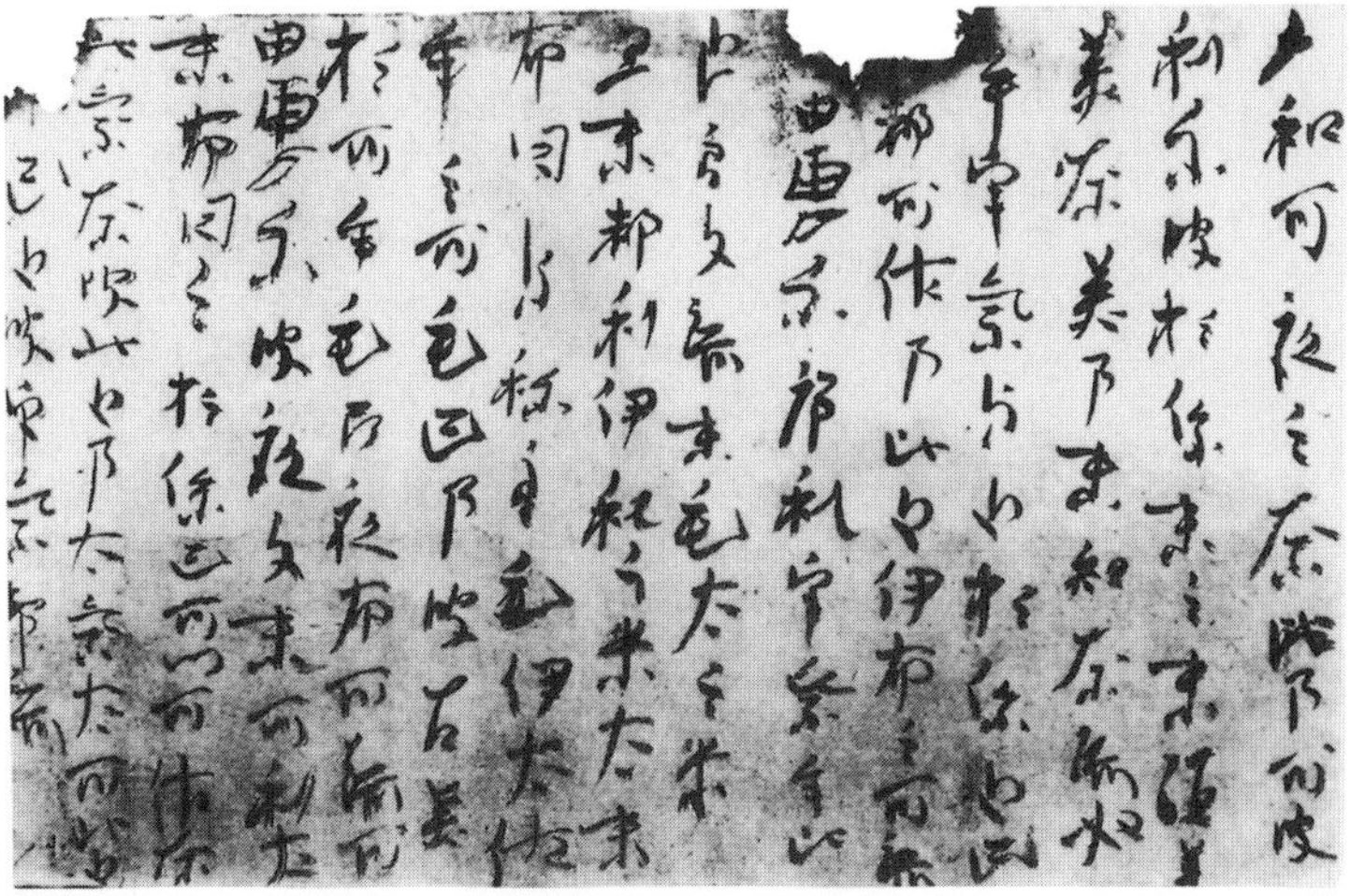

図12　正倉院仮名文書（乙）
［国語学会『国語史資料集』武蔵野書院］

このような仮名で書かれた、手紙とおぼしい文書が二通（甲、乙と呼んで区別します）、正倉院の文書のなかに残されています。この乙は、具体的な用件の打ち合わせの手紙と見られますが、解釈は、まだ定説を得たとはいえません。仮名に書き直すこと自体は、あまり難しくはありませんが、漢字の意味によらないときの理解の困難さをよく示すものです。

やや癖のある字ですが、一部漢字も混じっています。仮名として、一字ずつ判読することはそう難しくありません。次のとおりです（行数を行頭につけました）。

1　メわかやしなひのかは
2　りにはおほまします
3　みなみのまちなる奴
4　をうけよとおほとこ
5　□つかさのひといふしかる
6　□ゆゑにそれうけむひ
7　とらくるまもたしめ
8　てまつりいれしめたま
9　ふ日よねらもいたさ
10　むしかもこのはこみ
11　おかむもあやふかるか
12　ゆゑにはやくまかりた
13　まふ日しおほとこかつかさな
14　ひけなはひとのたけたかひと
15　□ことはうけつる

裏の文書との関係から、七六〇年ころのものかと考えられています。「奴」「日」の二字は漢字と見られる他は、みな仮名です。用件を果すための打ち合わせの手紙と思われますが、仮名だけのものより、訓字で書くほうがはるかに意味はとりやすいということが実感されると思います。その解釈は、現在でも定説が得られているとはいえないのですが、奥村悦三「暮らしのことば、手紙のことば」（『日本の古代14　ことばと文字』中央公論社、一九八八年）によれば、大体の意味は、こうなります（十三行目の「日」は「へ」の誤りだと考えられます）。

「当方が出す穀（物）の代りに、あなたがおられる南の町の奴を請求せよ」と大徳が司の人が言います。それで、それを請求します。人々に車を持たせて（奴を）お納めくださる日に、米も出しましょう。しかも、この櫃を放置しておくのも危険ですから、早くお運びください。大徳が司の《なひけなはひとの》長上が請求します。

「奴」と「養い＝穀物」との交換が用件だということになります。それで一応諒解したとして、問題はこのような手紙がどう書かれたかということです。奥村は、これについて「漢文を下敷にしている」といいます。つまり、仮名だからといって自分たちのことばをそのまま書いたというようなものでなく、訓読のことばによって書かれたと見るべきだというのです。

まず、四行目・六行目・十五行目に、「うけ」が繰りかえされることが注意されます。受け取るの意でなく、請求する（請く）ととるのでないと、意味が通じません。「請」の直訳であり、文頭と文末に、この「うく」を繰り

かえす書き方は、

造東大寺司
請二月料要劇銭事
右、附散位少初位下工広道、所請如件
天平宝字六年五月二日主典正八位上安都宿禰

のような、正倉院文書に見られるようなかたちによったのだと、奥村はいいます。そのとおりでしょう。

そうした文書を訓読したところで得られたかたちによって、日常の用件を果す手紙のようなものを書くことも、はじめてできたのです。「やしなひ」（一行目）「まつりいれ」（八行目）も、「穀」「進納」という漢語の翻訳と見られます。たとえば、「まつりいれ」は、「まつる」も「いる」ももともとあったことば（生活のことば）ですが、「進納」という漢語の文字に即してよんだとき、あたらしいことばをつくってしまったわけです。こう見ると、全文が仮名文ですが、その書くことをささえるのは、訓読のことばにほかなりません。それは、生活のことばとは違うものとしてあります。

ことばがあってそれを文字にするのではなく、文字からつくられたことばやかたちのうえに文字で書くというべきなのです。それは自然でなく、人工的といってよいものです。

別な例をあげます。長屋王家木簡のなかの一です（図13）。一九八七―一九八八年の調査で、平城京遺跡の長屋王邸宅跡から三万六千点以上の木簡が出土しました。『古事記』とほぼ同時期といえる平城京初期の長屋王時代

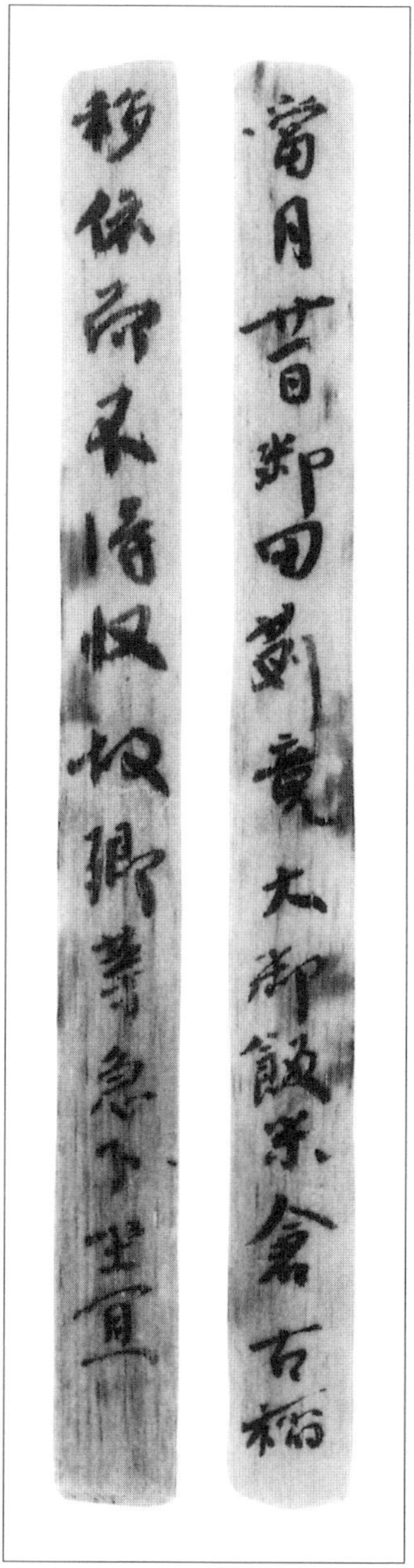

図13　長屋王家木簡［木簡学会『日本古代木簡集成』東京大学出版会］

長屋王邸宅跡からは、三万六千点以上の木簡が出土しました。奈良時代初の文字の状況を知るには絶好の資料です。長屋王家の家政機関にかかわるものが多いのですが、これもその一つです。事態に対応するために、王家から責任ある人が来てほしいともとめるものです。

（七二九年以前）の書記の豊富な現物が、そこにあります。

当月廿一日御田苅竟　大御飯米倉　古稲
移依而不得収　故卿等急下坐宜

七一〇年ころのものと見られます（ちょうど『古事記』のできた時代です）。字間の空きによって意味の切れ目をつくっていることにも注意してください（句読点の役を果しているわけです）。「当月二十一日、御田苅り竟《をは》る。大御飯の米倉は、古稲を移すに依りて、収むること得ず。故、卿等急ぎ下り坐す宜《べ》し」というので、要するに、現地から王家の機関に対して、刈りおわった稲が米倉に収められないという事態の解決のために人の派遣をもとめています。

「古稲移」の、動詞の前に目的語に当たるものを置く語順も、「下坐宜」の、敬語「坐」も、「宜」の語順も、漢文ではありえません。日本語の構文に文字を並べて意味が理解される訓主体の文です。

なかで、注意したいのは、「苅り竟る」です。動詞のあとに、畢・竟・訖・了などを添えて完了をあらわすことは漢文のかたちです。その文字に即して、「畢」等はヲハルと読まれます。しかし、～ヲハル、というかたちは、生活のことばとしてあったものかというと疑問です。動詞＋ヲハルは、『万葉集』中に例がなく、また、『源氏物語』のなかにも用例を見ないのです。わたしたちは、当たり前のように、読み終わる、などといいますが、訓読のなかではじめて成り立ったかたちだと考えられます。

生活のなかにはなかったことば・表現が、漢文をよむことから生まれてゆく――、人工的といわねばなりません。

そうした人工的な訓読のことばが、読み書きすることのベースにあるのです。訓読のことばは、生活のことばとまったく無縁だというのではありません。しかし、そこにつくられているものは、生活のことばとは別な、新しいことばです。

さきに翻訳文体を引き合いに出しましたが、もっとわかりやすく（やや乱暴かもしれませんが）、中学校の英語の教室における、硬直したような訳読のことばにも似ていると考えれば、わかりやすいでしょう。I love you. を「わたしはあなたを愛します」と訳読することを考えてください。教室を離れたら、けっして普通には使うことがないことばです。

そうしたことばで書くとどうなるか。清水義範「永遠のジャック＆ベティ」という小説があります。そのはじめに近い一節をかかげてみます。


女性のほうが質問した。

「あなたはジャックですか」

「はい。私はジャックです」

「あなたはジャック・ジョーンズですか」

「はい。私はジャック・ジョーンズです」

こうして、三十数年ぶりに再会した二人は路上で奇妙な会話を始めた。

「オー、何という懐かしい出会いでしょう」

「私はいくらかの昔の思い出を思い出します」

「あなたは一人ですか」

「はい。私は一人です」

「一杯のコーヒーか、または一杯のお茶を飲みましょう」

「はい。そうしましょう」

ジャックはベティをコーヒー・ショップへ誘った。


中学校時代の同級生の出会いがこうして語られ、この奇妙な会話文が続いて、その後の二人の人生が語られていきます。硬直した訳読文体と、それぞれが語り合う、離婚など身の上の不幸とのギャップが面白いのですが、訳読文の人工性を逆手にとっているといえます。

訓読のことばにも、そうした人工性、奇妙さがかかえられていたのではないかと思われます。さきの図の、生活のことばと訓読のことばとの間は、そのことをふくめて見てください。

七世紀末―八世紀初にあって漢字で書き読むということは、そういうものでした。その読み書きの空間が、『古事記』の基盤なのです。

三 実用の文字と文字の表現

『古事記』の基盤としての文字世界について見てきましたが、ここですぐ『古事記』に入ろうというのではありません。その前に、日常的実用的な文字と、文字の表現とのあいだを考える必要があります。用を足すだけの文字と、テキストを成り立たせ、表現することをめざす文字（前の章で、ハレの文字といったことと重なるところがありますが、そのなかでも、表現を意識するものがあることを考えようということです）とのあいだを考えておかねばならないということです。

1 文字テキストへの視点

まず、この章で考える問題のために、図式化してみます（図14）。

生態ないし状況として、こうした文字の広がりを見たいと思います。さまざまな書記が並存し、機能していたと

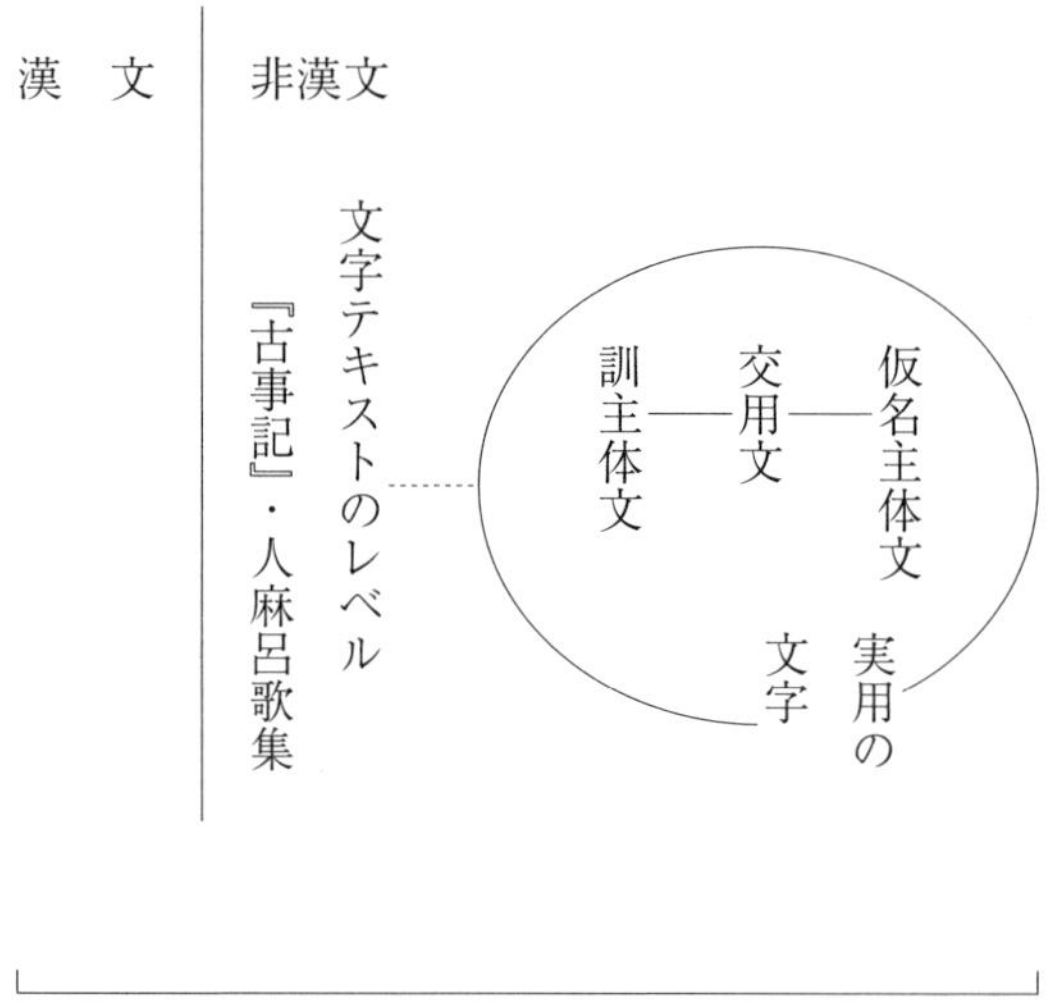

図14　文字の現実・文字の実際

見るべきなのです。

乾善彦『漢字による日本語書記の史的研究』（塙書房、二〇〇三年）が、

　小字割り書きと小字一行書き、大字書きといったさまざまな書き様（表記体）は、そこからそれぞれの場に応じた書き方（表記法）として、ある機能を担っていたと思う。そこにも、比較的自由に漢字で日本語を書き記

すことのできた時代のようすがうかがわれるのである。

というとおりです。

つけくわえれば、その書記様式を「文体」的に区別すること自体はあまり意味がないといえます。漢文的な語順があったりすることについて「変体漢文」といわれたりもし、仮名主体のものは「和文」として区別されたりもしたのですが、非漢文のなかの多様な書記といえば十分です。

「変体漢文」というと漢文の変種ということになりますが、漢文的な語順があることについていえば、訓を主とした書記のなかで、理解のためにそうした語順が機能していると見るべきものです。たとえば、前にも見た、法隆寺金堂薬師仏光背銘のなかから例をあげていえば、「召於大王天皇与太子而」は、大王天皇・太子の両者を対象とする「召」であることを明確にするという点で、太子の後に「召」をつけるとそれが太子だけにかかると取るような誤解を防いで有効であり、「将造寺薬師像作仕奉」では漢文的な「将造寺」と漢文とはいえない「薬師像作仕奉」の語順とが混在しますが、全体が将来のことであるのを明示するものとして、前に置かれた「将」が機能しています。

要するに、場面々々（文脈々々）で使い分けられる非漢文の書記なのです。そのうえで、この文字世界のなかに、『古事記』や「人麻呂歌集」という文字テキストをどう位置づけるのかと問われます。結論をさきにいえば、文字テキストのレベルは、日常の文字世界のたんなる延長上にあるものではないと見るべきです。『古事記』のためにも、「人麻呂歌集」のためにも、それは不可欠な視点です。

2　歌のテキスト――「人麻呂歌集」

歌について、「人麻呂歌集」を取り上げて見ることにします。そのことによって『古事記』に向かう方向をはっきりさせることもできるでしょう。

ここで立ち止まって考えてみてください。歌を文字で書くことは自然発生的におこなわれるようなものではありえません。歌は、ふつうのことばでなく特別な声として実現されてはじめて歌といえます。書かれたものは、歌としては、いわば抜け殻です。その歌を書くことをさせたのは何であったのか。わたしは、端的に、歌集をつくるためであったと考えます。自分たちの文化世界をかたちとして示すために、詩集に対応するものとして歌集がもとめられたと見るのです。

『古事記』『日本書紀』がつくられてゆくのとあい応じるようにして、第一章にもふれたように、七世紀末には「人麻呂歌集」もつくられました。「人麻呂歌集」の歌と明示される、巻十・二〇三三歌に「庚辰年」、すなわち天武天皇の九年（六八〇年）作とあるので、七世紀末に判断してよいでしょう。それは、さまざまな場面――男の恋歌、女の恋歌、季節の歌等々――で歌がありうることを示して、分類整理されてつくられましたが、人麻呂の名を冠しており、柿本人麻呂が編纂した歌集と認められます。そこから『万葉集』がとったとする歌は、巻七、九、十、十一、十二を中心に、三百六十四首を数えます。その採録のしかたは、たとえば、巻十の場合、雑歌・相聞にわけて春夏秋冬の部をたて（春雑歌、春相聞というふうに）、それぞれのなかで、雑歌は「詠―」、相聞は「寄―」というかたちで部類分けするという構成ですが、夏をのぞいて、春秋冬の雑歌・相聞の先頭には「人麻呂歌集」歌を載せるのです。その分類のもとにも、「人麻呂歌集」の分類があったことが認められます。規範的な歌として載せるという扱いですが、個々の歌というより、分類を含めて歌集としての尊重が、そこに認められます。

そうした尊重をもって扱うという態度から、歌の書き方をあらためることもしなかったと認められます。『万葉集』の他の歌とは異なる、特別な書き方が「人麻呂歌集」の歌にはありますが、それは人麻呂の文字づかいをのこしたものと見られます。

その「人麻呂歌集」のなかには、二類の書式が認められ、「略体歌」「非略体歌」と呼ばれています。助詞・助動詞にあたるものを表記することがより少ないものとより多いものということです。歌集の二つの部分といえますが、もともとは、それぞれ歌集として別に編まれたとみてよいでしょう（略体歌集と非略体歌集）。同じ人麻呂がつくったものであり、合体されて「人麻呂歌集」と呼ばれることになったと考えることができます。

略体歌は、助詞・助動詞にあたるものを表記することがすくなく、訓字を並べるかたちで、結果として、一首の字数が少なくなります。

略体歌の例として、巻十、春相聞の冒頭の歌をあげましょう。

春山友鶯鳴別眷益間思御吾（一八九〇）

「春山の友鶯の鳴き別れ眷《かへ》ります間も思ほせ吾を」とよまれますが（歌の理解はあとで述べましょう）、全部で十二字で、「の」「も」「を」という助詞は表記されず、文脈から補ってよむことになります。定型にして歌としてよむことができるというものであり、字の意味をつなぐことによって理解は成り立ちます。このすぐ後に載る春相聞の「寄鳥」の一首に、

春之在者伯労鳥之草具吉雖不所見吾者見将遣君之当乎婆（一八九七）
春さればもずのかやぐき見えずとも吾は見遣らむ君があたりをば

とあり（大意：春になるとモズが草のなかに潜むように見えなくなってもわたしは眺めていよう、あなたのあたりを）、「者＝バ、ハ」「之＝ノ、ガ」「雖＝トモ」「将＝ム」「乎婆＝ヲバ」と、助詞の類を一々表記するのと比べると、「人麻呂歌集」歌の書記の特異さはよくわかりますね。

この特異な「人麻呂歌集」の書記の位置づけについては、稲岡耕二の説（『万葉表記論』塙書房、一九七六年）がひろく受け入れられてきました。わたし自身もこの立場を受けて考えてきました（『柿本人麻呂研究』塙書房、一九九二年）。

それは、⑴純粋の漢文を書く―⑵固有名詞の一部を仮名で書く―⑶漢文の格を崩し日本語の語順のままに書く、という国語表記史の段階をとらえ、略体歌の書記は、さきに見た山名村碑文と同じで、⑶の段階に対応するものとして見るのです。天武朝段階では、まだこのようにしか書けないのであったが、人麻呂は、それによってはじめて歌を書き、さらに、非略体歌の書記を開発していったととらえました。歌を書く営みのなかで、歌詞の情意をになう表現の細部まで書くことに向かい、助詞・助動詞を表記するような新しい書式を生み出すのだととらえたのでした。

稲岡自身が述べたところを引用すると、

人麻呂が森ノ内木簡に見るような散文を日常的に読み書きしていたことは、もはや間違いないことだろう。古体歌はその表記の応用と言えるが、歌であるゆえに普通の散文とは異なる配慮を必要とした。人麻呂はまず徹底した訓字表記による歌の表現を試みる、それが古体歌であった。

とあります（『人麻呂の表現世界』岩波書店、一九九一年）。

しかし、七世紀末には、森ノ内遺跡出土木簡に見るような訓主体の書記だけでなく、交用の書記、つまり、いわゆる宣命書きで大書きも小書きも、また、歌にかかわるものが多いという点で注意される仮名主体の書記も、おこなわれていたと認められます。そうした資料（木簡）の出土は前章で見たとおりであり、発展段階説で見ることはできません。略体歌（稲岡は、古体歌と呼びます）は、天武朝段階の書き方としてこのようなものになったのだとはいえないということがはっきりしてきたのです。

人麻呂は、多様にあった非漢文のなかから、訓主体の書き方を歌の書き方として選んだのだというべきでしょう。それを可能にした条件は、歌の定型性だったといえます。訓字の羅列によって意味を理解しつつ、定型のなかにおいてよむから、文脈を構成し、助詞の類を補ってよむことも可能なのです。一八九〇歌も、定型におさめることで歌としてよむことができました。

そのとき、文字と、それに意味的に対応することばとともに、歌が書かれてあるというにすぎないでしょうか。意味とは別な文字のはたらきを見ないですむでしょうか。

一八九〇歌において、「眷」を用いているのが注意されます（以下に述べるのは、内田賢徳「漢字表現の応用と内化」『万葉集研究』二一集、塙書房、一九九七年、に説かれたことです）。「眷」には、「顧」、つまり、顧みるという意味があって、それによって、カヘリというよみも成り立つのですが、それだけでなく、コフという意もふくむのではないか。「眷」は、「恋」の意味で用いられることがあり、「眷恋」という熟語も『文選』にはあります。

里遠眷浦経真鏡床重不去夢所見与（十一・二五〇一）
里遠み眷ひうらぶれぬ真そ鏡床のへさらず夢に見えこそ

と、コフに「眷」を用いた、「人麻呂歌集」歌の例（これも略体歌です）もあるのです。歌は、「里が遠いので恋い思ってこころがしおれてしまった、いつも床のあたりに置く鏡のように離れずに夢に見えてほしい」という意味です。「恋」を含意としてもたせながら、ずっと鳴き交わしながら別れる鶩のように、かえりゆく間、たえず思いをこめてかえりみするような別れ、ということを、「眷」という文字は担っています。そんな別れのなかでわたしのことを思っていてください、と訴える歌なのですね。

そうした表現のふくらみをはたらかせる文字づかいが、日常の文字のなかにあったとは考えられません。そうしたはたらきへの意識は、歌を書く営みのなかに、はじめて自覚されてありえたものです。日常の訓主体の書記がそのまま延長されて、「人麻呂歌集」の歌が書かれたというものではないのです。それが、歌のテキストのレベルだといいたいのです。七世紀末の文字世界の広がりを基盤として、人麻呂が、訓で歌を書くことを方法化した水準は、日常の文字を突き抜けているともいえます。そのなかでの展開として、略体歌・非略体歌の問題をとらえるべきなのです。

そして、それは「人麻呂歌集」歌の問題でおわるものでもありません。ほぼ同じときに、『古事記』の散文も、訓で書かれました。日常の文字とは別な、表現するための文字（つまり、テキストとしてなされてゆくもののなかにあったもの）の問題として、両者はあわせて見ないわけにはゆきません。

このことについて、三十年以上も以前に書かれた論文ですが、川端善明「万葉仮名の成立と展相」（『日本古代文化の探究　文字』社会思想社、一九七五年）が示した視点は、いまなお重要だと思われます。

（『万葉集』の場合）韻文であることは前提的に了解されており、表記法においてそれを表示する必要はなかったのである。従って『古事記』本文の方法であったものが、この場合、歌そのものの表記に中心を占めているのである。しかし、歌が表現するものはことがらではない。第一義的にことばでなければならぬ。従って散文の方法はそのまま歌の方法ではあり得ない。どのようによまれようと差支えのない限りなどということは、歌にとってあり得ないからである。

ここで「表記法においてそれを表示する必要はなかった」というのは、一字一音のかたちで、歌であることを示さずともよかったということです。そして、訓主体で書くことが、『古事記』の本文（散文）と「人麻呂歌集」歌とで共通するように見えるが、同じではないことを見ようとするのです。そのあいだを、「ことがら」と「ことば」という点でとらえるのは示唆的です。「人麻呂歌集」の歌は、文字が意味を負いながらことばをあらわすというのです。

その、文字が意味を負いながらことばをあらわすことを、どう見、そこにどうアプローチできるか。ことばを意味的にあらわしながら、それだけでおわらない、文字のはたらきがある――、さきの「眷」のような、文字のありようをどういえばよいかということです。それは、ことばの意匠としての文字、というのがふさわしいのではないかと、わたしは考えます。

文字でことばを装うのであり、それによってことばをあらたに輪郭づけるのだということを、「意匠」は、ほぼ適切にあらわすことができるからです。

もっとすすめていうと、ことばを文字によってたち上がらせるようなありようを考えることが必要ではないでしょうか。ことばそのものをあらわすだけでは果されないこと、強調・拡大し、また逆に、削ぎ落とすことが、文字によってになわれてあります。それは、意匠としての文字、というのがふさわしいといえます。図式化してみれば、つぎのようなかたちで考えてみようということです。文字との協働関係によって成り立つことばということもできるでしょう。

強調・拡大、削ぎ落としを含む働きかけ

ことば ⇄ 文字

意味的対応

たとえば、鉄野昌弘「人麻呂における聴覚と視覚」（『万葉集研究』一七集、塙書房、一九八九年）が、よく知られた、人麻呂の石見相聞歌（長歌反歌各二首で構成される大きな歌です）第一歌群の第二反歌（二・一三三）、

小竹之葉者三山毛清尓乱友吾者妹思別来礼婆
ささの葉はみ山も清《さや》に乱《みだ》るとも吾は妹思ふ別れ来ぬれば

の第三句「み山も清に」について、次のように述べたことは、いま考えてみようとする方向にとって示唆的です。

> 「清」字は、説文に「朖也澂水之皃」、玉篇に「澄也潔也」とあるように、交じりけが無いということを基本的意義とする。（中略）基本義から考えれば、それは動作や作用の強さから出発したサヤニ以下の日本語とは多少のずれを持っていただろう。しかし訓字表記は概念の共通部分を掬い取って両者を結びつける。書かれることによって、これら諸語の概念的意味は強調・拡大され、「清」の字義に彩られていったのではないか。サヤは、まさに「清なるもの」と化して行くのだと思う。

といいます。

注意されるのは「書かれることによって」以下の後半部です。そこに、文字がことばをたち上がらせるともいうべき、意匠というにふさわしいありようがとらえられているといってよいでしょう。一首の大意は、「まわりの山全体が笹の葉をそよがせ、その音がそのままのまっすぐに迫ってくる、それを見、それを聞くなかで、別れてきたおまえをひたすら思うのだ」となります。「清＝サヤ」における、文字とことばとの協働によって、この歌の要は成り立っています。

3 『古事記』を成り立たせる文字

もう『古事記』についても述べてきたところがあるのですが、あらためていえば、『古事記』本文は、訓主体で書かれています。「はじめに」に掲げた原文（図1、iiiページ）を見てください。音仮名を交えることもありますが、そう多くはありません。こうして訓で書くことが、「人麻呂歌集」の歌とは異なることを、歌と散文の性格の違いとして見なければなりません。散文は、意味を伝えて「ことがら」として理解するものだと、一応おさえておきましょう。

なお、『古事記』には歌が含まれており、その歌は、一字一音で書かれています。これも原文を見てください（図15）。

あげたのは、『古事記』において歌がはじめて出てくる場面です。スサノヲが八俣大蛇を斬ったあと、須賀の地に宮を造ったときに歌った歌といいます。前置きに「歌曰」としたうえで、一字一音で歌が書かれています。「やくもたついづもやへがきつまごみにやへがきつくるそのやへがきを」とあります。歌としての理解は、定型的に、文字連続を五七五七七に区切ることで可能になりますが、その表記は、本文が訓主体であるのに対して、歌だということを外形的に示したものといえます。

本文は訓主体、歌は仮名主体と、使いわけて成り立つテキストが『古事記』なのですが、それは、多様な非漢文の世界を基盤とすると、まずいうべきでしょう。大事なのは、その基盤とテキストとのあいだの、水準の違いを見なければならないということです。

この点についてでは、自己批評からはじめなければなりません。『古事記の達成』（東京大学出版会、一九八三年）において、わたしは「歌謡物語」――この呼び方が問題であることについては第七章で述べます――について次のように述べたことがあります。

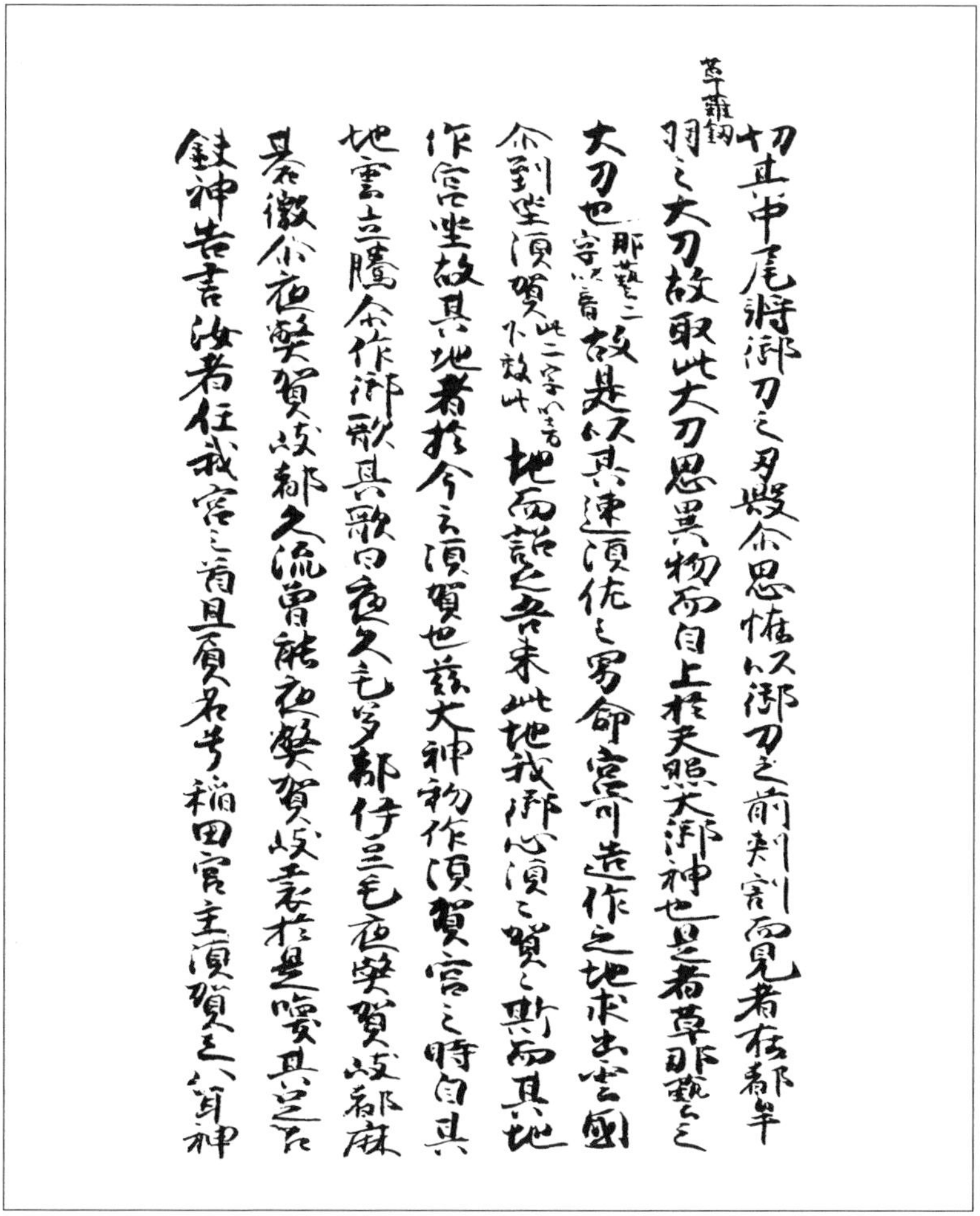
切其中尾時御刀之刃毀爾思恠以御刀之前刺割而見者在都牟
羽之大刀故取此大刀思異物而白上於天照大御神也是者草那藝之
大刀也那藝二字以音故是以其速須佐之男命宮可造作之地求出雲國
爾到坐須賀此二字以音下效此地而詔之吾来此地我御心須々賀々斯而其地
作宮坐故其地者於今云須賀也茲大神初作須賀宮之時自其
地雲立騰爾作御歌其歌曰夜久毛多都伊豆毛夜幣賀岐都麻
碁微爾夜幣賀岐都久流曾能夜幣賀岐袁於是喚其足名
鉄神告言汝者任我宮之首且負名号稲田宮主須賀之八耳神

図15 『古事記』真福寺本〔印書館〕

スサノヲは、八俣大蛇を斬って、「つむ羽の大刀」（草なぎ大刀）を得、須賀の地に宮を造ったのですが、そのとき、その地に雲が立ちのぼったといいます。そこでつくった歌として、「やくもたつ」の歌が載せられています。同じような漢字の連続ですが、「歌曰」という前置きがあり、あとに「於是」という書き起こしがあるので、歌は、それにはさまれている部分だということがわかります。

表記史的にいえば、歌謡の一字一音表記は天武朝段階の表記としては考えられない。天武朝にありえたのは、人麻呂歌集に見るような、表語文字の羅列のかたちからせいぜい「宣命大書き」体と称すべきものの初期的なかたちまでである。

さらに、そうした天武朝段階に、文字化されていたとしても、その歌の質は、「歌謡物語」をつくるようなものであったとは認めがたいとして、「歌謡物語」の可能性を天武朝以後に見たのでした。成立の問題として、太安万侶が、もとにしたものとして天武朝の「原古事記」を考えることにかかわって述べたことでした。

いま、それは誤っていたといわねばなりませんし、そのような問題のしかたは正当ではなかったともいわねばなりません。

誤っていたというのは、すでに見たとおり、歌を一字一音で書くことは、すでに天武朝段階でありえたからです。歌を含むテキストが天武朝にはなかったという表記史的判断はできません。というより、そのようなかたちで問題にすること自体が正しくなかったのです。『古事記』は、本文を訓主体で、歌を音仮名で書くという書き方を、文字の技術的環境から選択しました。それは、散文と歌との違いについて自覚して成り立たせられています。文字環境とのストレートな関係ではありませんし、また、そのありようは、あくまで、いまある『古事記』テキストの方法の問題として見るべきものです。天武朝段階の「原古事記」ではどうであったかといったことは問題にできないし、また、するべきでないのです。

後で見ますが、訓による叙述と、音仮名による歌の表現とが、張り合うようにして、いわば叙述を複線化しているのが、テキストとしての『古事記』のレベルだと見るべきです。テキスト把握をぬきにして、成立的把握を論じることになってしまうのは正当でないといわねばなりません。

テキストの文字の水準は、音仮名と、訓字とにおける、整理・統一に、はっきりあらわれているといえます。音仮名は、各音節について、ほぼ一ないし二種類にしぼり、しかも、その文字を訓字として用いるのをできるだけ避けるようにしていると観察されます。音仮名の一覧は、尾崎知光『古事記考説』（和泉書院、一九八九年）が作成してくれたものをもととして示せば、次のとおりです（片仮名は甲類、平仮名は乙類）。

ア阿|　イ伊|　ウ宇|　エ愛　オ意|・淤|
カ加‖・迦|・訶|　ガ賀|　キ岐|・伎‖　ギ芸|　き紀|　ぎ疑　ク久・玖‖　グ具　ケ祁|　け気　げ宜　コ古　こ許
ご碁|
サ佐|・沙|　ザ邪・奢‖　シ斯|・志　ジ士　ス須‖　ズ受　セ勢|・世　ソ蘇|　そ曾‖　ぞ叙|
タ多　ダ陀|　チ知・智|　ヂ遅|　ツ都‖　ヅ豆‖　テ氐|　デ伝‖　ト斗|・刀　ド度　と登・等　ど抒|
ナ那‖　ニ迩|・爾　ヌ奴　ネ泥|・禰|　ノ怒　の能
ハ波　バ婆|　ヒ比‖　ビ毘|　ひ斐|・肥|　び備　フ布‖・賦|　ブ夫　ヘ幣　ベ弁|　へ閇‖　べ倍|　ホ富‖・本　ボ煩|
マ麻‖・摩‖　ミ美　み微‖　ム牟|　メ売|　め米|　モ毛　も母
ヤ夜　ユ由　エ延‖　ヨ用‖　よ余|・与
ラ良‖・羅‖　リ理‖　ル流・琉|・留　レ礼　ロ漏　ろ呂|
ワ和　ヰ韋|　ヱ恵|　ヲ袁|・遠

＊|は本文中で訓字としてはまったく用いられないもの。‖は使用されてもきわめて回数が少ないもの。

その他は、訓字としても用いられているもの。

これを、『万葉集』の音仮名の種類の多さと比べると、『古事記』のしぼりかたは明らかです。たとえば、『古事記』では、イはもっぱら「伊」を用いるのに、『万葉集』では、「伊」がもっとも多いものの「以」「移」「已」などもあります。

また、仮名の字母として、飛鳥池遺跡出土の木簡の仮名主体文や、観音寺遺跡出土の和歌木簡が、訓仮名を交えたものであるのは前章にあげた資料（三六・三七ページ）に見るとおりです。「田」「目」「手」「矢」などですが、『古事記』の歌には、このような混用はありません。

音仮名は、仮名専用といえるかたちで、本文の訓主体書記とのかかわりを意識して整理されています。それがテキストとしての書記を成り立たせています。そうでないと、解読自体が混乱に陥ってしまうでしょう。それ以前にどのようなものであったのかは、わからないというしかありません。

訓の用字に関しては、小林芳規「古事記音訓表」（『文学』一九七九年八月、一一月）の全体的整理があります。それによれば、『古事記』本文において訓字として用いられる漢字は千二百七十三字を数えるが（異なり字）、大多数は、一漢字一訓（ないし、せいぜい二訓）であって、一字多訓というのはごく限られるといいます。実際にありえた用法がしぼられ、限定されたものになっているのです。

それは、文脈的なかたちとしても整理することにつながっています。たとえば、系譜的記事は、「天皇、娶――、生御子――」というかたちをとりますが、それは、「娶」という動詞にしぼって、統一したかたちで系譜を一貫させるということに他なりません。また、願望表現は、「欲＋動詞」というかたちにしぼりあげられてゆく（このことは後でもふれます）のも、『古事記』のなかではそれだけに限定されているということであって、文字世界で現実にありえた願望表現とは違っています。

「受」「授」をめぐる問題もその一例ということができるでしょう。犬飼隆『木簡による日本語書記史』（笠間書院、二〇〇五年）が取り上げた問題です。

『古事記』においては、この二つの字が、「受」（八例）は、受け取る、「授」（七例）は、さずける、の意で使い分けられています。

受――其一言主大神、手打、受其奉物。（下巻、雄略天皇条）

授――取牟久木実与赤土、授其夫。（上巻）

一例ずつあげましたが、前者は、神が捧げ物を受け取ったのであり、後者は、スセリビメが夫（オホアナムヂ）に木の実と赤土とを与えたというのです。使い分けははっきりしていますね。

しかし、木簡には、次のような「受」の例が出てきます。長屋王の邸宅跡から出土した、長屋王家木簡です。ちょうど『古事記』と同じ時期になると前にもいいました（図16）。

御薗作人功事急々受給　六月二日真人

とあります。表には、片岡から蓮葉を三十枚進上するということが記されています。木簡学会編『日本古代木簡集

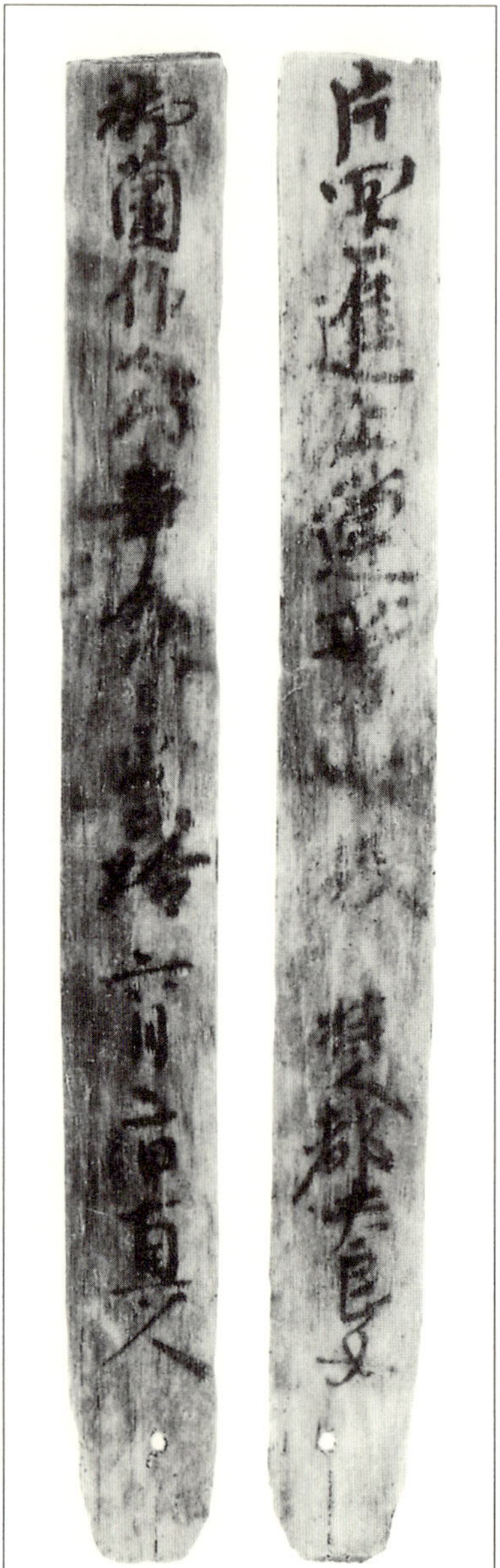

図16　長屋王家木簡〔木簡学会『日本古代木簡集成』東京大学出版会〕

長屋王家の家政機関にかかわるものです。「片岡進上蓮葉卌枚　持人都夫良女」（表）、「御園作人功事急々受給　六月二日真人」（裏）とあります。同様の木簡が他にもあります。片岡は、王家経営の畑ないし菜園で、「真人」（津守真人だということが他の木簡でわかります）は、現地の責任者かと思われます。

成』（東京大学出版会、二〇〇三年）は、「進上状」と呼んでいますが、品物送付のメモです。現地の機関・片岡から、王家に送るのですが、同じような木簡が他にもあり、進上されるのは蔬菜類が多いこともわかります。王家の経営する菜園とでもいうべきものだったのでしょう。また、「真人」は何度も登場し、「道守真人」であることも知られます。

いま、掲げたのは、進上状の裏に別な用件を記したものです。「受給」という、敬語動詞「給」は、漢文として書かれたものでないことの証です。日本語の構文として、文字の意味をつないで理解することになります。「御薗」というのは、蔬菜類をつくるから片岡の現地のことを「薗」といったのでしょう。そこで働いている人が「作人」です。「功」は給与のこと。現地から王家へ、給与について「受」に敬語をつけていうのは、与えてください、と解され、給与支給の申請と見られます。

こうした、さずける・与えるの意で用いる「受」は、七世紀末の飛鳥池遺跡出土の木簡にもあらわれます。「万病膏神明膏右□一受給申」という、薬の申請と思われる文で、敬語動詞「給」をそえて、与えてくださいといいます。日常の文字世界では、こうした「受」の使い方がなされていたのです。

それに対して、『古事記』は限定的に整理して、誤解を生じないようにしているといえます。犬飼は、『古事記』の「精錬」といいます。それは、日常とは異なる、テキストのレベルをいいあてているところがあります。ともあれ、『古事記』は、訓主体で本文を書くためにも、音仮名で歌を書くためにも、日常の文字づかいをそのまま持ち込むのでなく、整理・統一しているということです。それが、何をもたらしているか、何を可能にしているか――、要は、そこにあります。『古事記』へ向かう立場として、このことを確認しましょう。

ここまできて、ようやく、漢字テキスト『古事記』の入り口に立つことができました。

II

『古事記』の書記と方法

『古事記』に即して見ると、全体としては訓主体の書記によっています。それは、文字の用法を整理し、多数の注を施して成り立っています。ただ、歌は音仮名で書かれ、漢字のありようのうえで一緒にできないことを示しています。ひとしなみに漢字仮名交じりの訓読文にしてよむのでなく、そうした漢字テキストとしての『古事記』をよむために、訓による叙述の方法とともに、音仮名で書かれた歌が成り立たせるものを見ることがもとめられます。

四　『古事記』の訓主体書記

『古事記』は、訓読のことば――さきに述べましたが、生活のことばとは別に、人工的につくられたことばです――をベースとした読み書きの空間（文字世界）のなかで、整理・統一を加えて成り立っているということを見てきました。それを前提としてふまえて、テキストに立ち入って、そこでなにをつくっているかを見てゆくこととします。

1　注とともに成り立つ訓主体の本文

もう一度、「はじめに」に掲げた原文の図版（図1　iiiページ）を見てください。新編全集の「原文」と見合わせて、『古事記』本文が、訓主体の非漢文だということとともに、音仮名を交えるところがあること、そこに音を用いているという注がついていることにすぐ気付かされます。このような注は、『古事記』本文にはいると直ちに出会うものです。

漢字テキストとしての『古事記』が、注とともに成り立っていることを見なければなりません。注は、どういうかたちで機能するのか。小松英雄『国語史学基礎論』（笠間書院、増訂版一九八六年、初版一九七三年）が、文字の切れ続きを示し、文脈理解を保障するという点から見るべきことを示してくれました。

オノゴロ嶋の件りを取り上げて見ましょう（図17）。『古事記』本文の引用にあたっては、解釈を加えた「原文」や訓読文ではなく、漢字文の原文に近いかたちで掲げることとします。その趣旨は、「はじめに」に述べたところで諒解してください。ただ、句読点だけをつけることとします（新編日本古典文学全集を用います。なお、説明のなかでは、訓読して述べる場合もあります）。

故、二柱神立、訓立云多々志。天浮橋而、指下其沼矛以画者、塩許々袁々呂々迩此七字以音。画鳴訓鳴云那志也。而、引上時、自其矛末垂落塩之、累積成嶋、是淤能碁呂嶋自淤以下四字以音。

いくつか誤字もありますが、訂正して掲げました。イザナキ・イザナミが、天の浮橋のうえに立って、天神から与えられた矛でコロコロとかき鳴らして引き上げると、矛の先からしたたり落ちた潮が積もって嶋となった、それがオノゴロ嶋だというのです。ここに四箇所の注があります。二つは字のよみについてのもの、二つは音仮名であることを示すものです。

よみの注は、「立」と「鳴」とにつけられていますが、難しい字ではありません。二つとも、ごくやさしい字です。伝承された古いことばというのでもなさそうです。タタシと読むのは、下二段活用の他動詞でなく、四段活用

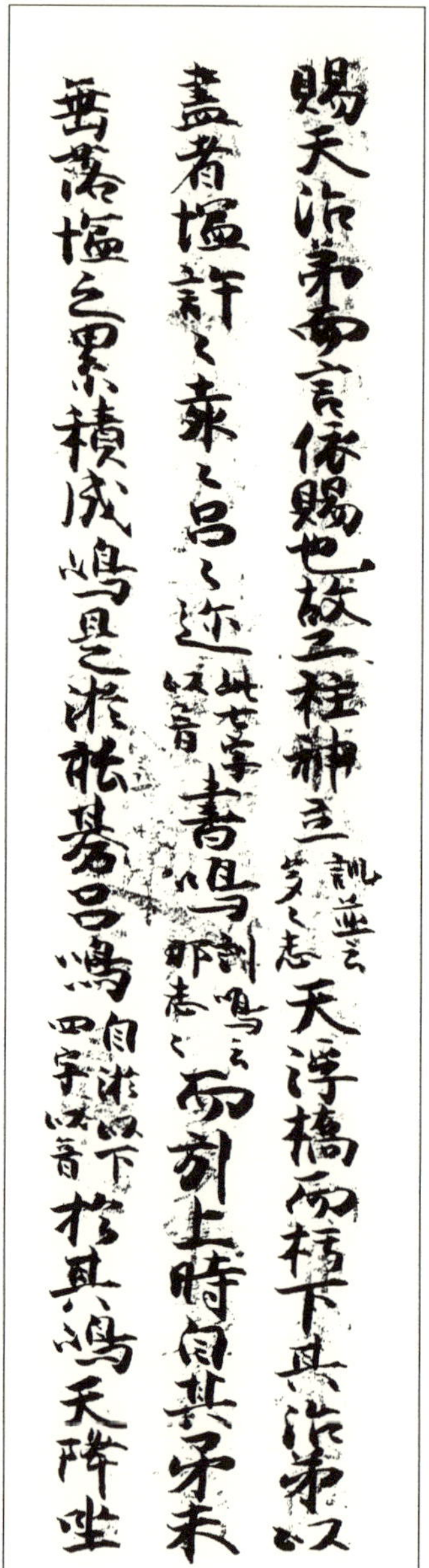

図17 『古事記』真福寺本〔印書館〕

イザナキ・イザナミ二神が天の浮橋に立って、天神の与えた天の沼矛を指しおろしてかきまわしたところ、カラカラとかき鳴らして引き上げたときに、その矛のさきからしたたる潮は積もって島になった、これをオノゴロ嶋という、とあります。「立」や「嶋」などやさしい字に訓注がつけられており、注が文脈理解のために果す機能を考える場所となります。かなり誤字が多く、一行目の、「弟」は矛、分注の「並」は立、「栫」は指、二行目の、「盡」は画、「書」は画、三行目の「鳴」は嶋、の誤字です。

の自動詞であることを示し、天浮橋ヲ立テルという文脈ではないことを示します。ナシというよみは、自動詞ナルでなく、他動詞のナス（鳴らす）であることを示します。ともに、文脈理解のためにはたらくというべきです。コヲロコヲロニ（許々袁々呂々迩）に、「この七字は音も以ゐる」とあるのは、直接にはその字が音読されるべきものであるのを示すとともに、この位置に注がつけられることによって意味の切れ目を示すという役目も担っています。「塩・コヲロコヲロニ・画鳴」という意味単位をつくるのであり、鳴＝ナシの訓注によって、塩ヲ画キ鳴ラス、という理解を保障します。訓の文字によみの注をつけるのは、字の意味がわかればいいというだけでなく、漢字の連続に対してはたらく、意味理解の保障のためのものであって、古語の再現のためではありません。

仮名を使ったり、よみを示したり、ことばのかたちがわかるようにつとめているといえますが、伝承された物語のことばのままに書こうとしているなどとは考えないでください。漢字で書くことの基本にあるのは、訓読のことばです。それを見落としたら本質を見失います。

注は、そのなかで『古事記』を書くことを可能にする技術だということができます。それは、『古事記』序文で、太安万侶がみずから述べているとおりです。すこし整理して引用すると、

上古之時、言意並朴、敷文構句、於字即難。（A）
已因訓述者、詞不逮心。全以音連者、事趣更長。（B）
是以、今、或一句之中、交用音訓。或一事之内、全以録訓。（C）
即、辞理叵見、以注明、意況易解、更非注。（D）
亦、於姓日下、謂玖沙訶、於名帯字、謂多羅斯。如此之類、随本不改。（E）

とあります。Aは、書くことの困難を一般的にいい、Bにおいて、その困難の実際について述べます。Cは、それに対する自らの選択です。そして、D、Eは、そのためにとった対応ということになります。

音と訓というのは、八世紀初における文字の技術的環境から、理念的に抽出したものです。音は、漢字を、意味とは別に、音によって用いるもの（仮名）です。訓は、漢字を意味において用いるものです。表語文字としての漢字の本性からすれば、訓が本来の用い方だといえます。訓ではいいたいもの（こころ）に届かない――訓読のことばのなかで成り立つ読み書きについての認識として見るべきですが、あとにもふれます――、音では意味理解が迂遠になるといいつつ（B）、選択したのは、音訓交用か、全訓かだというのですから（C）、訓を主体にするということです。意味理解を優先するというのです。そのために、Dでは、理解が難しいときは注をつけ、わかりやすければ、注はつけないといい、Eでは、日下＝クサカ、帯＝タラシのような、慣用表記はそのままにするといいます。

注は、理解のための方策だと、安万侶はいいます。音読注についていえば、漢字を、音と訓とで用いるのですから、区別が必要です。そうでないと混乱するだけです。宣命で、助詞の類を小書きにするのもその問題があるからだと考えてみれば納得されます。さきに述べたように、同じ字を音・訓の両方に使うことは出来るだけ避けるという整理をしますが、その上で、音仮名を用いるという注で、訓字と区別します。ただ、必要なときは注をつけ、不必要ならつけないというのです。音仮名ごとに注をつけることは、たしかに煩わしすぎますね。

理解のために、どのような注がどれだけつけられたか、一覧化すると次の表になります（神野志隆光『古事記の達成』東京大学出版会、一九八三年）。

注の類	（用例数）上巻	中巻	下巻	計

①訓注	四二	一	二	四五
②声注	二八	四	二	三四
③音読注	一九〇	一〇二	一三	三〇五
④「音引」注		二		二
⑤計数注	二〇	六〇	三二	一一二
⑥氏祖注	一〇	六〇	二	七二
⑦説明注	四	二九	九	四二
⑧崩御年干支月日注		四	一一	一五

注として示すことがらによって分類したものですが、それぞれについて、例をあげながら、簡単に説明しておきます。

訓注は、オノゴロ嶋の件りで見たとおり、「訓――云――」というかたちで、訓の字のよみをしめすもの。二つが連用形であって、文脈としての切れ続きにはたらくことにも注意したいと思います。別な例でいえば、たとえば、本文冒頭に、

天地初発之時、於高天原成神名、天之御中主神。訓高下天云阿麻。下効此。

とあります。この訓注は、「高の下の天」というのですから、「天地」「高天原」「天之御中主神」と、三度出てきた

「天」のうちの「高天原」の「天」のことだとわかります。それをアマとよむという注です。アメというよみが普通です。それに対して、アマは、下に体言がきて、それに続くときのかたちです。ですから、意味の続き（字の続き）として、アマノハラという構成のことば（それにタカがついた）であることを示します。タカアマノハラという天の世界の名と、その意味がここで与えられます。なかには、タカマガハラとか、タカマノハラといういいかたをする人もいますが、この注は、『古事記』自身は、タカアマノハラと呼べというのだと諒解しなければなりません。

声注とは、「豊雲〈上〉野神」のように、字の声調を示すものです。上巻の神名に集中してあらわれ、一例を除いてみな「上」声を指示します。これも、文字のつながりかたにかかわります。構成（文字連続）として、「豊雲〈上〉野神」の場合、豊雲－野でなく、豊－雲野であること、つまり、クモノに美称のトヨを冠したものであるという、理解をもとめるものです。

音読注は、その字が音を用いたことを示すものですが、とりわけ、訓との区別という点で機能することはさきに触れたとおりです。それが音仮名のすべてにつけられるのではないことは、たとえば、ともに応神天皇条の例ですが、

生御子、宇遅能和紀郎子。
如此御合、生御子、宇遅能和紀〈自宇以下五字以音。〉郎子也。

のような、一方は注をつけ、他方はつけないものに見るとおりです。同じ条件とも思われるのですが、前者は系譜

的記事の中にあって、「生御子、（人名）」という文脈が保障されているのに対して、後者は、本文のなかにあり、「御」も重なるので、「字」からが人名だという、意味（文字）の切れ続きを明示しようとしたものと解されます。

「音引」注は、

亜々音引。　志夜胡志志夜　此者、伊能碁布曾此五字以音。

阿々音引。　志夜胡志志夜　此者、嘲咲者也

という二例。歌のなかでの歌い方の注であり、一応並べてあげましたが、性格の異なる、特別なものとして取りのけたほうがよいでしょう。

以上は、小松英雄『国語史学基礎論』（前掲）の考え方をうけいれ、それにしたがって、たしかめてきたものです。①〜③は、ことがらとしては、字のよみ方を指示する注、とまとめられます。そして、指示する内容はそれぞれ異なるのですが、文字に直接かかわり、機能として、字がどのように続くのかという点で理解を保障することにはたらくものとして、共通するのだと認められます。訓主体で、ときに音仮名を交用する、非漢文の漢字文を成り立たせるための、技術としての注だと、その本質を見るべきなのです。

そうした、字に直接はたらく注とは、⑤〜⑧は、性格が異なります。計数注は、数え方の注ですが、系譜記事に、「娶——生御子——次——…」と列挙したあとに、「—柱」と数をまとめて示すような場合が多く、氏祖注は、たとえば、

建比良鳥命、此、出雲国造・無耶志国造・上菟上国造・下菟上国造・伊自牟国造・津島国造・遠江国造等之祖也。

のごとくで、これも系譜記事に多いものです。説明注は、「彼目如赤加賀智而」と、ヤマタノオロチの目を形容したのを、「此謂赤加賀知者、今酸醤者也」（ここで赤かがちというのは、今の酸漿のことである）と注記する類です。「赤加賀智」が音読注をつけずに「赤・かがち」とよまれるということのうえで、これを説明するものです。崩御年干支月日注は、天皇たちのすべてにつけられるものではありませんが、天皇の崩御にかんして、

天皇御歳、壱佰陸拾捌歳。戊寅年十二月崩。（崇神天皇）

のような注がつけられる場合があるのです。引用した崇神天皇の場合は、月までですが、日まで示すのが普通です。記事のなかに年月を記すことがない『古事記』において、例外的な記事であり、問題があります（次の章でふれます）。これらは、よみそのものにかかわるのでなく、よみを前提としたうえでの理解のための解説的な注です。まとめて、解説注と呼ぶのがふさわしいものです。

とくに、文字に直接かかわる注の多さが注意されますが、漢字テキストとして成り立たせるために、これほど多くの注が必要だったのです。短い、具体的な用件についてのやりとりなら、必要ないかも知れません。造像という、きまった場面にかかわる文でもそうでしょう。しかし、物語として、そうした前提条件なしに書くとき、漢文という文法のない漢字の連続は、文字使いを整理したうえでなお、理解を保障するためにこれだけの用意が必要だったということです。

繰りかえしになりますが、それでも、それは、ありえたことば（たとえば、伝承のことば）をそのままあらわしたというようなものではありません。

2　加速される人工性

助詞の類は読み添えるというかたちで、限られるものとなります。そのことについて、亀井孝「古事記は　よめるか」（『日本語のすがたとこころ（二）　亀井孝論文集4』吉川弘文館、一九八五年。初出一九五七年）は、すみずみまでこれ以外にないというふうによめるものではないのではないかと、問題を投げかけます。

古事記の散文においては、助詞の「も」は、とらへがたい。訓読では、「此二柱神亦独神成坐而隠身也」とある亦字を、「此ノ二柱ノ神モ……」とよんでゐるやうな例がないではないが、全般的にいへば、これまでの古事記の訓読のなかには、助詞の「も」は、はなはだとぼしい。

その「とぼし」さは、訓読において、助辞の類の読み添えが漢文の実質を表現するのに必要なものにとどめることに由来するというべきでしょう。「も」のような、読み添えの文脈の微妙なニュアンスは、基本的には切り捨てられるのです。微妙なニュアンスは捨てて、意味の実質を主とするといえます。そういうものとしてあることに対する認識が、序文で、「詞不逮心」（いいたいものに届かない）といわれるのです。

さらに、亀井は、

一体、「訓ヲ以テ録」した散文の部分を、韻文のやうに表現の細部にいたるまで、一定の、このヨミかた以外ではいけないといふかたちでヨムことをヤスマロは要求してゐたらうか。それを要求しなかつたからこそ、歌謡の部分だけを、あのやうなかたちで書きのこしたものであらう。しかし、それなら、古事記は、よめないか。いな――。それは、完全なかたちではヨメない。しかし、訓で書いてあるからには、よめる。

といいます。「ヨメない」が「よめる」というのは、すみずみまで全部をこうよむということにならなくとも、意味的理解が可能だということです。訓で書くことは、意味を主体として、細部を、いわばあきらめることの選択だというのです。半世紀も前にいわれたことですが、本質をいいあてています。

そして、さきに述べたように、整理・統一をもってテキストを成り立たせることは、単純化した枠組みのなかに押し込めるものとして、そうした人工性をさらに加速するといわねばなりません。

一例として、願望表現を取り上げましょう。『古事記』では、願望の表現は、「欲＋（動詞）」のかたちに統一されています。「欲」三十九例は、そういうかたちでしか使われません。

欲相見其妹伊耶那美命、追往黄泉国。（上巻）
愛我那勢命那勢那勢二字以音。下効此。入来坐之事、恐故、欲還、（上巻）

をはじめとして、皆同じであり、すべて、～ムトオモフと読むことができます。

「欲」は、「将」と同じように、未来（将然）のことをいうこともあります。しかし、『古事記』では、「将」とわけて、「欲」は願望に限定されます。逆に、願望のかたちも限定されることになります。

浜田敦「上代に於ける願望表現について」（『国語史の諸問題』和泉書院、一九八六年。初出一九四八年）が説いたように、願望のかたちは、（一）「ほし」「ほり」、（二）「む」「べし」「まし」、（三）「しか」「てしか」「ばや」、（四）「な」、の四類をあげることができます。（三）（四）は終助詞によるもの、（二）は推量としても用いられる助動詞による表現です。（一）は形容詞と動詞ですが、同根のものとして一類にされます。多様といえます。

しかし、「欲」によって、その訓読のかたちで表現するとき、マクホシ・マクホリ（『古事記』の「欲＋（動詞）」も、このかたちで読むことはできないわけではありません）と、〜ムトオモフとに限られます。たとえば、宣命に、「蒙福麻久欲為流」＝「福ひを蒙ふらまく欲りする」という例があり、法隆寺の薬師仏光背銘には「我大御病太平欲坐」＝「我が大御病太平かにあらむと欲ほし坐す」とあります。

「まし」「しか・てしか・ばや」「な」などは、「大慈恩寺三蔵法師伝」（訓点資料の代表です）の訓読では用いられないといわれます（築島裕『平安時代の漢文訓読語につきての研究』東京大学出版会、一九六三年）。訓読のことばのなかではかぎられており（自由な表現が可能ではなかったということもできますね）、さらに、『古事記』において用字が統一され、枠組みがつくられて、いわば、加速的に、単純化されているのです。

3 つくられた素朴な文体

そのことを、よりはっきり見ることが必要です。

さきにもいいましたが、漢文でない『古事記』において、訓主体で、音仮名も交えることがあるとき、文字の連続の切れ続きを示すことが、理解の保障のために必須です。それをになうものとしてある一群が、『古事記』の文字のなかで、きわめて使用頻度高くあらわれることに注意されます。

之、者、是以、以、而、故、也、尓、於、於是、次、などがそれです。たとえば、この章の最初に引いた、オノゴロ嶋の条を見てください。読点をつけて引用しましたが、読点をつけた、文字連続の切れ目には、「而」や「者」があります。「故」も、ここから新しい文がはじまるという標示になっています。こうした句読点の役割をするものがあって、理解可能になっているということができます。

切れ目を示す役をになうものが頻度高く用いられるのも、整理・統一をはたらかせていることによります。そして、それが単純化として、文体の問題となることを見なければなりません。

天石屋の場面を取り上げていいましょう。天照大御神が、石屋にひきこもってしまったのを引き出そうとした神々の試みは、次のように述べられます。

／是以八百万神／於天安之河原神集々而／〈訓集云都度比〉／高御産巣日神之子思金神令思〈訓金云加尼〉／而／集常世長鳴鳥令鳴而／取天安河之河上之天堅石取天金山之鉄而／求鍛人天津麻羅而／〈麻羅二字以音〉／科伊斯許理度売命〈自以下六字以音〉／令作鏡科玉祖命令作八尺勾璁之五百津之御須麻流之珠而／召天児屋命布刀玉命〈布刀二字以音下効此〉／而／内抜天香山之真男鹿之肩抜而／取天香山之天之波々迦〈此三字以音木名〉／而／令占合麻迦那波〈自麻下四字以音〉／而／天香山之五百津真賢木矣／根許士尓許士而／〈自許下五字以音〉／於上枝取著八尺勾璁之五百津之御須麻流之玉／於中枝取繫八尺鏡〈訓八尺云八阿多〉／於下枝取垂白丹寸手青丹寸手而／〈訓垂云志殿〉／此種々物者／布刀玉命布刀御幣登取持而／天児屋命布刀詔戸言禱白而／天手力男神隠立戸掖而／天宇受売命手次繫天香山之天之日影而／為縵天之真析而／手草結天香山之小竹葉而／〈訓小竹云佐々〉／於天石屋戸伏汗気〈此二字以音〉／而／蹈登杼呂

許志《此五字以音》／為神懸而／掛出胸乳裳緒忍垂於番登也／

ここでは、句読点は用いず、スラッシュをつけてみました。これで一文ですが、「而」の二十回もの繰りかえしが、すぐ目につきます（『古事記』全体では「而」は五百例以上にのぼります）。意味的な区切りをつけるものです。その他、「是以」はここからはじまるという標示ですし、「者」「於」も切れ目の標示になり――「於」は場所を示して、ここから意味単位となるというしるしになります――、訓注・音読注も、その位置が、意味の切れ目のしるしになります。「而」と訓注・音読注とが二重になるところもあります。単位となるそれぞれの部分では、たとえば、「手草結天香山之小竹葉」なら、「たぐさ・結う・天の香山・笹葉」という、各々の字の意味から、天の香山の笹の葉を手草に結う、というひとつのまとまりを構成します。こうして、意味単位（意味のまとまり）をつくりつつ、それらを連結することによって、石屋の前の神々の行動が並べられ、組み立てられるという場面になっています。

八百万神が天の安の河原に集う。― タカミムスヒ神の子であるオモヒカネ神をして思わせる。― 常世の長鳴き鳥を集めて鳴かせる。― 天の安の河の河上の天の堅石を取り、天の金山の鉄を取る。― 鍛冶のアマツマラをもとめる。― イシコリドメ命に命じて鏡を作らせる。― タマノオヤ命に命じて八尺の勾玉を数多く長い緒に貫き通した玉飾りを作らせる。― アメノコヤ命・フトタマ命を召して天の香山の雄鹿の肩の骨をそっくり抜き取る。― 天の香山のカニワ桜を取る。― 骨を焼いて占わせる。― 天の香山の茂った榊を根こそぎに掘り取る。― 上の枝には八尺の勾玉を数多く長い緒に貫き通した玉飾りをつける。― 中の枝には八尺の鏡をかける。― 下の枝に白い幣と青い幣を下げる。― このさまざまな品は、フトタマ命が尊い御幣として捧げ持つ。― アメノコヤ命が尊い祝詞を寿ぎ申し上げる。― アメノウズメ命が天の香山の日陰蔓を襷に掛ける。― 真析蔓を髪飾りにする。― 天の香山の笹の葉を束ねて手に持つ。― 天の石屋の戸の前に桶を伏せる。― 踏み鳴らして神懸りする。― 胸の乳を露出させ、裳の紐を女陰まで押し下げる。

これらのことが、並べられています。それを、「而」で繋いでいるのです。よまれたかたちでは、「――て」の繰りかえしとなります。「――て――て――て……」という文です。幼い子供の作文みたいな、羅列の文ですが、このようにして、神々のおこなったことどもを、全部重ねて述べあげる場面となっています。

結果としては口誦的なものに見えるかもしれません。「一センテンスに「……して」(而)をえんえん二十回近くもくり返したシャーマニスチックな語りくち」と、西郷信綱『古事記注釈』はいいます。たしかに『語りくち』とでもいいたくなるような調子があるのですが、しかし、ここに見るべきなのは、訓主体に書く中で意味単位を明示することが、文字を統一的に用いて成されることによって生じている事態であり、文体なのです。加速された人工性を、ここにも見るべきです。その単純さ、あるいは、素朴さを、「語りくち」と見誤ったら、本質からずれてしまいます。

端的に、つくられた素朴さ、というべきです。

前の章で、「人麻呂歌集」をめぐって、歌が訓主体で書かれるとき、文字の意味性とことばとの協働によってことばを立ち上がらせるという、テキストの水準を見るべきだといいました。それに対して、『古事記』の散文は、訓主体で書くのは同じですが、文字の意味によって、ことがらを示しつつ、単純化したそれを重ねてゆく文体をつくることを見てきました。そこにもたらされた素朴さのなかに、なにを可能にしてゆくか。方法といってもいいのですが、これを問うことがテキストの水準へのアプローチなのです。

4　物語の文脈をつくる文字の統一

文字の整理・統一が、方法的な意味をもつという面からもいうべきでしょう。整理・統一とは、いいかたをかえれば、単純化することですが、それが方法的にはたらくということです。

「国を作る」という表現を例にとりましょう（参照、神野志隆光『古代天皇神話論』若草書房、一九九九年）。イザナキ・イザナミの話と、オオクニヌシの話とに、のべ八例の「国」について「作る」ということがあらわれます。

A　愛我那迩妹命、吾与汝所作之国、未作竟。

B　故、持其大刀・弓、追避其八十神之時、毎坂御尾追伏、毎河瀬追撥而、始作国也。

C　故、与汝葦原色許男命為兄弟而、作堅其国。故自爾、大穴牟遅与少名毘古那二柱神、相並作堅此国。

D　於是、大国主神愁而告、吾独何能得作此国。孰神与吾能相作此国耶。是時、有光海依来之神。其神言、能治我前者、吾、能共与相作成。若不然者、国、難成。

以上の八例です。『古事記』の「作」をみわたすと、全部で八十三例になりますが、それらは、鏡を作る等、具体的な物、かたちあるものをこしらえるというものとして、整理・統一されているとも認められます。それから外れる例もあります（議を作す・大臣と作す、歌を作る、田を作る――のべ九例）が、同じ文のなかで同一字を避ける変字法か、特定の文型に限られます。建築についての「つくる」は「造」を用いるという使い分けが認められますが、「作」＝「つくる」は、物理的な作成をいうものとして統一されています。漢文としての『日本書紀』における「作」が、「忿然作色」など、物をこしらえるのをいうだけでなく多様なのに対して、『古事記』の「作」の限定は歴然としています。

そうしたなかでよむことがもとめられます。たとえば、オオアナムヂが、焼いた大石で殺されたときに、母神が高天原のカムムスヒに申し上げたところ、キサカイヒメとウムカイヒメとが派遣されました。その二神の働きは、こう述べられます。

乃遣𧏛貝比売与蛤貝比売、令作活。爾、𧏛貝比売岐佐宜此三字以音。集而、蛤貝比売待承而、塗母乳汁者、成麗壮夫訓壮夫云袁等古。而、出遊行。

それはたんに治療をいうのではありません。焼き付けられた肉体をこそげ（「きさげ」）集めて、母神の乳汁を塗って「麗」しく再生するということです。形を失ってしまったものに形を与えるから、「作る」というのです。

そうした「作」のなかに「国を作る」もあります。「国」が物と同列にいわれるのであり、要するに、イザナキ・イザナミのおこなったこととオオクニヌシの営みとが、鏡を作るのや、肉体の断片を集めて体の形をつくるのと同じ列に置かれるということです。問題的ですね。しかし、それを、『古事記』は選択していると考えるべきです。

Aは、イザナキが、死んだイザナミを黄泉にまで追って行き、帰ることをもとめることばです。わたしとお前とで作った国といいますが、その前に語られている二神のおこなったことは、「生む」ことでした。国土を生み、その上に神々を生んで、最後に火の神を生んだためにイザナミは陰部を焼かれて死んだのでした。黄泉からもどったイザナキが、禊をして出現させた神々（スサノオ、アマテラスもそのなかにあります）は、「於――所成神、名――」としながら、まとめていうときは、「十二神者、因脱著身之物所生神也」「十柱神者、因滌御身所生者也」と、「生む」といいますし、イザナキのことばに「吾者、生々子而、於生終得三貴子」ともあります。そのように「生」んだことを、「吾与汝所作之国」というのです。この「作」は、あらためて、問題的だといわねばなりません。

しかし、それが、オオクニヌシの話との通路を担っています。Bの場合、兄弟の神たちを追って、平定するといっていいものです。後のC、Dの例もみな政治的なものです。そうした政治的な表現ならば、「平」「治」もありえたということを思えば、問題性は、より明らかとなります。

物をつくることをいうのと同じ「作」におしこめて、地上の世界をつくることをいうのは、イザナキ・イザナミが、「このただよへる国を修理《つくろ》ひ固め成せ」という天神の命を受けているからです。「修理」はあるべきすがたに整えることをいいます。「ただよへる」ものに、あるべき形を与えることとして、Aの「作」は選択されました。それが、「生む」ことの「ただよへる国」に対する意味づけを可能にしたのでした。その未完を完成に導くオオクニヌシが、「ただよへる」ものの形を完成したのだと、B～Dの「作」は、はたらきます。

大事なのは、問題的な「作」によって、イザナキ・イザナミの話とオオクニヌシの話とが結びつけられるということです。そして、内容的には質の違う話が、ひとつの、「国を作る」物語という文脈――それを、主題的構造ということもできます――をつくっているということです。

イザナキ・イザナミからオオクニヌシを通じて、「国作り」が語られるという物語がはじめからあったのではありません。「作」を選択し、そこにおしこめて表現することが、『古事記』の「国作り」物語を成り立たせるのです。整理し、単純化してことがらを述べることが、その限定のなかで、物語の文脈を成り立たせることを可能にしています。それは、単純化による方法ということもできます。

五　できごとの継起の物語

単純化して、ことがらを重ねてゆくのが、『古事記』の訓の叙述だということを見てきました。「――して、――して、――して……」とことがらを重ねてゆくのであって、それによってできごとの継起として語るものです。そこにおいてつくられる物語のありよう（あるいは、方法）に目を向けてゆくことにします。

1　できごとの網羅

前章で見た、天石屋の場面をあらためて取り上げましょう。石屋の前での神々の行動が「而」でつながれて並べられることは見たとおりです。神々のおこなったことが、連結され、線条に積み上げられています。

じつは、『日本書紀』神代上第七段本書にも、ほぼ同じといってよい場面があります。アマテラスがこもって、世界が常闇となり、昼夜の交代もわからなくなったとして、神々のおこなったことを、こう述べます。

于時、八十万神、会於天安河辺、計其可禱之方。故、｜思兼神、深謀遠慮、遂聚常世之長鳴鳥、使互長鳴。亦以｜手力雄神、立磐戸之側、而中臣連遠祖天児屋命、忌部遠祖太玉命、掘天香山之五百箇真坂樹、而上枝懸八坂瓊之五百箇御統、中枝懸八咫鏡、一云真経津鏡。下枝懸青和幣、和幣、此云尼枳底。白和幣、相与致其祈禱焉。｜又猨女君遠祖天鈿女命、則手持茅纏之矟、立於天石窟戸之前、巧作俳優。｜亦以天香山之真坂樹為鬘、以蘿蘿、此云比舸礙。為手繦、手繦、此云多須枳。而火処焼、覆槽置覆槽、此云于該。顕神明之憑談。顕神明之憑談、此云歌牟鵝可梨。

これを現代語訳して、整理してみると、

八十万神が天の安の河辺に集って、祈る方法を相談した。—それで、オモイカネ神が、深い思いはかりをめぐらし、常世の長鳴鳥を集めてきて互いに長鳴きさせた。—タヂカラオ神を岩戸の脇に立たせて／中臣連の祖先であるアメノコヤネ命と忌部の祖先であるフトタマ命とが、天の香山のよく茂った榊の木を掘り取って／上の枝に長い緒に貫き通した数多くの八尺の玉を懸け、中の枝に八咫鏡を懸け、下の枝に青い幣と白い幣を懸けて、一緒に祈禱をした。—また、猿女君の祖先であるウズメ命が、茅を巻いた矛を手に持ち、天の岩屋の戸の前で、たくみにしぐさをした。—また、天の香山の真坂樹を髪飾りにし、ヒカゲカズラを襷にして／庭火を焚き、桶を伏せ、神懸りした。

となります。ダッシュ―とスラッシュ／とを使いました。神々の相談の結果おこなわれたことが、「故（a）、亦（b）、又（c）、亦（d）」と、並列されていて、b、d内部では、さらに「而」によって並べられるという構文だからです。

すぐ気付くことは、『日本書紀』の記述の方が簡単だということです（『日本書紀』は、第一、第三の一書にも、こもったアマテラスを引き出すために石屋の前で神々がおこなったことを述べます。それらも、『古事記』より簡略という点は同じです）。

対応しているといえるものでも、祈禱をしたというのについて、『古事記』は「フトタマ命が尊い御幣として捧げ持つ。アメノコヤ命が尊い祝詞を寿ぎ申し上げる」と具体的ですし、ウズメのしぐさに関してもまた、『古事記』では「胸の乳を露出させ、裳の紐を女陰まで押し下げる」と、具体的に述べます。『日本書紀』が簡略で具体性を欠くのとは異なっています。

しかも、『古事記』に述べられていることで、『日本書紀』にはまったくあらわれないことが多くあります。『古事記』の「天の安の河の河上の天の堅石を取り、天の金山の鉄を取る。―　鍛冶のアマツマラをもとめる。―　イシコリドメ命に命じて鏡を作らせる。―　タマノオヤ命に命じて八尺の勾玉を数多く長い緒に貫き通した玉飾りを作らせる。―　アメノコヤ命・フトタマ命を召して天の香山の雄鹿の肩の骨をそっくり抜き取る。―　天の香山のカニワ桜を取る。―　骨を焼いて占わせる」という部分は、すっぽりと落ちてしまうのです。

これについて、倉野憲司『古事記全註釈』は、『古事記』のほうが、より古いかたちだといいます。

紀には単に真坂樹に鏡と瓊と和幣とをつけたとだけ記して、それらの品々の製作者には触れてゐないのに、記は鏡は伊斯許理度売命（鏡作の祖）、玉は玉祖命（玉作の祖）が製作したとして、その製作者にまで言及してゐるのである。然らば何れが古色を帯びてゐるかといふに、固より軽々しく断定は出来ないけれども、多分古事記の方がより古い伝へであらう。（中略）書紀の本文に鏡作や玉作の祖まで除外されてゐるのは、『古語拾遺』に言ふやうに、それらの氏族の勢力が衰へて、中臣・斎部の勢力が格別強かつたためで、書紀より古事記の伝の方がより古いとした理由はここにあるのである。

というのですが、成立の問題として、伝承の次元に解消されるべきものでしょうか。

『日本書紀』が、「故（a）、亦（b）、又（c）、亦（d）」と並列しているのは、現に石屋の前でおこなわれていることどもです。b、d内部では、さらにそれをいうために必要なことがいくつかあるので、「而」で並べているのです。いま進行していることをいうだけであって、その準備のようなことはいわないのです。それを入れた『古事記』は、石屋の前で進行していることと、その以前の準備とを、時間的な前後にお構いなく、いっぺんに述べています。『日本書紀』は整理したかたちといえばいえますが、むしろ、叙述のしかたが異なるというべきです。このことは、テキストのレベルの問題だといわねばなりません。伝えの古さという観点から見るのでは、『古事記』と『日本書紀』の違いに対して、正当にせまることができないでしょう。

『古事記』に即していえば、神々がおこなったことを、すべて述べようとするということです。あれこれのことがら（おこったこと）を全部重ねて、そのことによって物語の場面を構成すると見るべきものです。「――して、――して、――して……」という単純な構成は、神々のおこなったことどもをすべて組み込み、できごとの広がりを網羅することを可能にしています。

要は、できごととして網羅することにあります。あくまで、ことがら（できごと）として述べることに徹しようとするものです。それが、訓で書く『古事記』の方法だととらえることができます。

2　時間的構成とは別な、できごとの継起的線条的構成

端的にいえば、『古事記』は、できごとを積み上げ、線条的に継起的に構成して場面をつくるのです。しかし、それは時間的構成ではありません。むしろ、時間的構成とは別なものだといわねばなりません。

イザナキの、黄泉国からの逃走の場面が、問題をもっともわかりやすく示すものです。イザナキは、死んだイザナミを黄泉国まで追って行きます。その黄泉の話のはじめのところの原文を、本書の「はじめに」に掲げました。かいつまんでいえば、イザナキが、イザナミにもどってくれといい、イザナミは黄泉の神と相談するから、見ないでくれといったのに、イザナキは待ちきれず、御殿の中に入って見てしまったのでした。左の御みずら（「みづら」は男子の髪型です）に刺していた櫛の太い歯を一本折って、ひとつ火を燈して「入り見」たとあります。御殿の中が暗かったのであって、黄泉国が、地下で暗黒だったというのではないことに注意してください。

見てしまったイザナミのすがたは、「うじたかれころろきて」（ウジがたかりコロコロとうごめいて）、体の各部に雷神がとりついているという、けがれに満ちたものでした。「うじたかれころろきて」や「みづら」が音仮名で書かれるのは、訓字では書けないという選択によります。

それを見て、イザナキは逃げ出します。以下は、その逃走の場面です。

於是、伊耶那岐命、見畏而逃還之時、其妹伊耶那美命言、令見辱吾、即遣予母都志許売、此六字以音。令追。爾、伊耶那岐命、取黒御縵投棄、乃生蒲子。是摭食之間、逃行。猶追。亦、刺其右御美豆良之湯津々間櫛引闕而投棄、乃生笋。是抜食之間、逃行。且後者、於其八雷神、副千五百之黄泉軍令追。爾、抜所御佩之十拳剣而、於後手布伎都々、此四字以音。逃来。猶追。到黄泉比良此二字以音。坂之坂本時、取在其坂本桃子三箇待撃者、悉坂返也。爾、伊耶那岐命、告桃子、汝、如助吾、於葦原中国所有、宇都志伎上此四字以音。青人草之、落苦瀬而患惚時、可助、告、賜名号意富加牟豆美命。自意至美以音。

最後、其妹伊耶那美命、身自追来焉。爾、千引石引塞其黄泉比良坂、其石置中、各対立而、度事戸之時、伊耶那美命言、愛我那勢命、為如此者、汝国之人草、一日絞殺千頭。爾、伊耶那岐命詔、愛我那迩妹命、汝為然者、吾一日立千五百産屋。是以、一日必千人死、一日必千五百人生也。

大意は次のとおりです。

イザナミは、恥をかかせたといって、ヨモツシコメを追わせます。逃げるイザナキが髪かざりを投げ棄てたところ、ブドウの蔓でつくったそれは、たちまち山ブドウとなり、実をつけました。シコメが、その実を食べている間に逃げますが、まだ追ってくるので、右のみずらにさしていた櫛を折って（左のみずらの櫛は、イザナミを見ようとしたときに、歯を折って火を燈しましたから、今度は右です）投げ棄てると、たちまち筍が生えました。シコメが、これを抜いて食べているうちに、イザナキは逃げます。その後、イザナミは、あの八種の雷神に、大勢の黄泉の軍勢をそえて追わせますが、イザナキは、十拳の剣をうしろ手に振りながら逃げ、なおも追ってくるのを、黄泉ひら坂のふもとに生えていた桃の実を三箇取って迎え撃つと、軍勢は坂を逃げ帰りました。そこで、イザナキは、桃の実に、今後葦原中国《あしはらのなかつくに》の生ある人々が苦しい目にあって悩むときに助けよ、といって、オホカムヅミ命という名を与えたといいます。

最後に、イザナミ自身が追ってきて、イザナキとイザナミとは、黄泉ひら坂に塞いだ千引の石を中にして、「事戸」(別離のことばといわれますが、なおよくわからないところがあります)を渡します。イザナミは、あなたの国の人草を千人くびり殺すといい、イザナキは、それなら、こちらは千五百の産屋を立てさせると応じます。これが、人間のより少なく死に、より多く生まれることのいわれだとされます。

このような話ですが、理解のために、いくつか説明を要するところがあります(以下述べることについては、参照、神野志隆光『古事記　天皇の世界の物語』NHKブックス、日本放送出版協会、一九九五年)。

まず、黄泉国は、「其の妹伊耶那美命を相見むと欲ひて、黄泉国に追ひ往きき」といわれ、イザナミがいる世界としていきなり登場します。その世界がどのようにして成り立ったのかということなどは、何の説明もありませんが、これが『古事記』の主題的な展開のしかたです。要するに、葦原中国にかかわるところという範囲でしか語らないのです。黄泉国は、イザナミを介して、葦原中国にかかわった限りで語られます。黄泉国自体を語るものではありません。

黄泉国と葦原中国とは、黄泉ひら坂が境界となりますが、地下に続くものとは認めがたく、黄泉国が地下だという表象はどこにも見出せません。ともに、「国」と呼ばれるように、天に対する、国のレベルの関係です。つまり、天地の関係における、地の側に、黄泉国もあります。

そして、大事なことですが、黄泉国とのかかわりを通じて、イザナキ・イザナミのつくってきたところは、はじめて葦原中国とよびあらわされます。ここではじめて名を示されるのです。葦の広がる、生命力に満ちた、地上世界（国）の中心となるところを意味するものです。「国」において、他の世界とかかわったとき、そうした世界としての意味を明確に定位されることになります。

その葦原中国は、イザナキ・イザナミが、島々と神々とを生んでつくってきたものですが、そこには、神でなく、現実の人間につながる存在＝「青人草」もいます。その人草に対して、黄泉国のイザナミが力を及ぼして殺すというのです。黄泉国は、イザナミの世界ですが、死者の世界ではないことを確かめておきましょう。イザナミは、人草をくびり殺すといいますが、連れて行くとはいいません。そもそも、黄泉国と葦原中国とは、塞いで行き来不可能になったのでした。

留意したいのは、「青人草」については、いままでいわれることなく、すでにあるものとして語られることです。主題にかかわりますが、『古事記』にとって、語られるべきものは、神と、神につながるものなのです。天神のもとでつくられた葦原中国が、アマテラスの決定のもとに、天から降った神に所有され、その血統をうける天皇の支配するものとなることを語るのが、『古事記』の主題です。まさに天皇の神話です。神ならざる人は、神の話のなかでかかわってきたところでだけ語られるのであって、人のはじまりが語られる性格のものではないのです。

さて、いま見たいのは、逃走の話の構成です。次々と追っ手を変えた追跡と逃走とが語られます。その追跡の展開は、はじめに追うのがヨモツシコメ、次に追うのが雷神・黄泉軍、最後にイザナミ自身と、継起的に述べて話は組み立てられています。

それは、できごとの継起としては無理なく受け入れられます。しかし、時間的展開として見ると、きわめて不自然です。

ヨモツシコメの追跡を受けたとき、イザナキは、鬘・櫛を投げ棄ててブドウ・筍を生じさせ、シコメがそれを食べる間に逃げたのでした。シコメが失敗したために、雷神たちをやったということであれば、ずっとさきまで逃げたはずのイザナキに追いつけるほど、かれらの足ははやかったのでしょうか。それとも、イザナキは足を休めて、かれらがやってくるまで時間を費やしていたとでもいうのでしょうか。あるいは、せっかちなイザナミが、シコメの追跡の成否如何はおかまいなく、次の追っ手を繰り出したとでもいうのでしょうか。

さらに、イザナキは、黄泉ひら坂にある桃の実で軍勢を撃退するのですから、境の坂まで逃げ切っていました。それなのに、イザナキはイザナミが追ってくると、坂を塞ぎ、そこで「事戸」を渡したといいます。イザナキは、それまで何をしていたのでしょうか。イザナミが追ってくるのをただ待っていたのでしょうか。

時間的契機とは別に、できごとの継起として組み立てるというべきです。それが、『古事記』の物語のありようなのです。

『日本書紀』における黄泉からの逃走の叙述と比べれば、それはなお明らかとなります。神代上、第五段第六の一書には、『古事記』と似たかたちで述べられています。

于時、伊奘冉尊恨曰、何不用要言、令吾恥辱、乃遣泉津醜女八人、一云、泉津日狭女、追留之。故伊奘諾尊、抜剣背揮以逃矣。因投黒鬘。此即化成蒲陶。醜女見而採噉之。噉了則更追。伊奘諾尊、又投湯津爪櫛。此即化成筍。醜女亦以抜噉之。噉了則更追。後則伊奘冉尊、亦自来追。是時、伊奘諾尊、已到泉津平坂。一云、伊奘諾尊、乃向大樹放屎。此即化成巨川。泉津日狭女、将渡其水之間、伊奘諾尊、已至泉津平坂。故便以千人所引磐石、塞其坂路、与伊奘冉尊相向而立、遂建絶妻之誓。

「一云」（異伝）では、追う者も話もやや違うことになっています。「醜女八人」については、鬘を投げてブドウを生じさせ、櫛を投げて筍を生じさせて、これを食うあいだにひら坂まで逃げたとあり、「泉津日狭女」（異伝）に関しては、小便が大きな川となって、これを渡る間にひら坂まで逃げたとあります。イザナミ自身が追ってきたときには、すでに境の坂に至っていて、路を塞いで、イザナミを迎えたというのであり、どちらにしても、『古事記』のような時間的な不自然さはありません。しかし、話としては、平板で面白くありません。次々と追っ手が繰り出されるという『古事記』の展開の、話としての組み立てかたが、ふくらみとして注意されます。

できごとを重ねて線条的に組み立てることが、物語のふくらみをつくって成り立つのは、石屋の前の神々の行動を述べる場合でも同じでした。さきにもいいましたが、そこでは時間的な前後にお構いなくできごとを積み上げるのでした。神々のおこなったことを網羅できることを意識していると見るべきです。それは、『日本書紀』とは異なる叙述のふくらみとなっていることを、あらためて見てください。

このできごとの継起としての物語のありようは、方法的ということができるのではないでしょうか。

3　昔話の場合

それが、伝承のありかたなどでなく、文字テキストの問題として見られるべきだといいたいのです。

このような逃走・追跡の話といえば、代表的な昔話「三枚の護符」が、ただちに想起されます。お札を投げて、山や川を出現させて時間をかせいで逃げるというパターンの話です。関敬吾『日本昔話集成』（角川書店、一九五五年）により、岩手県で採集されたものを例として見合わせて、『古事記』を振り返ることにします。

山寺の小僧があまりにいうことを聞かないので、和尚さんが「たすけのお札こ」を与えて追い出したのですが、小僧は、山で婆さま（正体は古狢）の家に誘い込まれました。そこから逃げ出すのに、お札が役を果すのです。便所に行くといって逃げ出すところから引用します。

便所さ入るど、婆さまあ、小僧まだがて縄こぱくぱくど引っぱつたどす。小僧あ、まだ、まだで言ひながら、和尚さまからもらつてきたお札こ身代りに縄こさつけで、まだまだつて言つてくろやて頼んで、自分は窓からこそつと逃げ出したどす。婆さまあ、あんまり小僧の便所入りが長いので、しびれ切らしてのぞて見るど、小僧こあゐねでお札こばかり返事してらたどす。やれ、こいづは小僧にだまされたであど、婆あ血上げで、小僧待で待でど追つかけで来たどす。ま少しでかつつがれそになつたづき、小僧こあお札こぶんと投げで、大きな大きな大川、出はれど唱へだどす。したればのんのん流れの大川が、婆の前さ出はたどす。婆あ、それみるど川の水がぶがぶど呑み干して、小僧、待で待でど追つかけで来たどす。そのうぢまだかつつがれそになつたので、こんだは、火の海になあれど、小僧こあお札こ投げたどす。すたれば婆の来る方ちあ、火の海どなつたどす。したども婆あいま呑んできたばりの川の水をみんな吐き出して火を消して、まだ小僧待で待でど、追つかけて来たどす。小僧こあ今度は、大きな大きな剣の山、出はれえて、一番しまひのお札こ投げだどす。すたれば婆の前さのつこりど、剣の山が出はたどす。婆あその剣の山、手足から血い流しながらをんざねはいて〈骨折つて〉越えてるうぢに、やつとのことで小僧あお寺さついだどす。

寺についても門が閉まっていて、小僧は、和尚さんにあけてくれと頼むが、和尚さんはゆっくり着物を着、剣の山を越えた婆の声が聞こえてくるというのに、便所に入ります。「助けでこね、たすけでこねど泣声上げで、周り廻つているうぢ、ほんとに婆あえらえらづ爪こ立でながら、血ぐるまになつてすぐそごまで追つかげで」くる、そのときようやく、和尚さんが潜り戸を開けてくれて、小僧をなかにいれピシャンと戸を閉めると、婆さまは戸に挟まれてつぶれてしまったといいます。正体は狢とわかり、小僧はその後寺を継いだと結ばれます。

ここでは、逃走・追跡が時間をおって述べられます。時間的に切迫する展開が話の盛り上がりに他なりません。その構成のしかたが、投げてものを出現させることを繰りかえして、話を膨張させることは、見れば明らかですね。新たな追跡者が次々と登場するというような場面にはならないから、時間的に不自然にはなりません。「――して」の繰りかえしには違いないのですが、できごとの拡大が、そのまま時間的展開でもあるのです。

『古事記』が、「――して、――して、――して…」と、ことがらを重ねて、できごとを継起させてゆくことは、昔話とは異なります。見られるのは、できごとの線条的構成としてつくることを、物語の構成としているものです。それは、できごとが時間的に構成されるという、わたしたちにとってはわかりやすい性格のものとは別にあるものです。「爾」などを頻度高く用いて単純化した文体が、それを成り立たせています。方法的というべきです。

ことは場面におわりません。そうした構成部分をいくつかまとめて大きな構成部分とし、たとえば天皇の単位で括り、それをつなげてゆくというのが、『古事記』の全体だということができます。

4『竹取物語』

こうした物語のありようは、『竹取物語』まで見てゆくと、いっそう問題があきらかになります。

取り上げるのは、五人の求婚者たちを語る部分です（『竹取物語』は、阪倉篤義校訂の岩波文庫本、一九七〇年によります）。よく知られているように、かぐや姫は、結婚の条件として、石つくりの皇子・くらもちの皇子・右大臣あべのみむらじ・大伴のみゆきの大納言・中納言いそのかみのまろたりの五人に対して、難題を与えます。それがどのような失敗におわるかを語るのが、この物語のほぼ半分を占めます。失敗のさまざまなケースを語ることが物語としての面白さをつくっているといえます。

それらは、石つくりの皇子、続いて、くらもちの皇子、次に……と、線条的継起的に語られます。できごとの構成としては、それで無理なく受け入れられます。石つくりの皇子が失敗したあとに登場した、くらもちの皇子の課題は、「蓬萊の玉の枝」でした。この人が、匠に作らせたものをそれと偽って持ってきたとき、翁は「この国に見えぬ玉の枝なり。この度はいかでか辞び申さむ」といいます。「この度」とは、前の石つくりの皇子に対して、こんどは、というのです。そのくらもちの皇子の嘘が露見してしりぞけられた後には、「火鼠のかはぎぬ」をもとめられた右大臣あべのみむらじが登場します。この人は財力にまかせて、その年にきていた唐の交易船に注文します。それがもたらした皮は、「うるはしき事ならぶべき物なし」といいます。それゆえ、「この度はかならずあはむと、女の心にも思ひをり」と、翁の妻（「女」）は、こんどはきっと結婚を受け入れるだろうと思います。前の二人のことがあって、「この度は」ということが利いています。

求婚者たちは、まず、石つくりの皇子、今度はくらもちの皇子、今度は右大臣あべのみむらじと、いれかわるようにして、課題を果したといってあらわれます。さらに、かぐや姫の前にはあらわれなかった次の二人の失敗とが、継起的に語られるものです。

しかし、時間的構成として見るとどうでしょうか。求婚者たちは、順に他の人の失敗を見届けてから動きはじめたというのでしょうか。それぞれ何年もかけた（全体では十年以上になります）ことを語るわけで、その間待っていたということになるのは、不自然ですね。

課題を受けて、一斉に動き出したというほうがわかりやすいでしょう。しかし、そうだとすると、「この度は」というのはどうなるでしょうか。また、最後の求婚者の話の位置が落ち着かなく思われます。五人目の求婚者は、中納言いそのかみのまろたりですが、その課題は、「燕の子安貝」でした。中納言は、これを受けて、大炊寮の飯をたく家屋につくられた燕の巣を、籠に乗り、吊りあげさせて探ったのでした。そして、墜落して命を失うことになってしまいましたが、考えてみれば、長くかかっても翌年には片がつきます。最初の石つくりの皇子は、「仏の御石の鉢」をもとめられましたが、天竺に行くと称して、「三年ばかり」たってから、大和国の山寺にあった鉢をみつくろってもってきたのでした。くらもちの皇子にしても、匠に「千余日」もかけて細工をさせたとあります。一斉にはじめたということならば、時間的にいえば、中納言いそのかみのまろたりのほうが、かれらより先に結果を得られるはずではないでしょうか。

どちらにしても落ち着きを得ないというしかないのです。むしろ、はっきりと、時間的構造をつくらないと見るべきでしょう。できごとの継起的構造ではあっても、時間的に構成されるものではないのです。

誤解のないようにいいますが、それぞれの話の内部に時間の構成がないというのではありません。くらもちの皇子の話など、計算がきちんと合った時間設定のなかで成り立っているといえます。蓬萊という、海の中の、はるか彼方の世界に赴くということで設定された時間の枠組みですが、皇子はこういいます。

さをとゝしの、二月の十日ごろに、難波より船に乗りて、海の中に出でゝ、（中略）浪に漕ぎたゞよひありきて、わが国のうちをはなれて、ありきまかりしに、（中略）舟の行くにまかせて海にたゞよひて、五百日といふ辰の時ばかりに、海の中に、はつかに山見ゆ。（中略）此枝をおりてしかば、さらに心もとなくて、舟に乗りて、追風吹きて、四百余日になむまうで来にし。

三年がかりだというのであり、匠の訴えに「玉の木を作り仕ふまつりし事、五穀絶ちて、千余日に力を盡したること少なからず。しかるに禄いまだ給はらず」とあるのと、きちんと照応します。五百日＋四百余日に、蓬萊での「二三日ばかりみありく」ことと、外洋に出るまでと、難波との往復などを加えると、千日という計算になります。それぞれの求婚者がかけた時間は、二年がかり三年がかりという、難題というに見合ったものとして、その時間をいうことが意味をもちます。しかし、その全体を時間構造として組み立ててはいないということです。あるのは、一人一人の話を重ね、継起的に積み上げるという構造なのです。それは『古事記』に通じるありようです。

付けたりですが、こう見てくると、『源氏物語』において、細部まで年表化できるということが、いかに特別かと、振り返られることでもあります。『源氏物語』について、「年立て」と称して、作品全体を年表化することが室町時代からおこなわれてきました。本居宣長によって修正が加えられたもの（『玉の小櫛』図18）を基礎として、現在も用いています。『源氏物語』を見渡すには便利ですから、どの注釈書にも年立てがつけられていますが、そうしたものをつくることができるということ自体が、この物語の特別さを証しているといえます。

源氏物語年紀圖説

本居宣長撰

桐壺帝御在位　源氏任中将

桐壺巻　此間四箇年

	桐壺ノ更衣御寵愛之事
一歳	源氏君御誕生
二歳	
三歳	桐壺更衣卒去
四歳	一ノ宮立テ為ニ春宮ト 朱雀院是也
五歳	
六歳	源氏君六歳
七歳	源氏君御書《フミ》始メ
八歳	
九歳	
十歳	
十一	
十二	源氏君御元服
十三	
十四	
十五	春玉鬘君誕生 見ユ帚木ハ夕白ニ
十六	

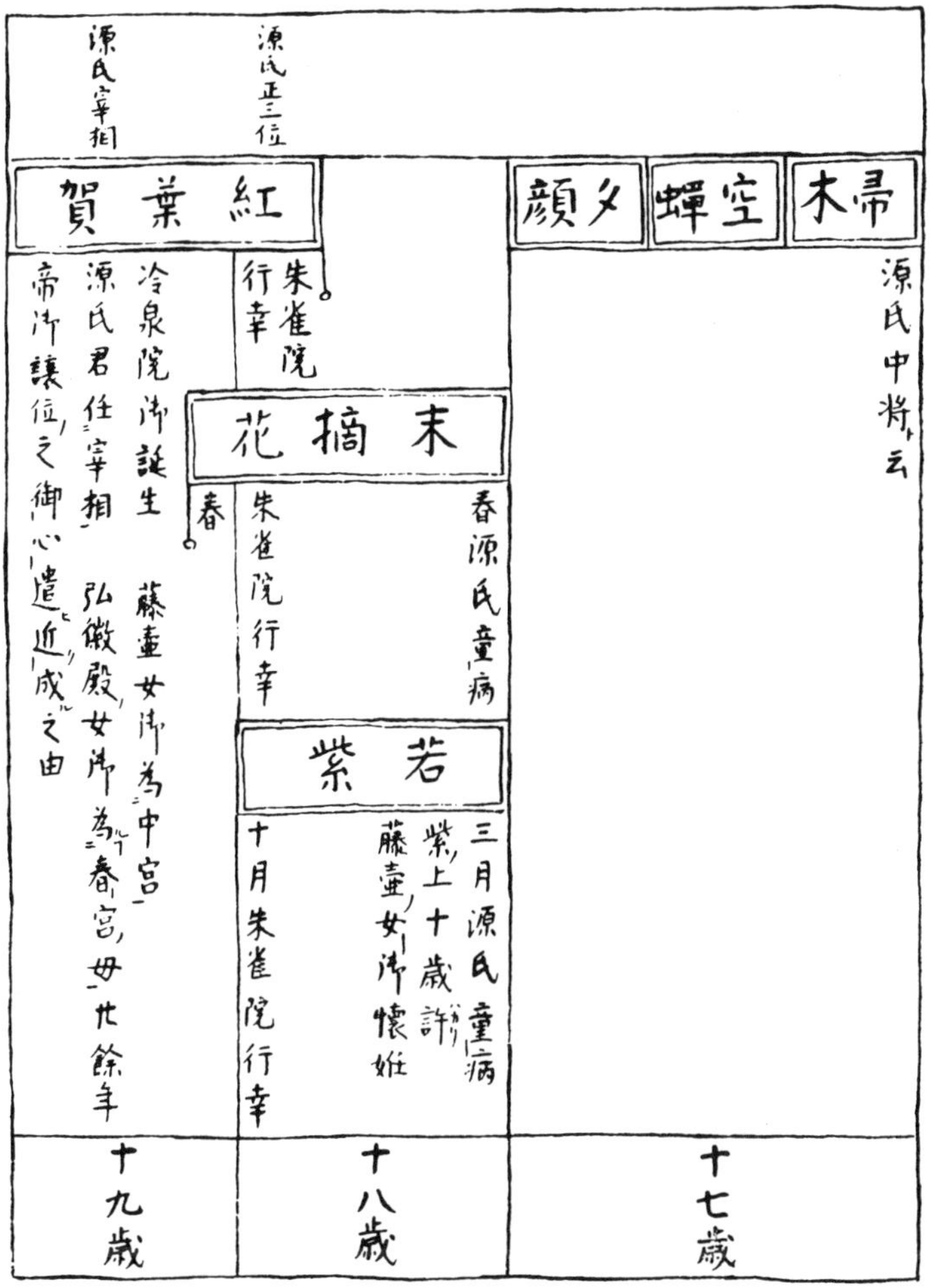

図18　本居宣長「源氏物語年紀図説」〔筑摩書房『本居宣長全集』第四巻〕

『源氏物語』を、光源氏の生涯にそくして年表的に整理する「年立」は、室町時代の『花鳥余情』からおこなわれていました。宣長は、それを批判してあたらしい年立を提出しました。宣長のものを新年立、以前のものを旧年立といいますが、宣長の年立は、『源氏物語玉の小櫛』に収めたものが完成版で、それが通説となっています。この「図説」（宣長自筆）は、『玉の小櫛』の年立の稿本です。

5 紀年をもたない『古事記』

『古事記』にもどりましょう。

『古事記』中下巻の天皇たちの物語には、紀年がありません。『日本書紀』が、「―年―月――朔――」（日が干支で示されます）、として記述するのと、原則が異なるものとなっています。それが、時間的構造をつくらない、できごとの継起として組み立てられる物語のありようの必然であることは、もう理解されますね。天皇にかかわるあれこれのできごと（おこったこと）を継起的に構成し、その天皇たちをつなぐことが『古事記』の全体なのです。

各天皇のはじめには、「――天皇、坐――宮、治天下也」とあり、おわりは、「天皇御年、――歳。御陵、在――也」と、御年（すべての天皇に記されるわけではありません。三十三天皇のうち、十天皇〈みな下巻です〉には記されません）・御陵で閉じます。いわば縁取りははっきりしていて、そのなかで、系譜を記し、できごとを継起的に構成します。その構成によって天皇を位置づけ、定位するものとしてあるのです。

ただ、紀年をもたないというと、崩御年干支月日注が問題になります。『古事記』では、崇神・成務・仲哀・応神・仁徳・履中・反正・允恭・雄略・継体・安閑・敏達・用明・崇峻・推古の十五天皇に関して、「―年―月―日崩」と崩御年干支月日（月にとどまるものが二例）が記されます。「御年――歳」としたのに注記するものが多数ですが（10/15）、「御年」がないものは、御陵のまえに注記します（図19）。『古事記伝』は、これらを元来の『古事記』の記事ではないとして削ってしまいましたが、いまあるかたちは、これらを含んだものとして見ることをもとめます。ただ、この注はすべての天皇にあるのではなく、部分的にしかありませんから、『古事記』の全体としてのありようは、紀年をもって構成するものではないといってよいでしょう。

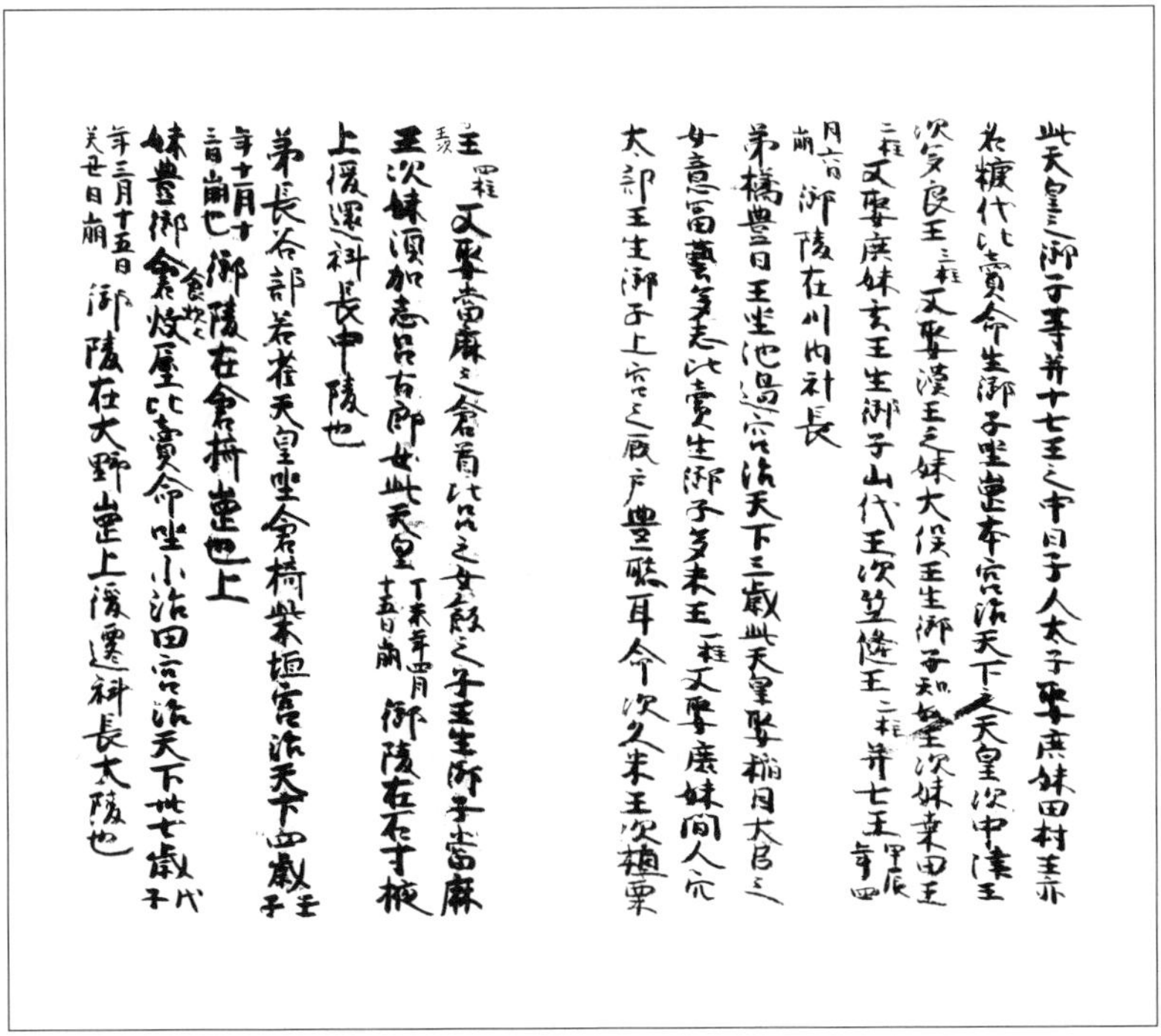
此天皇之御子等并十七王之中日子人太子娶庶妹田村王亦
名糠代比賣命生御子坐岡本宮治天下之天皇次中津王
次多良王三柱又娶漢王之妹大俣王生御子知奴王次妹桑田王
二柱又娶庶妹玄王生御子山代王次笠縫王二柱并七王甲辰年四
月六日崩御陵在川内科長
弟橘豊日王坐池邊宮治天下三歲此天皇娶稻目大臣之
女意富藝多志比賣生御子多米王一柱又娶庶妹間人穴
太部王生御子上宮之厩戸豊聰耳命次久米王次植栗
王四柱又娶當麻之倉首比呂之女飯之子生御子當麻
王次妹須加志呂古郎女此天皇丁未年四月十五日崩御陵在石寸掖
上後遷科長中陵也
弟長谷部若雀天皇坐倉椅柴垣宮治天下四歲壬子年十一月十三日崩也御陵在倉椅岡上也
妹豊御食炊屋比賣命坐小治田宮治天下卅七歲戊子年三月十五日癸丑日崩御陵在大野岡上後遷科長大陵也

図19 『古事記』真福寺本下巻巻末部 ［印書館］
ここに載せたのは、敏達天皇（後半）から推古天皇までの記事ですが、これらの天皇には系譜記事しかありません。御陵の記事の前に、崩御干支年月日が注記されています。

しかし、崩御年干支月日が注されたものにおいて、『日本書紀』と一致するものがひとつもないことは注意されます。『日本書紀』は、紀年構成の原則として、すべての天皇について、即位の年の干支を「是年、太歳――」というかたちで記します。そして、治世を年次をおって述べ、「―年―月―日崩」(日は干支で示します)、「―月―日、葬――陵」として閉じるのが基本的な形です。即位年干支と治世年とから、崩御年干支が了解されるものです。『古事記』が崩御年に干支を示すのを、おわりで標示するといえるなら、『日本書紀』は、はじまりで標示するということになりますね。この『日本書紀』の崩御年干支月日を、『古事記』のそれと見合わせると、ひとつも一致しません。『古事記伝』は、「皆書紀に記せると異なり、たゞ下巻の最末に至りてのは、書紀と合へり」というのですが、最後の、用明・崇峻・推古の三天皇は、年月までは一致するものの、日は合いません。

そのことが示唆する方向は、『日本書紀』との関係として問うべきだということです。そうした紀年をもつことにおいて(たとえ、元来のものではなかったにしても)、『古事記』は、『日本書紀』と対抗するものであろうとしているのではないかと考えさせられます。『日本書紀』とは別な「歴史」であることの主張といってもいいでしょう。おおきな問題ですが、いまは、『古事記』のつくる「歴史」の問題として考えることが必要だと確かめるにとどめます。

その点に注意を払った上で、『古事記』は、紀年をもたないというありようを原則とするのであり、それを、『日本書紀』とは別なかたちで、文字テキストとして方法化したありようだと見るべきです。

「――して、――して、――して……」という、その線条的構成は、文字の整理・統一のもとにあって、単純で、淡々とすすめられるといってよく、『古事記』を読み通そうとしたら、素朴とはいえるが、正直にいって物語としての面白さにあふれるとはいえないという感想をもつかも知れませんね。漢字テキストとしての『古事記』は、そういうものなのです。

六　訓による叙述の方法——できごとの複線化

できごとの線条的構成が、『古事記』の叙述の基本であることを見てきました。単純な叙述ともいえます。ただ、それが、単線的にできごとを積み上げてゆくだけにおわらないということを見ておきたいと思います。会話と歌（話のなかの人物の歌としてありますから、広くいえばこれも会話です）とを、叙述の方法という点から見ることが必要です。

この章では、会話を取り上げます。

1　稲羽のシロウサギ

稲羽のシロウサギの話をきっかけとしましょう。

もともとは「大穴牟遅」（オオアナムヂ。名義未詳。スサノオの六世の子孫とされます）と呼ばれた神が、兄弟の神々を逐って「大国主神」（偉大な国の主、の意で、地上世界全体の支配者であることをいいます）となり、未完のままになっていた国つくりを完成します。大国主の物語というべきまとまりをつくっているものですが、『古事記』上巻の神話的物語の五分の一を占めています。その最初に、このシロウサギの話があります。

兄弟の神たちが、ヤカミヒメに求婚しようとして因幡に行ったとき、オオアナムヂに袋を背負わせて、従者として連れて行ったのですが、ケタの岬で赤裸のウサギに出会ったといいます。

於是、到気多之前時、裸菟、伏也。爾、八十神、謂其菟云、「汝将為者、浴此海塩、当風吹而、伏高山尾上」。故、其菟、従八十神之教而、伏。爾、其塩随乾、其身皮、悉風見吹析。故、痛苦泣伏者、最後之来大穴牟遅神、見其菟言、「何由汝泣伏」。菟答言、「僕、在淤岐島、雖欲度此地、無度因。故、欺海和迩、此二字以音。下効此。言、『吾与汝、競、欲計族之多少。故、汝者、随其族在、悉率来、自此島至気多前、皆列伏度。爾、吾、蹈其上、走乍読度。於是、知与吾族孰多』。如此言者、見欺而列伏之時、吾、蹈其上、読度来、今将下地時、吾云、『汝者、我見欺』、言竟、即伏最端和迩、捕我、悉剥我衣服。因此泣患者、先行八十神命以、誨告、『浴海塩、当風伏』。故、為如教者、我身、悉傷」。於是、大穴牟遅神、教告其菟、「今急往此水門、以水洗汝身、即取其水門之蒲黄、敷散而輾転其上者、汝身、如本膚必差」。故、為如教、其身、如本也。此、稲羽之素菟者也。於今者謂菟神也。故、其菟、白大穴牟遅神、「此八十神者、必不得八上比売。雖負袋、汝命、獲之」。

会話には括弧をつけました。ケタの岬に赤裸のウサギが倒れていたところに来合わせた兄弟の神たちは、ウサギに、「海水を浴び、風に当たって山の頂に居れ」といったので、その通りにしたら、海水の乾くにしたがって、身体の皮がみな裂けてしまいました。最後に袋を背負ったオオアナムヂがやって来て正しい治療法を教えて、ウサギを救ったという話です。

この話の意味は、兄弟の神たちの無知とオホアナムヂの智恵との対比にあります。誤った指示によってウサギを苦しめたものとは違って、オオアナムヂが王となるべき智恵を備えていたことを示しているのです。

注意したいのは、この話の構成です。ウサギが赤裸でいたことの事情は、あとから来たオホアナムヂへの説明で明らかにされます。隠岐島からケタの岬に渡ろうとして、ワニをだまして一族の数を比べようといい、数えるために島から岬まで並ばせたのですが、最後のところで、だましたことをいってしまったので、ワニに皮を剝がされたのだといいます。

ウサギは、兄弟の神たちの指示のために苦しんでいることをいうのですが、ただ繰りかえすのでなく、赤裸となった経緯を含めて語ります。この会話のなかで、ウサギの治療ということとは別なできごとが述べられます。会話がなければ、単線的につなぐことで、「兄弟の神たちに間違った処置を教えられて苦しんでいた。――オオアナムヂが正しい処置で救った」とするしかありません。ワニの話は、回想ということになりますが、時間的なこととしていうのでなく、できごととして別なものを述べるというべきでしょう。

会話自体――某がこういったということ――は、できごとです。それが契機となって、次なるできごとが引き起こされるというかたちで、たとえば、天神が、イザナキ・イザナミに対して「是のただよへる国を修理ひ固め成せ」ということが、二神の天降りと国生みの契機となったように、できごとは継起してゆきます。

いま、その会話が、次なるできごとにつながるだけでなく、そうして継起するものとは別なできごとを述べ、別なできごとを並べるのです。

2 サホビメ・サホビコの物語

それは、端的に、できごとの複線化ということができます。中巻、垂仁天皇条の、サホビメ・サホビコの話における会話にも、そうした複線化の方法を見ることができるでしょう。天皇の后サホビメが、兄サホビコの反逆に加担するという話です。以下は、その発端です。

A 此天皇、以沙本毘売為后之時、沙本毘売命之兄、沙本毘古王、問其伊呂妹曰、「孰愛夫与兄歟」、答曰、「愛兄」。爾、沙本毘古王謀曰、「汝、寔思愛我者、将吾与汝治天下」而、即作八塩折之紐小刀、授其妹曰、「以此小刀刺殺天皇之寝」。

B 故、天皇、不知其之謀而、枕其后之御膝、為御寝坐也。爾、其后、以紐小刀為刺其天皇之御頸、三度挙而、不忍哀情、不能刺頸而、泣涙、落溢於御面。

C 乃天皇、驚起、問其后曰、「吾見異夢。従沙本方暴雨零来、急沾吾面。又、錦色小蛇、纏繞我頸。如此之夢、是有何表也」。

D 爾、其后、以為不応争、即白天皇言、「妾兄沙本毘古王、問妾曰、『孰愛夫与兄』。是、不勝面問故、妾答曰、『愛兄歟』。爾、誂妾曰、『吾与汝、共治天下。故、当殺天皇』、云而、作八塩折之紐小刀、授妾。是以、欲刺御頸、雖三度挙、哀情忽起、不得刺頸而、泣涙、落沾於御面。必有是表焉」。

段落を区切り、会話に括弧をつけましたが、大意は以下のとおりです。サホビメは、夫である天皇と兄である自分とどちらがいとしいかと、兄サホビコに問われ、兄だと答えたら、天皇を殺せと、小刀を渡されますが（A）、サホビメは、寝ている天皇を殺そうとして果さず、涙で天皇の顔をぬらします（B）。天皇は、目覚めて不思議な夢を見たと、サホビメに問いかけます（C）。サホビメは、その問いに答えて、いままでのいきさつを語ります（D）。この後の展開は後で取り上げますが、天皇は「あやうくだまされるところだった」といって、サホビコを攻め、そのとき、サホビメは兄のもとに奔《はし》り、兄と運命をともにします。

悲劇的といってよい話です。この話をどうとらえたらよいか、まず、「将吾与汝治天下」――わたしとお前とで天下を治めようという、サホビコのことばに注意しましょう。「治天下」とは、天皇についていうものです。つまり、天皇になるということです。そういうにはそれだけの条件が必要です。だれでも天皇になれるというわけではありません。サホビコはその条件をもっていたということです。

ここで、サホビコ・サホビメの系譜的位置を、開化天皇の条について見なければなりません。開化天皇の条は、物語的記事がなく、系譜記事だけからなります。『古事記』には物語的記事がない天皇がすくなくありませんが、開化天皇条もその一つです。ただ、系譜記事はすべての天皇に共通します。それは統一された様式（定型）をもっており、各天皇をつなぐ軸として貫き、正統な皇位継承を果してきたことを確認するものです。

『古事記』の機軸をなすものですから、比較的簡略な安寧天皇の場合を例として、どのような定型をつくるかを見たうえで、開化天皇の系譜の問題性を見ることにします。まず安寧天皇の条の全体を掲げます。

師木津日子玉手見命、坐片塩浮穴宮、治天下也。

此天皇、娶河俣毘売之兄、県主波延之女、阿久斗比売、生御子、常根津日子伊呂泥命、自伊下三字以音。次、大倭日子鉏友命。次、師木津日子命。此天皇之御子等、并三柱之中、大倭日子鉏友命者、治天下。次、師木津日子命之子、二王坐。一子、孫者、伊賀須知之稲置・那婆理之稲置・三野之稲置之祖。一子、和知都美命者、坐淡道之御井宮。故、此王、有二女。兄名、蝿伊呂泥、亦名、意富夜麻登久迩阿礼比売命。弟名、蝿伊呂杼也。

天皇御年、肆拾玖歳。御陵、在畝火山之美富登也。


改行して見やすくしましたが、「坐――宮、治天下也」と、御年・御陵とで縁取りされたなかは系譜記事だけです。「娶――、生御子、――。次、――…」というかたちで后と御子の名を記し、后が複数のときは、「又、娶――、生御子、――…」と並べます。そして、御子たちの数をまとめた上で、その中から皇位を継いだものを先頭に、御子について説明します。それには、氏祖をいうものが多いことは、あとの開化天皇の系譜記事にも見るとおりです。説明部へのつなぎには、ここのように「中」を用いるものと、「故」を用いるものとがあります。

開化天皇の系譜記事は次のとおりです。


此天皇、娶旦波之大県主、名由碁理之女、竹野比売、生御子、比古由牟須美命。一柱。此王名以音。又、娶庶母伊迦賀色許売命、生御子、御真木入日子印恵命。印恵二字以音。次、御真津比売命。二柱。又、娶丸迩臣之祖、日子国意祁都命之妹、意祁都比売命。意祁都三字以音。生御子、日子坐王。一柱。又、娶葛城之垂見宿禰之女、鶴比売、生御子、建豊波豆羅和気王。一柱。自波下五字以音。此天皇之御子等、并五柱。男王四。女王一。

故、御真木入日子印恵命者、治天下也。其兄、比古由牟須美王之子、大筒木垂根王。次、讃岐垂根王。二王。讃岐二字以音。此二王之女、五柱坐也。次、《日子坐王、娶山代之荏名津比売、亦名刈幡戸弁、此一字以音。生子、大俣王。次、小俣王。次、志夫美宿禰王。三柱。又、娶春日建国勝戸売之女、名沙本之大闇見戸売、生子、沙本毘古王。次、袁耶本王。次、沙本毘売命、亦名、佐波遅比売。此沙本毘売命者、為伊久米天皇之后。自沙本毘古以下三王名皆以音。次、室毘古王。四柱。又、娶近淡海之御上祝以伊都玖此三字以音。天之御影神之女、息長水依比売、生子、丹波比古多々須美知能宇斯王。此王名以音。次、水穂之真若王。次、神大根王、亦名、八爪入日子王。次、水穂五百依比売。次、御井津比売。五柱。又、娶其母弟袁祁都比売命、生子、山代之大箇木真若王。次、比古意須王。次、伊理泥王。三柱。此二王名以音。凡日子坐王之子、并十一王。故、兄大俣王之子、曙立王。次、菟上王。二柱。此曙立王者、伊勢之品遅部君・伊勢之佐那造之祖。菟上王者、比売陀君之祖。次、小俣王者、当麻勾君之祖。次、志夫美宿禰王者、佐々君之祖也。次、沙本毘古王者、日下部連・甲斐国造之祖。次、袁耶本王者、葛野之別・近淡海蚊野之別祖也。次、室毘古王者、若狭之耳別之祖。其美知能宇志王、娶丹波之河上之摩須郎女、生子、比婆須比売命。次、真砥野比売命。次、弟比売命。次、朝庭別王。四柱。此朝庭別王者、三川之穂別之祖。此美知能宇斯王之弟水穂真若王者、近淡海之安直之祖。次、神大根王者、三野国之本巣国造・長幡部連之祖。次、山代之大箇木真若王、娶同母弟伊理泥王之女、丹波能阿治佐波毘売、生子、迦迩米雷王。迦迩米三字以音。此王、娶丹波之遠津臣之女、名高材比売、生子、息長宿禰王。此王、娶葛城之高額比売、生子、息長帯比売命。次、虚空津比売命。次、息長日子王。三柱。此王者、吉備品遅君・針間阿宗君之祖。又、息長宿禰王、娶河俣稲依毘売、生子、大多牟坂王。多牟二字以音。此者、多遅摩国造之祖也。》上所謂建豊波豆羅和気王者、道守臣・忍海部造・御名部造・稲羽忍海部・丹波之竹野別・依網之阿毘古等之祖也。

御子たちの説明に移るところで改行しました。后とその御子を列挙して、「并五柱」と数をまとめ、「故」から、皇位を継いだ御真木入日子印恵命をはじめとして、比古由牟須美王、日子坐王、建豊波豆羅和気王を取り上げます。記事の量は多くなっても、安寧天皇のと同じ様式であることは見るとおりです。全体を一貫して統一したものに作り上げようとしています。

問題は、日子坐王にかかわる記事のありようです。《　》でくくりましたが、この部分全体が、日子坐王の説明記事です。あまりに長いものですから、もう一人の御子、建豊波豆羅和気王を取り上げるのに、「上に謂へる」ということわりを置かねばならなくなりました。この日子坐王系譜が、御子の説明というのをこえて、天皇の系譜記事とまったく同じかたちであることはわかりますね。日子坐王は、天皇に等しく待遇され、そういう位置にあったと示されるのです。

単純化して書き直せば、

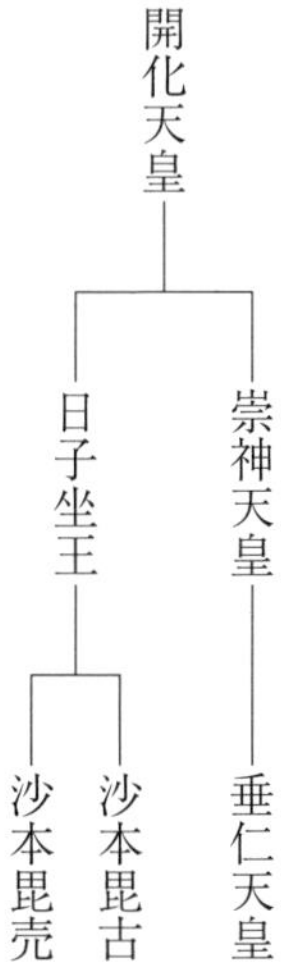

という関係図になります。サホビコは、垂仁と同等の位置にあり、サホビメと二人で天下を治めようというだけの資格をもっていたといえます。サホビコが滅びて、皇統は一元化されるのであり、皇統の問題が、この反乱の物語のベースにあるのだと見なければなりません。

この話を愛情の悲劇としてとらえようとする説もあります。「血につながる兄と、愛をかわした夫と、この二つのものへの愛情の相剋」を見、「これは権力者とは関係のない人間を主人公とした物語なのである」と、吉井巌はいいます（「「物語」と「歌謡の利用」」『鑑賞日本古典文学　歌謡Ⅰ』角川書店、一九七五年）。たしかに人間性を感じさせる話ですが、「愛情の相剋」を、サホビメの側からいうのはどうでしょうか。

天皇の側には、兄とともに稲城にこもったサホビメを取り戻そうとする気持ちがあります。ただちに討つには忍びず、「其の軍を廻らして、急けくは攻迫ず」に、「其の兄を怨むれども、猶其の后を愛しぶるに忍ふること得ず」というのでした。だから、サホビメの生んだ御子（ホムチワケ）の引取りのとき、サホビメをも奪い取ろうと用意もしました（このことはあとに述べます）。しかし、Aをもう一度読んでください。サホビメの側にあったのは、無条件といっていい兄との紐帯だといえますね。そこには古代的な兄妹のつながりを受け取るべきでしょう（参照、倉塚曄子『巫女の文化』平凡社、一九七九年）。サホビメは、ためらいなく反逆に加担して、兄と運命をともにすることを選んだのでした。

ことは、物語の理解にかかっています。

3 サホビメ・サホビコの物語　つづき

さきに引用したA～Dは、会話が中心になっていますが、Dは、それまでのこと（A、B）を繰りかえして述べるように見えます。西郷信綱『古事記注釈　三』（平凡社、一九八八年）は、「文体上、気づくのは、そのほとんどがこれまで出てきたことばの反復から成っている点である」といいつつ、「これは文字以前の物語、または〈原始的散文〉ともいうべきものに固有な語り癖に他ならない」と断じました。

しかし、「語り癖」というのでは、問題を正当にとらえられません。AとDとのあいだで、異なるものがあることを見なければならないでしょう。Dの「不勝面問故」――面とむかって問われたから、兄のほうがいとしいと答えたというのは、Aにはありません。また、Aでは、「愛兄」――兄がいとしい、と答えているのに、Dには「愛兄歟」と、「歟」が入っています。断言でなく「か」といい、ためらいの調子があります。もうひとつ、サホビコの誘いかけを表現するのに、Aでは「沙本毘古王謀曰」と「謀」となっていますが、Dでは「爾、誂妾曰」とあって「誂」といい換えられています。

その違いの方向はみな同じなのですが、「謀」と「誂」の違いについては、二つの字の意味（訓）をおさえていわねばなりません。「謀」は、「咨」（諮）とともに用いられる例（『毛詩』「小雅、皇皇者華」など）が示すように、問いはかることです。共謀であり、共同行為として、いうものです。それに対して、「誂」は、『説文解字』に「相呼誘也」とあるとおり、自分に応じさせようと働きかけ誘いかけることをいいます。

こうしてはっきりします。Dにおいて、サホビメは、積極的に加担したのではなかったと述べているのです。ただ、そこから、はじめから反逆はサホビメの意志ではなかったと導いてしまうと、誤りに陥るでしょう。大事なのは、A、BとDとでは、異なることが語られているということです。Dから、天皇を殺そうということはそもそもはサホビメの意志ではなかったというふうに整合すると、A・Bにおいてためらいなく兄に従うサホビメが見失われてしまいます。

訓で書くことは、ことがらとして書くことです。Dでもそれは同じです。A・Bにおいて、たんたんと語られることがらは、ためらいなく、無条件に兄とともにあるサホビメとして受け取らねばなりません（兄妹の相姦関係をいう説までありますが、それは、根拠なく、主観的な感想という以上のものではありません）。Bにあって、刺そうとしたときになって、「哀しき情」にたえられず、ためらいが生じたとあります。「哀」は『古事記』にはここの二例しか用例がありませんが、字の意味としては、悲哀と熟するように、かなしいということです。Aのサホビコとのやりとりは、「夫と兄と孰れか愛しみする」と問い、「兄を愛しみする」と答えています。天皇に対するのとは違うのです。愛情の相克というようなものではないというべきです。

Dの会話が語るのは、反逆がサホビメの意志ではないことを証するものでもなく、彼女の自己弁護でもなく、矛盾したことでもありません。語るのは、A、Bとは異なる別なことなのです。

それは、できごとの複線化というのがもっとも相応しいでしょう。できごとがただ単線的に語られるのではないということです。躊躇なく兄に従って反逆に加担するサホビメと、ためらいのなかにあったサホビメと、重層化といってもよいでしょう。物語としてのふくらみがつくられるということもできますが、ひとつにあわせて整合してはならないものが、そこにあります。視点を変えたできごとの構成をもって、できごとが複線化され、あるいは、重層化されるのです。

これを、テキストにおいて方法化されたものとしてとらえるべきです。会話は、訓で書き、ことがらを述べるという、地の文と同じ書記にあって、地の文のできごとの継起に対して、それと対応しながら、できごとを構成しなおし、複線化するという方法を、ここでは担っているのです。

なお、加えていえば、「哀」「愛」は心情にふれる語といえるかもしれません。しかし、内面に立ち入って述べることはしていません。ここにあるのは、ことがらを重ねて、できごと・行為や、それを導く会話を述べてゆくものです。心情は、そのものが書かれてあるのでなく、重ねられたことがら・行為――三度小刀を振り上げたが、頸を刺すことができないで、涙が顔に落ち溢れた――から受けとられるというものに他なりません。ことがらを重ねてゆくことが、そうした表現を実現しているということですね。

4 できごとの継起として書くことから受け取られるもの

その可能性について、このサホビメの物語の後半をよむなかで見ましょう。天皇がことを知ってサホビコを攻めるところからです。

爾、天皇詔之、吾、殆見欺乎、乃興軍撃沙本毘古王之時、其王、作稲城以待戦。此時、沙本毘売命、不得忍其兄、自後門逃出而、納其之稲城。此時、其后、妊身。於是、天皇、不忍其后懐妊、及愛重至于三年。故、廻其軍、不急攻迫。如此逗留之間、其所妊之御子既産。故、出其御子、置稲城外、令白天皇、若此御子矣、天皇之御子所思看者、可治賜。於是、天皇詔、雖怨其兄、猶不得忍愛其后。故、即有得后之心。是以、選聚軍士之中力士軽捷而、宣者、取其御子之時、乃掠取其母王。或髪、或手、当随取獲而掬以控出。爾、其后、予知其情、悉剃其髪、以髪覆其頭。亦、腐玉緒、三重纏手、且、以酒腐御衣、如全衣服。如此設備而、抱其御子、刺出城外。爾、其力士等、取其御子、即握其御祖。爾、握其御髪者、御髪、自落、握其御手者、玉緒、且絶、握其御衣者、御衣、便破。是以、取獲其御子、不得其御祖。故、其軍士等、還来奏言、御髪、自落、御衣、易破、亦、所纏御手之玉緒、便絶。故、不獲御祖、取得御子。爾、天皇、悔恨而、悪作玉人等、皆奪取其地。故、諺曰、不得地玉作也。

天皇は、サホビメを奪い取ろうとします。髪でも手でも、なんでもつかんで引き出せと命じ、それを予知して、サホビメは、髪を剃り、衣服・玉の緒を腐していたといいます。力士等が、髪を取ろうとすれば髪は落ち、手を取ろうとすれば玉の紐は切れ、衣服をつかもうとすれば破れて、ついにサホビメを引き出すことはできなかったとあります。

ここには、特異な文字が連続してあらわれます。「殆・逗・選・宣・掠・予・剃・腐・全・抱」は、『古事記』ではここにしか用いられません。このことについては、すでに指摘がありますが（参照、神田秀夫『古事記の構造』明治書院、一九五九年）、文字の表現への強い意識を見るべきです。

その繰りかえしもまた、口承的なものなどでなく、文字表現として意識的だというべきでしょう。述べられているのは、ことがらであり、継起するできごとです。ただ、とりもどそうとする行為、対するサホビメの用意が一々に繰りかえしていわれ、失敗も一々に繰りかえしていわれるのは、そこから読み取られるものを意図しています。天皇の愛着を受け取ることができます。「愛重」、「不得忍愛其后」は、心情にふれることばとはいえますが、外側からの説明にすぎません。訓で書くことは、こころのなかに立ち入って述べるような性格のものとはなりません。ことがらにとどまります。しかし、それを通じて受け取られる天皇の心情は、むしろ、よりたしかだといえます。そうした、ことがらを重ねて述べることがもつ可能性を意識したものが、ここにあるといってよいでしょう。

訓で書くことのなかで、『古事記』は、さまざまに可能性をもとめているのです。ただ単線的に、継起するできごとを語ることにおわるのではないものとして、『古事記』をよむべきだということを見てきました。

七

音仮名で書かれた歌が成り立たせるもの

——叙述の複線化

歌は、広い意味で会話といえます。ただ、全体が音仮名で書かれた歌は、ことがらを述べるものではありません。その歌を漢字仮名交じりに書き直して、訓主体の叙述も一緒にして、全体を同じ平面において見るのでよいでしょうか。いまおこなわれている、『古事記』のテキストの「訓読文」は、どれもそうなっています。しかし、それでは仮名で書くことの意味が見失われてしまいます。歌は仮名で書かれて、散文とは別であることを示しています。それを一様な漢字仮名交じり文にしたとき、「歌謡物語」というべきものがあらわれることになります。いいかえれば、「歌謡物語」は、そのようにしてつくりだされてしまった制度です。わたしたちがつくりだした「歌謡物語」というなかで読むのでなく、仮名で書かれてあることにおいて、訓によるできごとの継起の叙述に対してどういう役割を果すか——、漢字テキストとしての『古事記』の問題としてもとめられるのは、そうした問いかたであるべきです。

1　八千矛の神の歌

まず、上巻の八千矛の神の歌を取り上げて、歌にどう向かうべきかという問題を具体化しましょう。

前章で、大国主の物語の出だしのところを取り上げました。オオアナムヂは、その後兄弟の神たちの迫害を受けますが、それを逃れてスサノオのいる根の堅州《かたす》国に行き、そこで、スサノオの力（「生大刀・生弓矢」）と、娘であるスセリビメとを手に入れて、兄弟を追放します。そして、国全体の支配者となって、大国主神と呼ばれるようになりましたが、高志《こし》国のヌナカワヒメに求婚し、それにスセリビメがひどく嫉妬したことが、歌を中心に語られます。その話のなかでは、「八千矛神」と呼ばれています。矛は武器であり、強大な武力の持ち主であることをあらわす名です。国全体の支配者であることを、そうした武力の面から示したものです。遠い高志国まで出かけることも、国の隅々まで支配していることの証に他なりません。

この「八千矛神」という呼び名と、后の嫉妬をもてあましつつ、和めようとするすがたとは、ギャップ――抑圧的でなく、豊かな恋愛を破綻なくあらしめる、大王としての徳をそなえた神のすがたは、ギャップというべきでしょう――があります。后の嫉妬に困り果てて、「日子遅《ひこぢ》の神」――「ひこぢ」のヒコもヂも、男を尊んでいうことばです。后に対して、配偶者としての神をこういうのですが、夫君の神、といったニュアンスです――が、出雲から大和に上ろうとしたといって、歌が載せられます。

又、其神之適后須勢理毘売命、甚為嫉妬。故、其日子遅神、和備弖、三字以音。自出雲将上坐倭国而、束装立時、片御手者繋御馬之鞍、片御足蹈入其御鐙而、歌曰、

ぬばたまの　くろきみけし《黒御衣》を　まつぶさ《具》に　とりよそひ《取装》　おきつとり《沖鳥》　むなみるとき《胸見時》　はたたぎも　これ《是》は
ふさはず《適》　へつなみ《辺波》　そにぬきうて《脱棄》　そにどり《鴗鳥》の　あおきみけし《青御衣》を　まつぶさ《具》に　とりよそひ《取装》　おきつとり《沖鳥》
むなみるとき《胸見時》　はたたぎも　こ《是》もふさはず《適》　へつなみ《辺波》　そにぬきうて《脱棄》　やまがた《山方》にまき《蒔》し　あたねつき《茜春》
そめきがしる《染木汁》に　しめころも《染衣》を　まつぶさ《具》に　とりよそひ《取装》　おきつとり《沖鳥》　むなみるとき《胸見時》　はたたぎも　こし《是》
よろし《宜》　いとこ《愛子》やの　いものみこと《妹命》　むらとり《群鳥》の　わがむれいなば《我群去》　ひけとり《引鳥》の　わがひけいなば《我引去》　なかじ《泣》
とは　なはいふ《汝言》とも　やまとの　ひともとすすき《一本薄》　うなかぶし《項傾》　ながなかさまく《汝泣》　あさあめ《朝天》の　きりにたた《霧立》
むぞ　わかくさ《若草》の　つまのみこと《妻命》　こと《事》の　かたりごと《語》も　こ《此》をば

歌については、音仮名であることを考慮すれば、ひらがなだけにするべきかも知れません。しかし、全文ひらがなにしてしまうと、理解しにくい――『古事記』序文に「全以音連者、事趣更長」というとおりです――ので、便宜的ですが、仮名に対して、漢字のルビをつけることにしました。

歌の前に、「束装ひ立ちし時に、片つ御手は御馬の鞍に繋け、片つ御足は其の御鐙に踏み入れて」というのは状況設定にあたります。それに対して、歌は、着替えを繰りかえし、着物を決めかねていることから歌いはじめます。まずは黒い着物を身に着けて、鴫がするように胸の辺りを見て、ぱたぱたさせてみても似合わないから脱ぎ捨て、次に、青い着物にしても、これも似合わないので脱ぎ捨て、次に、茜で染めた着物にすると、これはよろしい、ということになって、「いとこやの妹の命」と呼びかけます。「こし宜し」までは、着替えをいいます。叙事的描写であり、歌のなかで場面を説明しているといえます。

「いとこやの妹の命」以下が、歌の本体で、「いとしい妻の命よ、鳥が飛び立つみたいにわたしたちが一緒に行ってしまったならば、わたしが引かれて行ってしまったならば、泣くまいとお前はいっても、独りぼっちの一本薄のように、しょんぼりとうな垂れてお前は泣くことであろうが、その嘆きは朝の空に流れる深い霧となって立つことであろうよ、妻の命よ」と、くどき掛ける体です。

ただ、前置きとして、馬に乗ろうとして、いまに出立しようとしているといいながら、歌が、着替えているというのは、内容的に合いませんね。ちぐはぐに見えます。

この点について、益田勝実『記紀歌謡』（ちくま学芸文庫、二〇〇六年。初版一九七二年）の指摘があります。益田は、着替えをいうのは、「旅装の準備を意味するような演技でも、うたの背後に想定しなければ」理解しがたいといい、着替えをいう前半を「束装ひ立ちし時に」に対応させ、後半はいざ出発しようとした演技とともにあったと見るべきだといいます。

「片御手は御馬の鞍にかけ、片御足はその御鐙に踏み入れて、歌ひたまひしく」は、その前半のうたが歌われて、後半のうたが始まる時までの、うたの中の主人公の演技としなければ、うたの内容とは合わない。

とし、「『古事記』の筆者は、うたの途中に挿入すべき説明の置き場に窮して、このように一括して述べたものだろう」ともつけ加えます。

矛盾をいうだけでなく、その解決を、歌が「演技」とともにあったという仮説（「歌謡劇」の説）にもとめるのは魅力的ではあります。しかし、そのように解決されるべきものでしょうか。いま『古事記』としてあることに即して説明されねばならないものが、歌は「歌謡劇」として生きていたという想定のなかで合理化されてしまっています。『古事記』の理解にはなっていません。

馬に乗ろうとしたときに歌ったといいつつ、歌は繰りかえして着替えることをいう――、それが、『古事記』の叙述だと受け取らねばなりません。いま『古事記』には、ことがらとしては整合しえないままに歌があるということです。そういう歌として見、その役割を考えるのでなければなりません。「歌謡劇」の仮説で合理化するならば、『古事記』とは違う次元に歌を持ち出して、『古事記』とは異なるものをつくりだすことになってしまいます。

なお、結びの「ことの語りごともこをば」の解釈も問題です。これを、「このことを昔から語り伝えてきている」と理解する説が有力です。歌ってきたことに、古い伝承としての保障を与えるものだと解するのです。しかし、「こをば」の「こ」はこの妻問いのことであって、「事を伝える語り言でも、このことをば（おなじように伝えています）」というと見るべきです。話は語り伝えられてあり、それをふまえて歌っているのだと、歌を保障している結びと理解されるべきです。

2　枯野の話と歌

もうひとつ別な例をあげて見ましょう。下巻、仁徳天皇の条に載る枯野という船の話と、そのなかの歌です。

此之御世、菟寸河之西、有一高樹。其樹之影、当旦日者、逮淡道島、当夕日者、越高安山。故、切是樹以作船、甚捷行之船也。時、号其船謂枯野。故、以是船、旦夕酌淡道島之寒泉、献大御水也。茲船、破壊以、焼塩、取其焼遺木、作琴、其音、響七里。爾、歌曰、

からの《枯野》を　しほ《塩》にやき《焼》　し《其》があまり《余》　こと《琴》につくり《作》　かきひく《弾》や　ゆら《由良》のと《門》の　となか《門中》のいくり《海石》に　ふれた《振立》つ　なづのき《木》の　さやさや

此者、志都歌之歌返也。

とあるものです。

菟寸《とのき》河《がわ》については諸説ありますが、現在の大阪府高石市あたりにあったと見る説をとります。そこにあった木の影が淡路島と、高安山に届くというのですから、とてつもなく高い木です。この木で船を作ったら、とてもはやく行き、枯野と名付けたといいます。それで、朝夕、淡路島の泉から天皇の用いる水を酌んだというのですから、そのはやさのほどもわかります。船が壊れたとき、その材で塩を焼き、焼け残った木で琴をつくったところ、その音は遠く七村にまで響きわたったということでした。そうしためでたいことがあった、「聖帝」の御代だというのです。

そこで歌った歌が、「枯野を塩を採るために焼き、その余りで琴を作って、かき鳴らすと……（以下の理解については、後に述べます）」という歌だとあります。この歌にかんしては、八千矛の神の歌のような矛盾、ないし、ちぐはぐさをきたしているわけではありません。

ただ、内容として合わないわけではないから問題がないということではありません。「なづの木のさやさや」の「さやさや」について、鉄野昌弘「人麻呂における聴覚と視覚」（『万葉集研究』一七集、塙書房、一九八九年）は、前の「七里に響きき」と、『日本書紀』に「其音鏗鏘而遠聆」とあるのとあわせて理解しようとしました。

重要なのは、このサヤサヤが、つまるところ「其音響七里」（記）、「其鏗鏘而遠聆」（紀）、即ち枯野の焼け残りの木で作った琴の音が遠くまで響き渡ったことを表現している点であろう。（中略）琴の音は、海草の揺れ動くがごとく、大きくサヤカなのである。言わば音と形とが、強さ・大きさ・明瞭さによって、サヤサヤという言葉の中で結ばれている。

といいます。

しかし、この「さやさや」は、応神天皇条の、大雀命の太刀について歌ったという歌、

ほむた《誉田》の　ひ《日》のみこ《御子》　おほさざき《大雀》　おほさざき《大雀》　は《佩》かせるたち《大刀》　もと《本》つる《吊》ぎ　すゑふゆ《末振》　ふゆき《冬木》の　すから《素幹》が
した《下》き《木》の　さやさや

を想起すると（『古事記』における、もうひとつの「さやさや」の例です）、「さやさや」ということば自体から音の大きさや強さないし明瞭さを受け取ることはできないというほかありません。むしろ、大事なのは、「振れ立つ　なづの木の」から続くものとして、ゆらめきとともに、あるいは、ゆらめきと重ねて、音を表象するということにあります。

水に漬かった「なづの木」（海藻）と重ねて、視覚的なゆらめきがそのまま琴の音の印象となるのです。現代語に訳するのは難しいのですが、「かき弾くや」のあとは、「由良の海峡の、その海中にある岩礁に、波に揺れながら生えている木（海藻）のふれあうように、さやさやと（琴の音が鳴り響く）」というふうに、訳せるでしょう。

「さやさや」であらわされるのは、動きとともにある音であり、響き渡る音の大きさ、すなわち、木の高さ、舟の早さのとてつもなさと見合う音の大きさ(「七里に響きき」といわれたもの)とは違います。音の大きさは、ことがらとしていわれました。しかし、「さやさや」(また「さや」「さやか」も含めて)は、ことがらではありません。サヤサヤは、歌が、仮名でことばそのものを、いわばなまで示すところではじめてあらわれたものです。そうしたことばは、訓では書くことができなかったものだといってよいでしょう。ただ、念のためにいいそえますが、そのようなことばが、純粋の和語だったということではありません。『古事記』では、サヤサヤは、ここにあげたふたつの歌の例しかなく、訓で書くなかにはあらわれません。それを、訓で書かれた音の大きさと、整合してしまうと、ことがらではなかったはずのもの(だから、訓では書かれなかったもの)を、ことがらに回収してしまうのではないでしょうか。それは、歌が仮名であることによってあらわそうとしたもの(あるいは、あらわしえたもの)とは異なるものを作り出すことになってしまうのではないでしょうか。

鉄野のいうことを、ただ否定しようというのではありません。さきに八千矛の歌をめぐって見た益出も、鉄野も、ともに、読み過ごしにしないで考えるべき大事な問題を指摘しています。それを認め、受けとめたうえで、しかし、両者のように、ことがらのレベルに置いて見るのは、漢字仮名交じり文にして意味を中心に考えるからではないかといいたいのです。

歌に向かうべき態度としてもとめられるのは、端的に、歌は、訓主体の叙述とは別な、異質な叙述として見てゆくことであり、ことがらとして整合してはならないということだと、わたしは考えます。

別で、異質だというのは、文字の意味性によることがらの叙述とは違うものだということです。訓主体の叙述とは同じ平面に置いて見てはならないと、仮名で書くことそのものが拒んでいます。文字の意味性による(そして、

第四章で見ましたが、そこではことばへの還元について断念を含みます）のと、なまのことばによる歌と、表現の回路が違うものです。その回路を混乱させることが、全体を漢字仮名交じりにしたものをよむというよみかたで、すでにはじまっているといえます。じつは、そうした読みかたにおいて「歌謡物語」――歌謡を含む物語――という把握が成り立つのですね。その点で、「歌謡物語」は、じつはわたしたちの作り出した制度ではないか、振りかえらされます。

ことがらとして合わせて見ようとし（それが、「歌謡物語」という読みかたの基本的態度でした）、合わないと矛盾を見るというやりかたは、正しいとはいえません。そこから離れてはじめるべきだとたしかめてきました。

3 赤猪子にかかわる歌

いま、訓主体の叙述とは別な異質な叙述、といういいかたをしました。叙述といったのは、抒情とか、叙事とかいったタームによらないでおきたいということがあるのです。「抒情」は、八千矛の歌のようなものには適さないし、「叙事」――これは、阿部誠「ウタとモノガタリの距離――主に詞章中の神人名をめぐって――」（『古事記年報』四四、二〇〇二年）が用いたものです――というとき、ことがらをつなぎ出来事として述べるという、訓の叙述とのあいだを明確にできないおそれがあるからです。

態度の問題として、益田勝実・鉄野昌弘を批判的に取り上げましたが、それは、わたし自身の自己批評的反省としてもいわねばならないのです。

取り上げるのは、下巻、雄略天皇条の赤猪子の話にかかわる歌です。天皇が、あるとき、三輪河のほとりで衣服を洗っている美しい乙女に出会いました。名を問うと（名を問うというのは、古代では求婚の意味をもちます。答えたら、受け入れるということです）、引田部赤猪子と答えたので、天皇は、嫁がずにいよ、まもなく召そうといって、帰ったのでした。その後のことです。

故、其赤猪子、仰待天皇之命、既経八十歳。於是、赤猪子以為、望命之間、已経多年。姿体、痩萎、更無所恃。然、非顕待情、不忍於悒而、令持百取之机代物、参出貢献。然、天皇既忘先所命之事、問其赤猪子曰、汝者、誰老女。何由以参来。爾、赤猪子答白、某年某月、被天皇之命、仰待大命。至于今日、経八十歳。今容姿既耆、更無恃所。然、顕自己志以参出耳。於是、天皇、大驚、吾、既忘先事。然、汝守志、待命、徒過盛年、是甚愛悲、心裏欲婚、悼其亟老、不得成婚而、賜御歌。其歌曰、

みもろ《御諸》の　いつかしがもと《厳白檮下》　かしがもと《白檮下》　ゆゆし《忌々》きかも　かしはらをとめ《白檮原乙女》

又、歌曰、

ひけた《引田》の　わかくるすばら《若栗栖原》　わか《若》くへに　ゐね《率寝》てましもの　おい《老》にけるかも

いくら待ってもお召しがなく、そのまま八十年がすぎ、赤猪子は、体つきも痩せしぼんでしまったが、待ち続けたこころを顕さずには気持ちがふさいで耐えられないといって、多くの贈物を従者に持たせて参上します。しかし、天皇は、以前に命じたことをすっかり忘れていて、赤猪子に、お前はどこの老婆か、なんのために来たのか、と問うのでした。赤猪子は、答えて、天皇の命を受け、今日まで八十年待って年老いてしまい、もはやみずから恃むところもありませんが、志を顕そうとして参上したのみです、といいます。天皇は不憫だといいつつ、赤猪子が大変

年老いて交わりを成すことができないのを悲しんで、歌を与えます。赤猪子も応えて歌いますが、その歌は省略しました。

天皇の一首目の歌の大意は、「みもろの近寄りがたく、神聖な樫の木のもと、その木のもとの、近寄りがたく神聖な乙女よ」となります。交わりを成すことをしないのは、三輪の社の木が神聖で近寄りがたいように、神聖な乙女だから手が出せないのだ、というのです。赤猪子を、三輪という土地柄にあわせて、巫女に見立てて歌っています。二首目は、「若いうちに共寝をしておいたらよかったのに。わたしは老いてしまったことよ」ということです(「ひけたのわかくるすばら」は、「わか」を導くものです)。「率寝てましもの」の「まし」は反実仮想で、実際にはできないこと悔やんだかっこうです。結句「老いにけるかも」は、赤猪子のことをいうととる説が有力ですが、「率寝」の主体は天皇ですから、ここも天皇が主体だと見るべきです。交わりができないのを、自身の老いによるものとしていうわけですね。

二首とも、歌と、地の文とは合わないといわねばなりません。一首目は、「乙女」というのでは合いませんね。土橋寛『古代歌謡全注釈　古事記編』(角川書店、一九七二年)が、「八十余歳を経て老嫗になってしまった赤猪子には適合しない」というのは、そのとおりです。しかし、土橋が、「この歌が元来独立歌謡で、(中略)三輪地方の民謡と推測したい」というかたちで問題を解消するのは、いかがでしょうか。合わなさを、『古事記』のそとに持ち出して解決しようとするのですから、それは、『古事記』の理解とはいえませんね。

といって、わたしと、山口佳紀とが共同して注をつけた、『新編日本古典文学全集1　古事記』(小学館、一九九七年)のように、八十歳をはるかに越えた赤猪子を「童女」と言うのはおかしいようだが、ここはそう表現することで、相手を救うのである。

といってよしとできるだろうかと、問い返されるでしょう。

この注は、やはり、「老女」と地の文にあることと、歌が「をとめ」ということとの合わなさを、前者、つまり、できごととしての叙述の側に引き取って合理化して解消しているのではないかといわれれば、そうなっていると答えねばなりません。そうした整合のしかたは、仁徳天皇条の枯野の歌をめぐって批判した鉄野説と同じことです。批判は自分にはねかえります。

二首目については、通説が、八十年を経た赤猪子のことをいう地の文にあわせて、歌の「老いにけるかも」を理解しようとしてきたのを、歌の文法から考え直しました（この理解は、もっぱら、共著者の山口に負うものです）。地の文とは別なかたちでいうものとして、歌を見ることに、結果としてなります。

そこから、一首目にも向き直っていうべきだったのです。大事なのは、まず物語を整合的によむということでなく、歌を別な叙述としてうけとることです。八十年を経て、「老女」になってしまい交わりを成すこともできないというのと、「乙女」と歌うのとは、落差があります。ことがらとして整合しえないままにあるというしかありません。歌が、その落差をつくっているのです。訓の叙述だと矛盾ですが、別な叙述として並存しうるということです。その並存は、結果として、哀惜（とでもいうしかないものが、受け取られます）をそこにもたらすといえます。それは、赤猪子を救うことにはなるかも知れませんが、救いがさきにいわれるべきではありませんね。

歌を、別な叙述として、いわば一元化しないで見ること、取るべき方向はそこにあります。むしろ、そこにしかない、というべきでしょう。

4 叙述の複線化としての歌

要するに、『古事記』における歌は、機軸としての、文字の意味性によることがらの叙述のなかに、会話としてあり、歌というかたちをとることで、なまのことばによる叙述を、別に、並存して成り立たせている（叙述を複線化する）、ということにつきます。

この点について、身崎壽「軽太子物語――『古事記』と『日本書紀』と」（『古事記研究大系9 古事記の歌』高科書店、一九九四年）が、

ウタとモノガタリとは、わたくしたちの認識とは別の思考法にもとづいて結合しているのではないだろうか。

というのは、本質にふれたものといえます。「ウタとモノガタリとの齟齬」について、「齟齬ともみられかねない例」を、すべて「整合的によみなおすことは不可能だ。単につじつまをあわせるというのとはちがった理解のしかたが必要なのではないだろうか」というのも、正当だと受け止められます。

阿部誠前掲論文が、「ウタはウタとして、モノガタリとは別なところで存していた」といい、「すべて、モノガタリに巻き取られ、それを伝誦の外部環境として有しながら、ウタとしての自律性を保ってきた物語歌（独立歌）だった」というのも、ここにかかわらせて受け止められます。「モノガタリに巻き取られ」ということではないとい

うことは述べてきたとおりですが、「自律性」という歌への視点は正当です。会話としての、仮名による歌の叙述は、できごとの継起的構造という訓主体の叙述の機軸とは別に方法化されているのであって、それぞれの個々の歌が、内容として合うか合わないかが問題ではありません。身崎ふうにいうならば、合う・合わないという理解は、わたしたちの「思考法」にすぎません。

叙述の複線化といいましたが、単一的単線的でない叙述を、歌がつくるということです。品田悦一「歌謡物語——表現の方法と水準」（『国文学』三六巻八号、一九九一年）が、さきの赤猪子の歌をめぐって、

事柄の継起に沿った一方向の流れが歌謡の介在によって堰き止められ、そこに現出する磁場において、叙述そのものの複線化が果たされるのである。

というとおりです。叙述の複線化と、明確にいわれたことを受け止めたいと思います。

さらに、品田が、

歌謡と散文は単に同一平面に並置されているのではなく、立体的に交叉する関係において相互に連携しあっているのである。

というのは、本質を的確についていると受け取られます。ただ、品田が、「単線的叙述の内部に多声的意味作用というべきものがもたらされているのだと思われる」というのはいかがでしょうか。「多声的意味作用」ということ

に対して、「多声的」な叙述をもたらすことを見るべきだが、歌は「意味作用」ではないといわねばなりません。あくまで文字テキストの問題として、複線化された叙述と見るべきだと、あらためていいましょう。歌は別な叙述なのであり、テキストのなかの会話という場において、それはあります。

会話について、訓主体の叙述のなかにあって、できごとの継起の単線的構造におわるのではなく、できごとを複線化するということを、前章において見ました。歌は、訓の叙述による会話の、できごとの複線化とは異なります。「抒情」・「叙事」という用語を避けたゆえんですが、要は、歌は、叙述の質を異にする会話だということが、もっとも、核心的な問題なのです。

そうした立場から、どうよまれるべきか、取り上げてきた歌についてふれておきましょう。

はじめに見た、八千矛の神の歌の前半は、叙事的です。それは、着替えをいうといえば、それまでですが、いまにも出立しようとしていることに対して、決断とはうらはらな、逡巡の気分をもたらすものとなっています。後半が和解の手を差し伸べる体であるのとあい応じて、それは意味をもつと見るべきです。ちぐはぐ――訓による叙述ならば、そうなってしまいます――なのでなく、馬に乗りかかった動作（歌の前の文）と、場面説明的な着替えの繰りかえし（歌）と、あいまって――品田のいうように、「多声的」に――あらわしだすところを見るべきです。

枯野の歌は、「七里」に響くというとてつもなく大きな音ということ（地の文）とは別に、海藻のゆらめきと重ねて音の印象を立ち上がらせます。「かき弾くや…なづの木のさやさや」という文脈には飛躍を含んでいます。音と海藻のゆらめきとは論理的につながりようがありません。歌は、その飛躍を可能にするものなのです。

赤猪子の話にかかわる歌は、地の文に「老女」とあるのに対して、「乙女」が、ことがらとの落差を呼び起こす叙述としてあります。歌によって持ち込むことができた「乙女」――訓の会話であれば、矛盾でしかなくなってしまいます――が、作り出してしまうものとして、この落差と、それがもたらす哀惜を受け取ることができます。

すべての歌について、歌だけを見るのでなく、同じ叙述の平面に並べて整合するのでもなく、テキストのそとに持ち出して成立論的に解決するのでもなく、漢字テキストとしての『古事記』において、訓による叙述に対する、歌による叙述の複線化として見る――叙述の張り合いにおいてテキストは成り立っています――という視点が必要だということです。

下巻、允恭天皇の条、軽太子・軽大郎女の物語は、そうした視点がより明確にもとめられ、述べてきた立場がためされる場となります。

八 歌の方法――軽太子・軽大郎女の物語

軽太子と軽大郎女の物語（允恭天皇条）の大筋はつぎのとおりです。二人は同母の兄妹ですが、愛しあってしまいます。そして、太子が伊予に流されたとき、大郎女は伊予まで追って行き、そこで二人は自死を選びます。悲劇的な物語であり、『古事記』のなかでももっとも印象的な話の一つといえます。それは、十二首という、多数の歌をふくんでいます。というより、歌を中心として構成されています。歌の方法的問題がもっともよくあらわれたところとして、取り上げたい所以です。

1 歌を中心とした構成

まず物語全体を掲げます。

天皇崩之後、定木梨之軽太子所知日継、未即位之間、姧其伊呂妹、軽大郎女而、歌曰、

A あしひきの　やまだ《山田》をつく《作》り　やまだか《山高》み　したび《下樋》をわし《走》せ　したど《下訪》ひに　わがとふ《我訪》いも《妹》を　した《下》なき《泣》に
わが《我》な《泣》くつま《妻》を　こぞ《今夜》こそは　やす《安》くはだ《肌》ふれ《触》

此者、志良宜歌也。

又、歌曰、

B ささば《笹葉》に　うつ《打》やあられ《霰》の　たしだしに　ゐね《率寝》てむのち《後》は　ひと《人》はかゆ《離》とも　うる《愛》はしと　さね《寝》しさね《寝》て
ば　かり《刈》こも《薦》の　みだれ《乱》ばみだれ《乱》　さね《寝》しさね《寝》てば

此者、夷振之上歌也。

是以、百官及天下人等、背軽太子、帰穴穂御子。爾、軽太子、畏而、逃入大前小前宿禰大臣之家而、備作兵器。爾時所作矢者、銅其箭之内。故、号其矢謂軽箭也。穴穂王子、亦、作兵器。此王子所作之矢者、即今時之矢者也。是、謂穴穂箭也。於是、穴穂御子、興軍、囲大前小前宿禰之家。爾、到其門時、零大氷雨。故、歌曰、

C おほまへ《大前》　をまへすくね《小前宿禰》が　かなとかげ《金門蔭》　かくよりこね《斯寄来》　あめたちやめむ《雨立止》

爾、其大前小前宿禰、挙手打膝、儛訶那伝、自訶下三字以音。歌参来。其歌曰、

D みやひと《宮人》の　あゆひ《足結》のこすず《小鈴》　おち《落》にきと　みやひと《宮人》とよむ《響》　さとびと《里人》もゆめ

此歌者、宮人振也。

如此歌、参帰、白之、我天皇之御子、於伊呂兄王無及兵。若及兵者、必人、咲。僕、捕以貢進。爾、解兵、退坐。故、大前小前宿禰、捕其軽太子、率参出以、貢進。其太子、被捕歌曰、

E あまだむ《天廻》　かるのをとめ《軽嬢子》　いたな《甚泣》かば　ひとしり《人知》ぬべし　はさのやま《波佐山》の　はと《鳩》の　したなき《下泣》になく《泣》

又、歌曰、

F　あまだむ《天廻》　かるをとめ《軽嬢子》　したたにも《確々》　よりねてとほれ《寄寝通》　かるをとめども《軽嬢子》

故、其軽太子者、流於伊余湯也。亦、将流之時、歌曰、

G　あまとぶ《天飛》　とりもつかひぞ《鳥使》　たづがねの《鶴音》　きこえむときは《聞時》　わがなとはさね《我名問》

此三歌者、天田振也。

又、歌曰、

H　おほきみを《大君》　しまにはぶらば《島放》　ふなあまり《船余》　いがへりこむぞ《帰来》　わがたたみゆめ《我畳》　ことをこそ《言》　たたみとい《畳言》
はめ　わがつまはゆめ《我妻》

此歌者、夷振之片下也。

其衣通王、献歌。其歌曰、

I　なつくさの《夏草》　あひねのはまの《浜》　かきかひに《掻貝》　あしふますな《足踏》　あかしてとほれ《明通》

故、後亦、不堪恋慕而、追往時、歌曰、

J　きみがゆき《君行》　けながくなりぬ《日長》　やまたづの《山》　むかへをゆかむ《迎行》　まつにはまたじ《待待》　此、云山多豆者、是今造木者也。

故、追到之時、待懐而、歌曰、

K　こもりくの《隠処》　はつせのやまの《泊瀬山》　おほをには《大峰》　はたはりだて《幡張立》　さををには《小峰》　はたはりだて《幡張立》　おほをよし《大小》
なかさだめる《仲定》　おもひづまあはれ《思妻》　つくゆみの《槻弓》　こやるこやりも《臥臥》　あづさゆみ《梓弓》　たてりたてりも《立》　のちも《後》
とりみる《取見》　おもひづまあはれ《思妻》

又、歌曰、

L　こもり《隠》く《処》の　はつせ《泊瀬》の　かは《河》の　かみつせ《上瀬》に　いくひ《斎杙》を　う《打》ち　しもつせ《下瀬》に　まくひ《真杙》を　う《打》ち　いくひ《斎杙》には
かがみ《鏡》を　か《懸》け　まくひ《真杙》には　またま《真玉》を　か《懸》け　またま《真玉》なす　あがもふ《吾思》　いも《妹》　かがみ《鏡》なす　あがもふ《吾思》　つま《妻》　あ《有》
りと　い《言》はばこそよ　いへ《家》にも　ゆ《行》かめ　くに《国》をも　しの《偲》はめ

如此歌、即共自死。故、此二歌者、読歌也。

歌にはA～Lの記号をつけましたが、歌中心に構成され、多くの歌（十二首中九首）に、「――歌」「――振」という歌曲名がつけられていることが注意されます。ただ、そのようにして歌としての呼び名をもっていたということは、歌がずっと伝承されてきたことを証すものではありません。要は、保持されるべきものとしての標示です。このことについては後でふれますが、そうした、『古事記』と歌との関係を考えさせられる場ともなります。

2　相姦露見説批判

はじめに、この物語の理解のために、同母兄妹の恋愛という許されない関係が露見し、それゆえ太子は伊予に流されることになったという、いままでおこなわれてきた読み方を見直さなければならないと、わたしは考えます。その点で、この物語は読み誤られてきたのではないかということです。

二人の関係が露見したとは『古事記』は語っていないと、わたしは考えるのです。具体的に見てゆくことにします。

太子が大郎女に通じたことを語り、逢うことのかなったときの歌（A）と、なお昂まる思いの歌（B）とを二首載せることからはじまります。

A歌の大意は、山の田をつくるために、山上の水源から「下樋」（地中に埋設した配水管）を引く、そのようにこっそりと（「下」）、人目を忍んで妻問いをして私が訪ねる妹に、ひそかに泣いて私が恋泣きする妻に、今夜こそこころ安らかにその肌にふれていることだ、となります。「今夜こそは安く肌触れ」に、恋の成就の喜びが受け取られます。

B歌は、意味的には、前半と後半とで切れていて一続きではありません。前半は、笹の葉を打つあられの音がたしだしと響くように、確かに共寝をしたならば、その後はあなたがわたしから離れていってもかまわない、というもので、「たしだし」という擬声語は、「確かに」の「たし」の反復形「たしだし」と掛詞になります。ただ、音は音で、切迫感をかもし出すものとなっていますね。ようやく逢えたが、なお飽かぬ思いを訴えたものです。後半も、いとしいままにたしかに寝ることさえできたら、刈った薦《こも》がばらばらになるように、ばらばらに離れるなら離れてもかまわない、たしかに寝さえしたら、ということで、「さ寝しさ寝てば」の繰りかえしに、逢うことへの切実な願望がこめられています。前半後半は、逢ってなおみたされず、いっそう強くなった思いを訴えるという点で共通したものとして並んでいます。そして、「離ゆとも」「乱れば乱れ」ということに、破局と別離の予感が示されているということができます。

この二首の歌から、「是を以て、百官と天の下の人等と、軽太子を背きて、穴穂御子に帰りき」と続きます。それを、相姦のことが露見し、そのために人々が背いたとつなげて受けとってきましたが、それは正しかったでしょうか。「是以」（ここをもちて）は、因果関係で前後をつなぐとはかぎらないものです。たとえば、

是者草那芸之大刀也。那芸二字以音。　故是以、其速須佐之男命、宮可造作之地求出雲国。

というのは、ヤマタノオロチを退治したスサノオが宮をつくることになる件です。オロチを退治して得た剣を「草なぎの大刀」だと確かめ、「故是以」として宮を作ったと続きます。「故是以」は、因果関係をふくまず、ここで区切りをつけるという以上ではありません。つまり、即位以前にこの恋愛はあった、そして、穴穂側に人々がついて争いとなった、というだけです。人々が知ったということはどこにも書かれていません。

そのうえで、逮捕されたときの太子の歌Eを見てください。「天廻む軽の嬢子　甚泣かば人知りぬべし　波佐の山の鳩の　下泣きに泣く」というのですが、太子の一人称の歌だとすると、初二句は大郎女に対する呼びかけとなります。しかし、軽の乙女よ、と呼びかけておいて、わたしは忍び音に泣くのだと解するのでは——初二句を呼びかけとすると、そうとるよりほかなくなります——、歌としての解釈がおかしくなります。太子が泣いたからといって、どうして大郎女との仲が人にさとられるということになるでしょうか。

土橋寛『古代歌謡全注釈　古事記編』（角川書店、一九七二年）・益田勝実『記紀歌謡』（ちくま学芸文庫、二〇〇六年。初版一九七二年）の説くように——両者は同年の刊行であり、影響関係は認めがたいのですが同じ見解を示します——、大郎女についての三人称的説明の歌と見るべきです。雄略天皇が、岡の傍らに逃げ隠れた乙女に歌いかけたという、

をとめ《嬢女》の　いかく《隠》るをか《岡》を　かな《金》すき《鋤》も　いほち《五百箇》もがも　すき《鋤》ばぬ《撥》るもの

が、「金鋤も五百箇もがも」（金鋤の五百もあればいい）を括弧にくくって、「媛女のい隠る岡を」が「鋤き撥ぬるもの」（鋤きおこしてはねとってしまおうものを）に続くのと、同じ構文です。「軽の嬢子」が「下泣きに泣く」の主語となり、「甚泣かば人知りぬべし」は挿入されたもので、大郎女は、ひどく泣いたら人が知るだろうと、声をしのんで泣く、と理解されます。

相姦が露見してとらえられたときの歌だとすると、土橋のいうように、「おかしい」のです。しかし、歌がおかしいという前に、わたしたちの読み方のほうが問い返されるべきではないでしょうか。

『日本書紀』巻十三、允恭天皇二十三年、二十四年条にも対応する話があります。こちらは相姦露見を明記しています。「御膳の羹汁」がこおるという異変があり、卜によってわかったというのです。そして、太子は罪することができないとして、大郎女を伊予に流したといいます。流されたのは、男女が逆になりますが、これと一つにすることでわかりやすさをとってきてしまったのではないかと振り返られます。

『古事記』では、地の文も、歌も、露見したと読むことをもとめてはいないのではないでしょうか。

わたしは、「軽太子と軽大郎女の歌謡物語について」（『論集上代文学』一四冊、笠間書院、一九八五年）で、このことを提起しました。これに対して、いくつか批判がありましたが、それに答えながら、物語の読み方の根本にかかわるものとして、あらためて述べることにします。

批判のうちで、阪下圭八「軽太子・軽大郎女の物語」（『国語と国文学』六八巻五号、一九九一年）のいうところは基本的な態度にかかわります。阪下は、「兄妹相通という間柄からよまれた恋歌が、そのまま世に存在するとは考えにくい」といい、そうした物語にとって「必ずしも本来的でない歌謡の文言を軸に、説話の大筋を把えなおそうとするのは、倒立した方法と思えるのである」といいます。しかし、物語にとって「本来的」でないとはどういうことでしょうか。いったいどのような恋歌であれ、「そのまま世に存在する」ような恋歌などあるのでしょうか。

任意の一例をあげていえば、たとえば仁徳天皇と八田若郎女との、

やたの《八田》　ひともとすげ《一本菅》は　こもた《子持》ず　たち《立》かあれ《荒》なむ　あたら《惜》すがはら《菅原》　こと《言》をこそ　すがはら《菅原》といは《言》め
あたら《惜》すが《清》しめ《女》（天皇）

大意：八田の一本菅は、子を持たないまま、立ちかれてしまうのだろうか。惜しい菅原だよ。ことばでは菅原というが、もったいない「清し女」（美しい人）よ。

やたの《八田》　ひともとすげ《一本菅》は　ひとりをり《一人居》とも　おほきみ《大君》し　よし《良》ときこ《聞》さば　ひとりをり《一人居》とも（若郎女）

大意：八田の一本菅は、大君が清し女と思ってくださるのであれば、一緒でなく一人でいてもかまわない。

＊若郎女の歌の「一人居りとも」については、天皇の歌の「子持たず」をうけて、子がなくてもそれでいいという意だと解釈するのが通説でした。しかし、福田武史「仁徳天皇と八田若郎女の贈答歌について」（『国語と国文学』八〇巻七号、二〇〇三年）が説いたように、天皇が、一本菅から子がないと導いたのを転換して、本来いっしょにあるべき人がいないことをいう「ひとり」を、一本菅から導いたと見るべきです。「清し女」を受けて、そのように「よし」とお聞きになるなら（「聞こさば」）というのであって、右の大意のように解されます。

という歌い交わしを誰がそもそも知りえたというのでしょうか。物語るところではじめて歌はありえたというべきではないでしょうか。それは、歌が伝えられていたかどうかとは別問題です。確かにいえるのは『古事記』という作品の問題ということであり、物語にとって「本来的」でない歌などありえないのではないでしょうか。

歌の理解が成り立たないところに物語としての把握もありません。要は、歌がより適切に理解されうるかどうかにかかっています。E歌を、関係が知られて太子が逐われるというなかでの歌として解釈することはできないということからはじめられるべきです。

E歌の解釈として、都倉義孝「軽太子物語再論――歌謡物語として――」(『古事記　古代王権の語りの仕組み』有精堂、一九九五年。初出一九九〇年)は、

忍び妻・隠り妻の状況を想定した表現であろう。(中略)オホイラツメもまた忍び妻であったということである。ただし、それはこの物語のごくおおまかな状況に合致しているだけで、厳密に細部に合致する必要は少しもなかった。(中略)オホイラツメとの別離に際して、拉致されるカルノミコが彼女へのせつない慕情といとしみを託した歌とされているだけでよいのである。

といい、阪下前掲論文は「「人知りぬべし」は、〝やはりそうだったのかと人々が悟るだろう〟ぐらいにとっておいたらどうであろうか」といいます。

いずれにしても、露見したということにあわせて見ようしていることから、歌の解釈に無理があることはあきらかです。露見していないことを示す歌としてよむほうが、矛盾のない、より適切な歌の理解となります。

3 皇位継承と臣下の推戴

二人の関係はあらわになっていないとして物語を読み通してゆくことによって、これまでとは異なる、より明確な理解が与えられるでしょう。

露見していないととると、人心離反が何ら理由なしに語られることになり、認めがたいと阪下・都倉前掲論文はいいます。しかし、それは、允恭天皇の即位に関する記述への注意が欠けているのです。允恭記は、系譜記事に続けてこうあります。

天皇、初為将所知天津日継之時、天皇辞而詔之、我者、有一長病。不得所知日継。然、大后始而諸卿等、因堅奏而、乃治天下。此時、新良国王、貢進御調八十一艘。爾、御調之大使、名云金波鎮漢紀武、此人、深知薬方。故、治差帝皇之御病。

天皇は病があることを理由に即位を辞退しますが、皇后や諸卿らの勧めによって即位します。そして、新羅の調の使が天皇の病を癒したというのです。新羅の「御調八十一艘」は、神功皇后に服従して「御馬甘」となって毎年貢物を献じると誓ったこと（仲哀天皇条）が果たされていることを示します。朝鮮を含む天下の秩序が揺るぎないことを確認するのです。

いま、注意したいのは、即位が、皇后や臣下の勧めを受けてなされるということです。天皇の即位に臣下が関与することは『古事記』にはこれまでは見られません。

ことは、『古事記』下巻の問題として見るべきものです。中巻の応神天皇までに朝鮮を含む天皇の世界・天下はつくりおえられます。下巻は、その世界がいかに正統に継承され、充足を保ってきたかを語ります。皇統の正統性を確認する語、「天津日継（続）」ないし「日継（続）」が、応神天皇以後の物語に繰りかえし浮上する所以です。すなわち、

（1）中巻――応神天皇条、天皇が大山守・大雀・宇遅能和紀郎子の三人の皇子のうち宇遅能和紀郎子に皇位を継承させようとする場面。（「天津日継」）
（2）下巻――允恭天皇条、允恭天皇の即位をめぐるくだり。（「天津日継」「日継」各一例）
（3）下巻――允恭天皇条、当面の軽太子排除のくだり。（「日継」）
（4）下巻――清寧・顕宗天皇条、天皇崩後顕宗・仁賢天皇が見出され即位にいたるくだり。（「天津日続」「日継」各一例）
（5）下巻――武烈天皇条、仁徳皇統の断絶となるくだり。（「日続」）

がその例です。延べ、「天津日継（続）」が三例、「日継（続）」が四例となります。このほかの用例は、上巻の、大国主神がタケミカヅチに天孫への服従を誓うことばのなかで「天つ神御子の天津日継知らしめす」と、天神につながる正統性の根源を確認するものが、一例あるだけです。皇統の要所における正統性の確認ということができます。

そして、下巻におけるこれらから見るべきものは――（1）は、記事自体は中巻にありますが、下巻の最初の天皇仁徳に即位にかかわるものです――、端的に、臣下とのかかわり（推戴）においてある天皇ということです。

「日継（続）」を受け継ぐものがいないという場面――（4）、（5）――で臣下の関与はあらわになるのです。

それぞれについて具体的に見ると、

（4）故、天皇崩後、無可治天下之王。於是、問日継所知之王、市辺忍歯別王之妹、忍海郎女、亦名飯豊王、坐葛城忍海之高木角刺宮也。

（5）天皇既崩、無可知日続之王。故、品太天皇五世之孫、袁本杼命、自近淡海国令上坐而、合於手白髪命、授奉天下也。

とあります。後者は継体天皇の即位のいきさつですが、「上り坐さしめて」「授け奉りき」に臣下の関与は明らかです。前者において「日継知らさむ王を問ひて」という、「問う」の主体も臣下であり、したがって「飯豊王を」「坐せき」と、「坐」を他動詞としてよむこととなります。山口佳紀・神野志隆光による新編日本古典文学全集本がこの理解を明確にしました。

正統性の根源は、もちろん血統にあります。しかし、めでたく満ち足りた天下をあらしめる天皇は、臣下・人民とのかかわりにおいて立たねばならないのです。「聖帝」仁徳天皇は、人民の困窮を見て課役を免じました。反正天皇は、反逆者墨江中王を討つのに、王の従者隼人に大臣とすることを約束して王を殺させたことについて、「信」「義」の間で悩みました（履中天皇条）。仁賢天皇は、「後の人」の非難を慮り、父の仇雄略天皇の陵の土を少し掘るにとどめました（顕宗天皇条）。こうたどってくると、臣下・人民とのかかわりにおいてありつつ正統性を保つべき下巻の天皇たちのありようがたしかめられますね。

允恭天皇と軽太子も、そのなかに置いて見るべきなのです。この話の書き出しに、「天皇崩りまし し後に、木梨之軽太子の日継を知らすことを定めたるに」とあります。原文は「定木梨之軽太子所知日継」とあり、「定」は他動詞として用いられる構文ですから、臣下が「定め」るということです。「軽太子を背きて、穴穂御子に帰りき」は、臣下の推戴を得られずになってしまったがゆえに太子は天皇となりえなかったのだということです。そういうだけで人心離反については十分です。

二人の関係は露見していないものとしてよむべきです。

4 歌に即して

歌に即していいましょう。話の書き出しに、「其のいろ妹、軽大郎女を姦して」とありました。「姦」は『古事記』ではここにしか用いられません。「姦」の意味は、不正な関係ということです。二人の関係が許容されるものではないことを示しています。しかし、歌を通じて受け取られるものはどうでしょうか。悪意や断罪というより、むしろ、共感と同情とが寄せられているのではないでしょうか。

ことがらとしては「姦」というしかない。しかし、歌はそれとは別なところにあるといえます。別なものであるから、ことがらとしては「姦」でしかないものを、断罪して切り捨てるのでなく、共感をよせて語ることができるのです。

A、B歌についてはさきに見ました。二人の関係は、許されないものです。それゆえかえって思いは昂まることを、A、B歌は示します。B歌の、「人は離ゆとも」「乱れば乱れ」は逢ってなお飽かぬ思いがいかんともしがたいことをいうのですが、そこには、前にいったように離別の予感を内包しています。この恋とは別に、臣下は穴穂御子を推戴しようとする事態となり、太子が頼った大前子前宿禰も穴穂推戴の側に立つにいたって太子は逮捕されます。関係があらわになったからではなく、別な事態が離別の予感を現実化することとなってしまったのです。そこでの歌がEですね。なすすべなく、声を忍ばせて泣くだけの大郎女をあらわしだします。

別離を余儀なくされたなかでもなお思いは持続します。F～I歌の歌い交わし（太子のF～H歌、大郎女のI歌）がそれをあらわします。さきのB歌が、「たしだしに率寝」「さ寝しさ寝」と願ったのは、「ば」といい「む」というのだから実現していません。Fの「確々にも寄り寝て通れ」は、それとあい応じています。とらわれているのですから、「寝」ることはもう不可能です。そのなかでなお願望としていうのです。それが現実に「寝る」ことをもとめるとしたらいかにも状況にあわないといわねばなりません。ただ、B～F歌のつながりが、なおかわらない思いをいうものとして、思いあいのたかまりをあらわすと見ることができます。

不可能を承知の上で「寝る」ことを願ったF歌に応じて大郎女のI歌の「明かして通れ」があることを見忘れてはならないでしょう。I歌について、「「こっそりと——行け」すなわちひとめ（敵の軍勢）をさけてのがれよ、というおもいやりの心情を表明するもの」として、「相手の安否を気づかうこまやかな愛情」を読み取るのでは（身崎壽「軽太子物語——『古事記』と『日本書紀』」（『古事記研究大系9　古事記の歌』高科書店、一九九四年））、F歌とI歌との対応は、正当には受け取られないでしょう。

ただ、F歌の結句「軽嬢子ども」の「ども」に問題がのこります。軽大郎女を、「軽嬢子ども」と複数で表現したと見ることになるわけです。わたしは大郎女一人への共寝のよびかけを避けたゆえの複数表現だと考えます。E歌の示す、二人の関係が知られていない状況のもとでの歌いかけとして、大郎女を含む女たちに対して残す思いをいうかたちで表現したのだと、うけとっておきます。その女たちを代表するかたちで、I歌は応えているとみることができます。

さらに、太子の歌G、H歌は、F歌とは異なるかたちで歌いかけます。「とおく離れても鳥なら言通わす使となる、渡りの鳥である鶴の声が聞こえる時は、わたしの名をいって尋ねておくれ」と、長い別れを思い、一年一度でもことばを通わすことの願いを渡りの鳥に託するのが、G歌。「い帰り来むぞ」（きっと帰って来ようぞ）といいつつ、「それまで、わたしの畳はかわりあるな。ことばでは畳というが、実は、わが妻よ、おまえこそ変わりあらずにいてくれ」と、大郎女に呼びかけるのが、H歌です。

そして、大郎女の伊予行きとなるのですが、二人の関係そのものは露見していないから、大郎女は咎められておらず、伊予に行くことができると認められます。大郎女は、待っていられないから迎えにゆくといい（J歌）、これを迎えた太子は、幡に託して「私との仲がしっかりと定まっている愛しい妻よ」といい、弓に託して「弓を大切に扱うように、これからも大切にしたい、愛しい妻よ」と歌い（K歌）、さらに、泊瀬の河をめぐって、上つ瀬―斎杙―鏡、下つ瀬―真杙―真玉を、対にしてつないで、しりとり的に、「鏡のように、玉のように愛しく思う妻よ」と歌いつつ、最後に「そこに愛しい妻がいるというのなら、家にも行こう。故郷をもなつかしく思うだろうが、（いま一緒になれたのだからそうはしない）」――（　）内は、補って読むべきもの――と結びます（L歌）。一緒にいられるならそれで満たされるというのですが、その関係は許容されようがありません。死によって決着するしかないのでした。

露見否定の立場からより明確に物語を読み通すことが可能なのだと、ここで帰結することができるでしょう。

あらためて、太子と大郎女の歌は、皇位継承の問題とは別に、そうしたことがらとパラレルに、別な叙述――許されない兄妹の思い合い——を作っているのだといえます。皇位争いと、兄妹の恋とを、ひとつのことがらのなかにおいて、物語を組み立ててはならないというべきです。兄妹相姦露見―太子追放というのは、そうした、ことがらとしての整合の回路を作ってしまったのだと振り返られます。

5 兄妹の紐帯

述べてきたことは、いうなれば二重構造をなすものとしてよむということになります。

太子の排除	兄妹の恋
↓	
伊予への追放	

図式化すれば、右のようになります。その二重化を方法化する歌（歌による叙述の複線化）を見るべきなのです。たとえば益田勝実前掲書の示したこだわりは、それを一歩すすめるきっかけとなるでしょう。

わたしには、ひとつ、よくわからないことが残っている。軽皇子と軽大郎女の事件が、後代まで語り伝えられたり、歌謡劇に仕組まれてたりするのは、単に、近親相奸のタブーを無視するほどに白熱して、驀進した愛のためばかりであったのか、そのように記紀前夜の古代の人びとが、恋愛礼讃病に感染してしまっていたのだろうか、ということである。

と、益田はいいます。

益田が感じとったごとく、『古事記』は二人の関係を容認はしないものの――「姦」という判断は明確です――、決して二人を断罪してはいません。むしろ共感をもって、恋として受け入れているといえるくらいです。

これに対して、そのような態度がどこからくるのか、また、そのような物語を可能にしているものとして歌をどうとらえるか、そして、それが天皇の物語としてどう意味をもつのかと、問うことがもとめられるでしょう。最初の問題については、倉塚曄子『巫女の文化』（平凡社、一九七九年）が説いた、同母の兄妹の無条件な紐帯ということが想起されねばなりません。この点について、守屋俊彦『古事記研究』（三弥井書店、一九八〇年）もふれています。

古代のある時期に、天皇家においては、同母の兄と妹とが結婚するというようなことがあったのではなかろうか。（中略）完全には切り替わっていないのだから、非難されながらも、一方では、止むを得なかったとして同情される余地もある。境目に生きたが故に、不幸になった彼等に、暖かい涙をそそぎ、悲劇の主人公に仕立ててゆくのである。

というのであり、当然そこにはイザナキ・イザナミや、サホビコ・サホビメも呼び込まれてくることとなります。特に、サホビメ・サホビコの話を思い合わせることは、兄妹婚の歴史的状況という問題にずれこむのではなく、

『古事記』がかかえている問題として見るという点で、重要です。この話は前章で取り上げました。サホビメは、天皇を殺して、みずから天皇となろうというサホビコの反逆に、無条件に加担したのでした（また、ためらうのでもありました——、複線的に述べられます）。相姦説を生むほどの、兄妹の強い結びつきが受け取られます。そうした紐帯が、『古事記』の語る「古代」世界のなかにはあるということです。

いま、軽太子・軽大郎女についてもそのことを思い起こすべきです。まさに「古」——ていねいにいえば、『古事記』の語る「古代」です——にありえた、兄と妹との物語なのです。その無条件な紐帯が、男女としてのむすびつきになってしまうことまで許容しているのではありませんが、「古」にありえた、兄妹の紐帯として、二人に対して共感と同情をもって述べていると認めてよいでしょう。

そこからたちもどって、天皇の歴史という点からいえば、『古事記』にとって語るべきことは、いかに皇統が正統にうけつがれていったかということであり、太子の排除ということにつきます。それを、妹との恋とパラレルに語るのですが、その物語としてのありようは、「敗者への共感のまなざしはその違和としての存在を単純に排除するのではなくて、究極的には王権内部へ予定調和的に回収してしまう結果をもたらす」というのは（身崎壽前掲論文）、まさに「結果」としてはそうかも知れません。しかし、共感と同情の「まなざし」が、歌によってありえていることを通過してすますわけにはいきません。歌がになう、ことがらとは別な叙述ということを見なくてはなりません。

6　歌が可能にするもの

二人の関係は、ことがらとしていえば「姦」であり、それにつきます。しかし、歌だからことがらとは別な磁場をつくることができるといえます。あるいは、歌だから相愛の表現が許容されるというべきです。ことがらに対して別な叙述、意味の論理で述べるのではないものを担うのが、歌なのです。

たとえば、中巻、神武天皇条の、いわゆる東征の物語の結びは、歌によって述べられるといってよいものです。トミビコ、エシキ・オトシキとの戦いを経て、橿原に宮を定め、大和を中心とする天皇の世界が確立されます。その最後の仕上げというべき戦いについては、歌を並べただけで戦いの経緯や結末について述べることをしません。それは、中途半端ということではなく、ことがらとして述べるのではないというべきです。

然後、将撃登美毘古之時、歌曰、
みつみつ《厳々》し　くめ《久米》のこ《子》らが　あはふ《粟生》には　かみら《香韮》ひともと《一本》　そね《其》がもと《本》　そね《其》め《芽》つなぎ《認》て　うち《撃》てしやま《止》む
又、歌曰、
みつみつ《厳々》し　くめ《久米》のこ《子》らが　かき《垣》もと《本》に　うゑ《植》しはじかみ《山椒》　くち《口》ひく《疼》　われ《吾》はわすれ《忘》じ　うち《撃》てしやま《止》む
又、歌曰、
かむかぜ《神風》の　いせ《伊勢》のうみ《海》の　おひし《大石》に　はひ《這》もとほろ《廻》ふ　しただみ《細螺》の　いはひ《這》もとほり《廻》　うち《撃》てしやま《止》む

というように歌が並べられるだけで、トミビコは大和入りを果たすのには最大の敵であったのに、戦いの結末も明示されないのです（省略しましたが、この後の、エシキ・オトシキとの戦いの述べ方も同じです）。

歌は、「かみら」（韮）、「はじかみ」（山椒）、「しただみ」（小型の巻貝）という具体的な事物のイメージにからませ、それに寄せて連想します。一首目についていえば、粟の畑のなかの忌むべき韮、その根や芽をさがしもとめずにはおかないという具体的なイメージに寄りつかせて、敵を撃つことの意志「撃ちてし止まむ」（撃たずにはおくものか）は輪郭づけられるのです。二首目は、山椒が口のなかでひりひりする、その激しい辛さがいつまでものこるイメージが、忘れようのない復讐の決意としての「撃ちてし止まむ」を具体化します。三首目は、シタダミが大石を這い回るイメージを受けて、軍勢が一丸となって大敵を撃つことへと転じます。説明しようのない意志を、イメージの連鎖・転換によって輪郭づけてゆくのです。意味的には飛躍としかいいようのないものをはらみますが、物のイメージに情緒をよりつかせることを、歌は可能にしています。

そこにあるのはことがらの叙述ではありません。訓によることがらの叙述とは別な叙述です。あらためて、歌は、叙述を複線化しているのだといいましょう。

軽太子・軽大郎女の物語は、訓によるならば、「姦」という価値＝意味は動かず、そこに回収されてしまうところでしかありえませんが、歌は、そこに回収されずにありうるのです。歌ならば、相愛の表現が、ことがらに回収されずに、共感を寄りつかせられるような情愛をあらしめます。

それを、身崎前掲論文のように、「王権内部へ予定調和的に回収」するというのは、適切とはいえないと考えます。むしろ、方向は逆です。叙述の複線化によって、天皇の世界を、ことがらとは別な性格にわたるところ――それは、ことがらに対して、「情」ということができるかもしれません――にまで拡大したというべきではないでしょうか。

仁徳天皇条のメドリの話も見合わせて、そのことを補足しておきましょう。きわめて意志的に行動するこの女性は、仁徳天皇の求婚を拒否し、みずからハヤブサワケと結ばれ、夫に反逆をそそのかします。それは秩序を乱す

「無礼」なるものであり、メドリは討たれねばなりません。大后イハノヒメが、「其の王等、礼無きに因りて、退け賜ひつ」というとおりです。

しかし、ハヤブサワケが、逃亡のなかで歌いかけたとある、

はしたて《梯立》の　くらはしやま《倉椅山》を　さが《嶮》しみと　いはかき《岩懸》かねて　わが《我》てと《手取》らすも
はしたて《梯立》の　くらはしやま《倉椅山》は　さが《嶮》しけど　いも《妹》とのぼ《登》れば　さが《嶮》しくもあらず

の二首は、「無礼」という意味とは別に、そこに回収しえない、彼らのもちえた「情」を見出し、共感を寄りつかせることを可能にしています。

歌によって成り立たせられているものは、ことがらとは別に見るべきなのです。それは、ことがらとは別に、天皇の世界に抱えられるものとしてあらわし出されます。天皇は、そうした全体を含む世界を保つのです。

歌によって見出されたものを、「王権の物語」は回収するといえるかも知れません。しかし、大事なのは、それを歌によって見出し、そこまで広げた世界をたもつ天皇としてあらわし出すことだというべきでしょう。そのようなかたちで、『古事記』は歌とともに天皇の物語を成り立たせると、よまれるべきなのです。それが、叙述の複線化という歌の方法だというべきです。

7 歌曲名と歌の伝承

ここで、歌に名前が与えられていることについてふれなければなりません。「――歌」「――振」というのは、歌曲として保持されてあったということを示します。どこに保持されるかといえば、宮廷的な場ということ以外に考えにくいですね。ですから、宮廷で管理されてあったことを示すといってもいいでしょう。名前のあることは、宮廷で保持・管理されたものの標示として受け取られます。これらについて、従来「宮廷歌謡」といってきたのは、その点では正当だったといえます。

しかし、それは、歌が古くから由来をともなって伝承されてきたのに基づいているということを意味しません。伝えられた歌があって、それとともに物語もあって、『古事記』のもとになったのだと『古事記』の成立を考える説があるので、このことについてふれておきます。

伝えられた歌があったということはたしかです。その歌にまつわる話も伝えられていたかも知れません。ただ、大事なことは、それと、『古事記』が、その「歴史」において語った起源とは同じではないということです。『古事記』は、『古事記』の「歴史」において歌に意味を与えます。歌は、そこではじめて「歴史」における意味を獲得するのであり、あるいは、そのとき、起源をもつのだというべきでしょう。

吉野国主の歌をめぐって具体的にいいましょう。

応神天皇条に、吉野国主らが大御酒を献じ、「口鼓を撃ちて、伎を為て」（口鼓をうって所作をして）歌ったとして、

此歌者、国主等献大贄之時々、恒至于今詠之歌者也。

かしのふ《白檮生》に　よくす《横臼》をつくり《作》　よくす《横臼》に　かみし《醸》おほみき《大御酒》　うまらに《美味》　きこし《聞》もちをせ《飲》　まろがち《父》

とあります。

「大贄を献る時々に」歌うという、「大贄」の意味は、このあとに、大雀命（仁徳天皇）とウヂノワキイラツコとが、大山守命の反逆を平定した後、位を譲り合った、そのとき「大贄」を貢ろうとした「海人」は双方の間を行き来して疲れて泣いた、とある話ともあわせて考えるべきものです。その「海人」の話であきらかですが、「大贄」は、天皇に直接献じられるものであり、天皇以外にうけとることができないものです。そして、それは、天皇に直属する「部」から献上されるのです。

応神天皇の巻には、吉野国主の話の後に、「此の御世に、海部・山部・山守部・伊勢部を定め賜ひき」といい、その前に「大山守命は山海の政を為よ。大雀命は、食国の政を執りて白し賜へ」とあります。「海部・山部・山守部・伊勢部」が定められたというなかで、「大贄」の話が山海にかかわって——国主は山、海人はもちろん海です——語られるものとして見ると、この話の意味が明確になりますね。

「食国」は国造・県主——成務天皇条に国造・国々の境・県主を定めたとあります——を通じて掌握されるのに対して、「山海」は、山部・海部等の設定によって直轄されるのです。それを執行するのが「食国の政」「山海の政」です。こうしたなかに「大贄」を見て、国主の歌に即していえば、「まろが父」（われらが親父さん、というほどの意）という、親近の表現は、天皇との直接的隷属関係にあることの親しさとして納得されます。

ただし、それは、実際にもともと「大贄」のときの歌であったことを意味しません。実際の起源というよりも、

『古事記』がそう位置づけたということが重要なのです。

実際には、吉野国主の歌は諸節会で奏されていました。『儀式』『延喜式』には、諸節会に、吉野国栖が御贄を献じ、歌笛を奏するとあり、大嘗祭卯の日に隼人が声を発し、国主が「古風」を奏すること、辰の日には国主が「歌笛を奏し、御贄を献じる」ことが定められていました。隼人と吉野国主とは、そこにまで天皇の支配が及ぶという、天皇の世界の広がりを示すものであり、天皇の世界体制の象徴ともいえる存在でした。

『古事記』は、それに、「歴史」を負うものとして保障を与え、天皇の世界としてあるものの確かさを確信させるのです。その保障は、『古事記』『日本書紀』の物語全体の問題として見なければなりません。吉野国主については、『古事記』『日本書紀』は応神天皇の代のこととして起源を語ることは同じですが、この話と歌の意味は、両者の「歴史」が異なるところで違ったものとなるということです。

『古事記』に即して言えば、『古事記』が語る「古代」において、吉野国主の歌は起源を与えられます。それは、実際の起源とは別な問題です。その歌によって、天皇との関係が成り立ち、歌うこと・それを受け取ることは、文字によらない、オーラルなことばの世界にあります。これは、重要な大きな問題ですが、『古事記』には、文字を用いたり、文字が意味をもつ場面を語ることがないのだといえば、わかってもらえるでしょうか。『古事記』の「古代」は、文字とは別にあった、オーラルなことばの世界なのです。それは、文字が外来の漢字であることに対する強烈な意識をもって、自分たちの元来の「古代」として成り立たせようとしたものです（参照、神野志隆光「国文学の方法と歴史研究――『古事記』の「古代」／『日本書紀』の「歴史」」『GYROS』3、勉誠出版、二〇〇四年）。

いまその歌が現にあるということは、自分たちがこの「古代」につながっていることの証しとなります。「恒に今に至るまで詠ふ」ということで、「古代」からずっと変わらずにありつづけているものを見ることができます。

そこでいわばアイデンティティーをつくるということもできますね。

『古事記』のなかの宮廷歌謡と目されるものは、吉野国主の歌のみならず、全体がこうした視点から見られるべきだといいたいのです。

管理された歌があり、それに由来が付随していて、『古事記』のなかに組み込まれたというようなものでなく、『古事記』の「古代」をつくるものとしてもとめられたということです。その「古代」において由来が与えられるのであって、逆ではないというべきです。宮廷歌謡は、ここで成り立つのです。

『古事記』のなかの宮廷歌謡がもともとどういうものであるかといった論議はおくべきです。確かなのは、『古事記』によって、「歴史」的起源と、「――歌」「――振」といった名とを得たということです。なにもなかったわけではないという点に配慮して、得たというのでなく、確定した、というほうがいいかもしれません。名を確定して、歌われ続け、保持されるべきものとなったのです。吉野国主の歌は、世界秩序を確信させるものであり、軽太子の話のなかの歌は、そうした歌にまで広がるところを天皇のもとに確保されてあったのを、あらしめ続けるために、保持せねばならないのです。

歌を、『古事記』において、訓の叙述とは別な叙述をになうものとして見てきましたが、それは、『古事記』によって意味付けられて、宮廷歌謡となり、そうした歌謡のあった「古代」世界が、自分たちの元来の世界だということの確認を与えることとともにあったものです。伝えられてきた歌謡があって、それをもとにして『古事記』が成されたというものではありません。要するに、文字テキスト『古事記』がつくる歌謡の世界に他ならないのです。

III 「古語」の制度

『古事記』を古い伝承を書きとどめたものとして見ることは、序文が、稗田阿礼の「誦習」に基いたというのによるところが大きいといえます。平安時代の『日本書紀』講書が『日本書紀』を徹底的に和語化して訓読するものであったことをふりかえり、『古事記伝』が文字をこえて「古語」をもとめたことを見てゆくとき、その序文の規制のもとに、歴史のなかでつくられ、いまもわたしたちをとらえている「古語」の制度があきらかになります。

九

「古語」の擬制——『古事記』序文の規制

『古事記』は、古い伝承を文字化したというものではありません。伝承をもとにしたというのは、テキストとしての『古事記』において成されたものを倒立させて、「古語」と「伝承」の世界に投げかけて見るものであり、いわば虚像をつくるものでした。『古事記』序文を受けて、それが制度化されてゆくのです。

1 序文の語る『古事記』の成立

『古事記』の序文には、和銅五年（七一二）正月二十八日の日付で太安万侶が献上したとあり、成立についてみずから語っています。『古事記』の成立について語るものは、この序文しかありません。そこでは稗田阿礼の「誦習」のこともいわれています。天武天皇の発意によって、「帝紀」・「旧辞」を調べ正して撰録しようとし、阿礼に「誦習」させたのが、『古事記』の出発だというのです。次のようにあります。

於是、天皇詔之、朕聞、諸家之所賷帝紀及本辞、既違正実、多加虚偽。当今之時不改其失、未経幾年其旨欲滅。斯乃、邦家之経緯、王化之鴻基焉。故惟、撰録帝紀、討覈旧辞、削偽定実、欲流後葉。時有舎人。姓稗田、名阿礼、年是廿八。為人聡明、度目誦口、払耳勒心。即、勅語阿礼、令誦習帝皇日継及先代旧辞。然、運移世異、未行其事矣。

文章上の技法として、同じことばの繰りかえしを避けて言い換えていますが、「帝紀」＝「帝皇日継」、「本辞」＝「旧辞」＝「先代旧辞」だと考えられます。いま、「帝紀」「旧辞」で代表させることにします。その呼び名の意味するところは、帝王（天皇）について年次に繋けて述べるもの（「帝紀」。「紀」は編年の謂いです）、古いことを記したもの（「旧辞」）ということです。

引用したところをまとめてみれば、おおよそ次のとおりです。天武天皇は、家々に所持されている「帝紀」と「旧辞」を集めてみたところ、すでに真実と違い、おおくの偽りを加えていると聞いたというのです。いまそれを改めないと、何年もたたないうちにその本旨は滅びてしまうだろうから、正そうと思うといいます。なぜなら、それは、国家組織の根本となるもの（「邦家の経緯」）であり、天皇の政治（「王化」）の基礎となるものだと位置づけられるからです。そこで、これに検討を加え、調べ正して、偽りを削り真実を定めて撰録しよう（「撰録」「討覈《とうかく》」は、「帝紀」「旧辞」の両方にかかります）と命じ、稗田阿礼に勅語して、「誦習」させたといいます。この人は、聡明で、目に触れると口で読み伝え、耳に一度聞くとこころにとどめて忘れることがなかったのでした。しかし、時世が移り変わって、撰録は果されないままになっていました。
この天武天皇の事業を受けて、『古事記』が成されたのだと、序文は述べるのです。すなわち、元明天皇の代のこととして、

於焉、惜旧辞之誤忤、正先紀之謬錯、以和銅四年九月十八日、詔臣安万侶、撰録稗田阿礼所誦之勅語旧辞以献上者、謹随詔旨、子細採摭。

といいます。「旧辞」・「先紀」（「帝紀」の言い換えと考えられます）が誤りを含んだままになっていたのを惜しみ、天皇は、太安万侶に、阿礼が「誦」していたものを撰録して献上することを命じられたというのです。安万侶は、それを果したのですが、その困難を「上古の時、言と意と並に朴にして、文を敷き句を構ふること、字に於ては即ち難し」といい、「訓」を主体に書くことを選択した上で、「注」を施したりするなど苦心したことをいっています（このことについては、参照、第四章の1）。

『古事記』の成立に関して具体的に述べる資料はこの序文しかありませんから、多くの論議が、序文をめぐっておこなわれてきました。その成立論においては、津田左右吉の「帝紀」「旧辞」論（『日本古典の研究　上・下』岩波書店、一九四八、一九五〇年に、津田の記紀批判研究はまとめられています）が定説として踏まえられていました。現在もっとも信頼できる歴史辞典は『国史大辞典』（吉川弘文館）ですが、その「帝紀・旧辞」の項（川副武胤執筆）にも、「津田左右吉の説が一般に承認されている」とありますから、いまも有力といえるかもしれません。
津田の記紀成立説の大枠は、『古事記』と『日本書紀』は継体天皇以前の記事は骨組みがほぼ一致しているので

あり、共通の資料「帝紀」「旧辞」をもとにしている、そして、共通の物語があるのは、顕宗天皇までだから、「帝紀」「旧辞」は「その時からあまり遠からぬ後、たゞしその時の記憶がかなり薄らぐほどの歳月を経た後」、つまり、六世紀中葉の継体—欽明朝のころにつくられたと見てよい、というものです。『古事記』と『日本書紀』とを形態的に見るだけで、『古事記』が系譜的記事と物語とに二分されるというありようをそのまま資料に還元するという、単純な論議です。成立時期にいたっては、主観的な印象という以上のものではありませんね。この説を基礎に考えるのは無理があるというしかありません。

本書第六章の2で見たとおり、『古事記』の系譜記事は、統一された様式をもっていますが、それを資料としての「帝紀」に帰することはできません。津田説は、『古事記』がつくった様式を、資料の問題としてなげかけて見ているにすぎません（このことについては、参照、神野志隆光『古事記の達成』東京大学出版会、一九八三年）。

安万侶がそういっているというしかないのですが、問題は、安万侶が撰録したのは、「勅語の旧辞」だとされるということにもあります。序文においては、それまで「帝紀」と「旧辞」とを並べて述べていたのに、ここで「旧辞」だけになります。「帝紀」もふくんでいると見るのが通説ですが、やはり「旧辞」だけをいうのは意味があると思われます。「帝紀」が、天皇について紀年をもって構成するものの謂いであるのに対していえば、たしかに『古事記』は、「帝紀」と呼ぶべきものではありません。『古事記』は「紀」というような整理をしていません。建前としては「帝紀」ではないから、ただ「旧辞」というのだと考えられます。

「帝紀」「旧辞」の問題も大きいのですが、いま「誦習」に焦点をしぼることにします。安万侶は、阿礼が「誦習」したもの（「所誦之勅語旧辞」）をもとに撰禄したというのです。それに向き合って見なければなりません。

2 「古語」「古伝」という根拠と「誦習」

阿礼は「古語」を伝え、「古伝」を保持した人ではなかったのかと、と問われるかもしれません。いまも、そうした阿礼のイメージは強いと思われます。伝えられた「古語」「古伝」というとらわれから離れるために、この「誦習」の問題に相対さなければなりません。

序文は、「稗田阿礼が誦める勅語の旧辞を撰ひ録して献上れとのりたまへば、謹みて詔旨の随に、子細に採り摭ひつ。然れども、上古の時、言と意と並に朴にして、文を敷き句を構ふること、字に於ては即ち難し」といい、安万侶の書くことが、阿礼の「誦習」を受けたものとしていわれるのですから、本居宣長が、序文の注（『古事記伝』二之巻）で次のようにいうのは、ある意味では当然ですね。

> 此文を以見れば、阿礼が誦る語のいと古かりけむほど知られて貴し、（中略）此の文をよく味ひて、撰者のいかで上代の意言を違へじ誤らじと、勤しみ慎まれけるほどをおしはかるべく、はた書紀などの如漢文をいたくかざりたるは、上代の意言に疎かるべきことをもさとりつべし、

『古事記』に「上代の意言」を見るべきだという立場が、ここに確立されます。

「誦習」は、字義としては文献によって誦することの繰りかえしの謂いであり、安万侶の述べるところ、すでに記載された本文があり、阿礼は、これにそって正しい「よみ」を伝えたということになります（小島憲之『上代日本文学と中国文学　上』塙書房、一九六二年）。文字テキストはあったのです。そのよみが阿礼の役割です。語り部のよ

うな、ただ「古伝」を伝えた人として、序文自体からして、いっているわけではないのです。まず、このことをはっきりさせましょう。

宣長はさすがに周到です。

当時、書籍ならねど、人の語にも、古言はなほのこりて、失はてぬ代なれば、阿礼がよみならひつるも、漢文の旧記に本づくとは云ども、語のふりを、此間の古語にかへして、口に唱へこゝろみしめ賜へるものぞ、

といいます（『古事記伝』一之巻「訓法の事」。『古事記伝』の引用は、筑摩書房版の『本居宣長全集』によりますが、送り仮名・ルビ等は省略しました）。「古語」そのものを伝えたのでなく、阿礼の役割は、漢字で書かれたものを「古語にかへして」よむことであったというのです。

「誦習」についての序文の文脈は、宣長にしたがって理解されるべきです。

そして、序文が、「字に於ては即ち難し」というのに引き続いて、「音」「訓」のそれぞれの問題を認識した上で、「訓」を主体とすることを選択するといいます。それも、表現されるものとして意図されたことばが「誦習」されたことばである、ということを前提としている文脈です。こうして、序文が、「誦習」を受け、その「上代の意言」を文字に実現しようとしたものとして『古事記』の成立を述べていることはあきらかだといえます。

しかし、すでに見てきたように、漢字で書くことは、仮名で書くにせよ、人工性をもった訓読のことばで実現されるほかありません。もう一度たちもどって、そのことを確認しておきましょう（参照、第二、第四章）。ことばのまま、「古語」のままに書くことなど、できないのです。山口佳紀が、

漢文訓読というのはもともと、外国語文を日本語文として曲がりなりにも読めるようにしたものだから、できあがったものは当時の人間が一般に使う日本語とは似ても似つかないものなんだけれども、じゃあ理解できないかといえば理解できるような、そういう文章だというふうに考えるんです。（「座談会　古事記はよめるか」『リポート笠間』39、笠間書院、一九九八年）

といったことは、訓読のことばの性格を端的にあらわすものです。

そこから問いかえさねばならないのです。それにもかかわらず、序文が、「古語」を伝えた「誦習」をもとにするかのようにいうのは、どう考えるべきなのか、と。

大事なのは、「誦習」を事実としてどう認めるかということでなく、安万侶が「誦習」というものをもちだして述べることの意味だと、まず、答えましょう。

繰りかえしていえば、漢字で書くことにおいて意図されたことばは、その意図自体が訓読の回路によって可能になるということなのです。それは、文字の現実がもとめる認識であり、意図されたことばが、阿礼の「誦習」した「上代」のことばでありうるかのようにとらえてきてしまったことが、問い返されなければなりません。

安万侶が実際に果したことは、訓主体で書くことを選び、部分的に仮名で書くというものでした。神名などの固有名詞を除くと、仮名書き箇所は、二七八例ですが、名詞・動詞が大多数（二二五例）を占めます（金岡孝『文章についての国語学的研究』明治書院、一九八九年）。訓字では書けないものとしてそれらがあったにせよ、文章は、訓読の回路によって書かれるなかにあるということを見忘れてはなりません。

安万侶に導かれて、「誦習」された「上代」のことばを書いたものだと見てきたことに対して、そのいうところを問い返さねばならぬということなのです。

「誦習」は、安万侶がいうようなこととしてあったというより、むしろ安万侶が虚構したもの――あるいは擬制――として見るべきではないか、そして、そのことの意味を考えるべきではないかといいたいのです。

音仮名で書かれた部分には、「古語」らしく思われる語もあります。「国」の始原の状態について、「国稚如浮脂而、久羅下那州多陀用弊流之時」（上巻）という、「久羅下那州多陀用弊流《くらげなすただよへる》」のような例は、訓字で書くことはできない「古語」だから仮名で書かれたように見えます。それは、阿礼の伝えたものといいたくなるかもしれません。しかし、ことは、個々のことばの問題ではありません。伝承はあったかもしれません（それ自体は否定されません）が、『古事記』の全体は、それを書くものでも、「誦習」した「古語」を書くものでもありえないのです。

それを明確にしないと、基本方向を見誤ってしまいます。たとえば、小島前掲書が、

（原古事記）「※得言」（※印は推定原文）
← アギトヒキ（よみを口で伝へる）↓（文字化する）「為阿芸登比」（古事記）
→ 阿礼 → 安万侶

というかたちでとらえるのは、『日本書紀』垂仁天皇二十三年十月条に「皇子見鵠得言」（皇子が鵠を見ていうことを得た）とあるのと、『古事記』垂仁天皇条に「今聞高往鵠之音、始為阿芸登比。自阿下四字以音。」とあるのとを対応させて、

「誦習」と文字化のかかわりかたを推定したのでした。兄サホビコとともに滅びたサホビメ（参照、第六章3）の生んだ皇子がホムチワケノミコですが、この皇子は、まったくことばをいわなかったが、クグイを見て（『日本書紀』）、あるいは、クグイの鳴くのを聞いて（『古事記』）、ものをいったというのです。「得言」と「あぎとひ」とは、たしかに対応するとはいえます。また、スサノオとアマテラスとの「うけひ」において、剣と玉を嚙み砕くのを、『日本書紀』は「齰然咀嚼」（神代上、第六段本書）として「此云佐我弥爾加武」と注をつけるのに対して、『古事記』は対応するところを「佐賀美迩迦美而自佐下六字以音。下効此。」と仮名で書く例などもあります（『日本書紀』の訓注と、『古事記』の仮名書きとが対応する例は他にもすくなくありません）。伝承された「古語」を考えたくなりますね。

しかし、仮名書きだから「誦習」された「古語」だといった先入観でなく、それぞれのテキストに即して見ましょう。「あぎとひ」は、『古事記』の側の選択として、ただものをいうことをあらわせばよいのではなかったのです。「嬰孩　阿岐度布」（『和名抄』）とあるような、まともなことばでなく幼児（「嬰」「孩」ともに、みごりご・乳飲み子をいいます）が発する片言のごときアギトフを示したかったのだと見るべきです。また、サガミニカムのような「――に――」という、動詞を重ねる形のニュアンスは漢文では書けないということで、『日本書紀』は訓注をつけて補いましたが、『古事記』は仮名書きを選択したのでした。個々のことば・表現は、それぞれに即して見るべきですし、いま問われているのは、個々の問題ではありません。こうしたケースから、一般化するのは意味がないというしかありません。

繰りかえしになりますが、大事なのは、阿礼の「誦習」にかかわらせて『古事記』の成立を見ることではなく、「誦習」をもとにして「上古の時」の「言と意」を文字化するかのようにいう（まさに、擬制です）意味を問うことです。

なぜ、安万侶はそのようにいわなければならないのか。それは、成り立った『古事記』を、どこで根拠づけるかという問題ではないでしょうか。「誦習」された実体があったかどうかということではなく、大事なのは、安万侶が、あった、ということです。そこで『古事記』は根拠を与えられるのだということです。

いいなおせば、成立した『古事記』が、「誦習」ということを、「上代の言意」を負うたものとして意味づけて、それがもとになったかのようにいうのです。阿礼が実在したにせよ、「誦習」が何かしらあったにせよ――古語が伝えられていたことそのものを否定しようというのではないといったとおりです――、『古事記』のもとになったという、その意味づけは、成立したテキストのためにあたえられたというべきでしょう。だから、「誦習」の擬制というのです。

ことの本質は、成り立った文字テキストが、みずからの根拠として、「誦習」を意味づけるということにあります。文字テキストから古語・伝承の世界へ向かうのだといえば、もっとはっきりしますね。

それは実際にありえたのとは別に、発見される（むしろ、作り出される）「上代の言意」の世界なのです。そのようにして作り出された「古語」・「古伝」として見るべきです。序文による虚像です。

3 訓読される『日本書紀』

漢文として書かれ、ダイレクトに理解されるはずの『日本書紀』を、徹底的に和語化して読むことは、それとつながっています。（図20、兼夏本）

『日本書紀』の訓読は、他の訓読と比べて特異だということが指摘されています。朝廷主宰の『日本書紀』の講

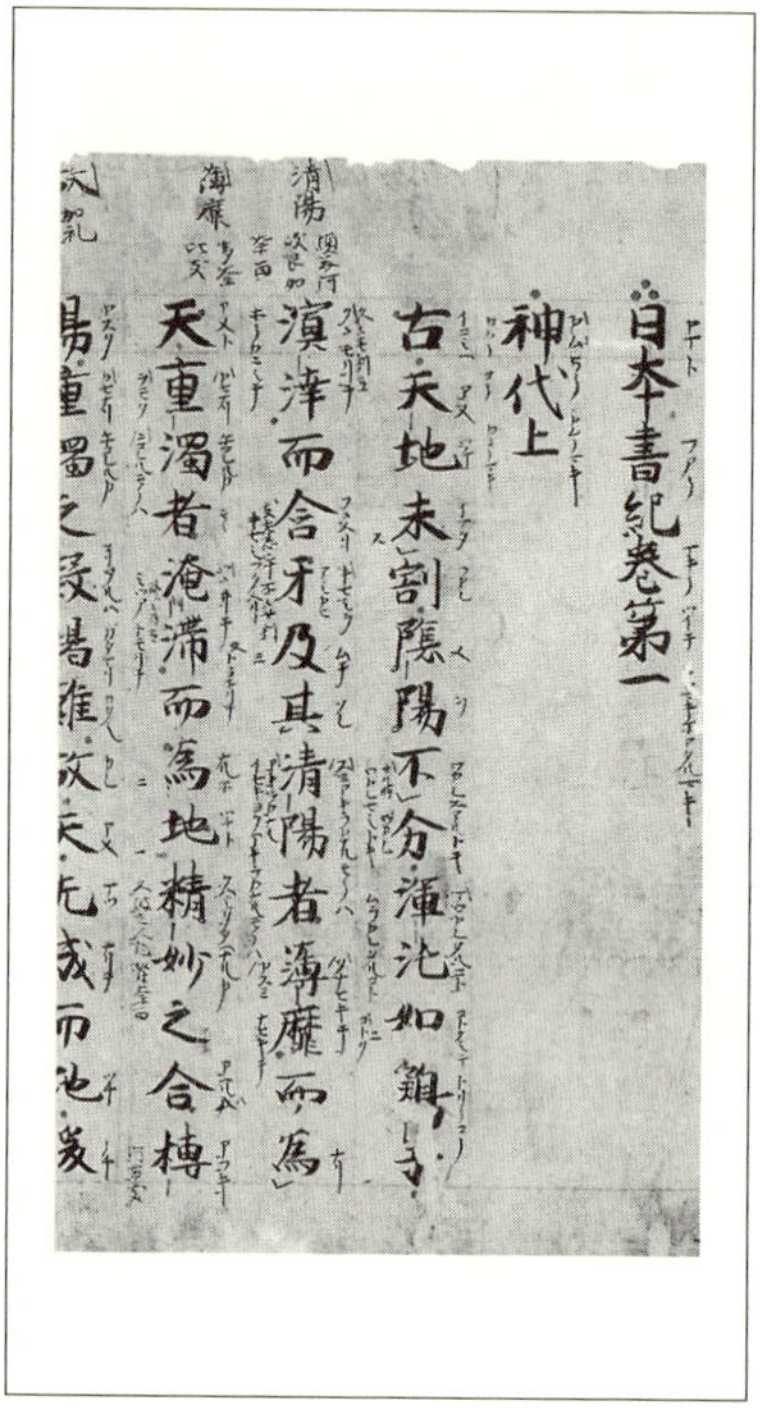
日本書紀巻第一
神代上
古天地未剖陰陽不分渾沌如鶏子
溟涬而含牙及其清陽者薄靡而為
天重濁者淹滞而為地精妙之合摶
易重濁之凝竭難故天先成而地後

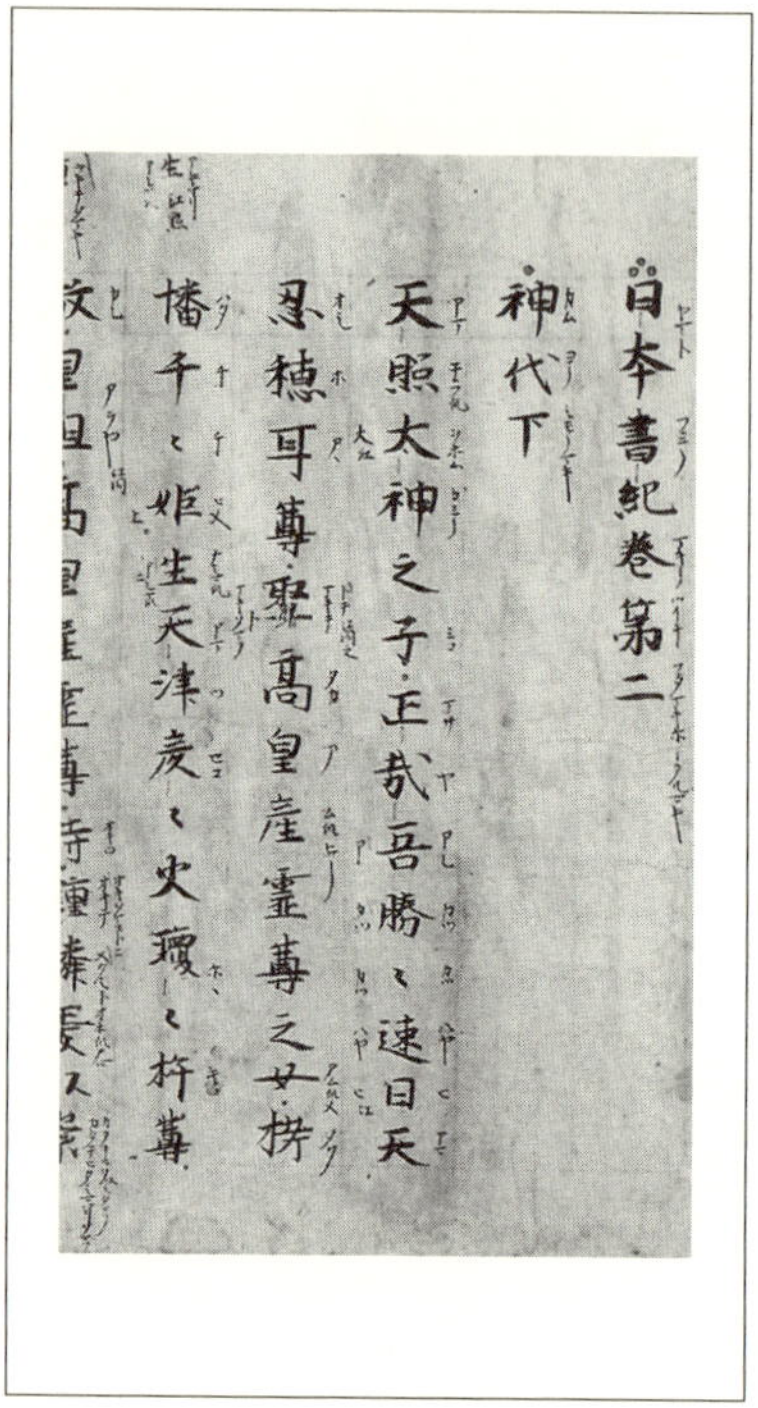
日本書紀巻第二
神代下
天照太神之子正哉吾勝勝速日天
忍穂耳尊娶高皇産霊尊之女栲
幡千千姫生天津彦彦火瓊瓊杵尊
故皇祖高皇産霊尊特鍾憐愛以

図20　兼夏本『日本書紀』巻一、巻二巻頭［天理図書館善本叢書『古代史籍集』］

卜部兼夏が乾元二年（一三〇三）に書写した本で、乾元本とも称されています。卜部家の証本であったという本文の意義とともに、多くの書き入れにも注目されます。よみの注がきわめて多く、徹底して和語でよんでいたことをうかがわせますが、「私記」の引用も、頭注・裏書に見られ、資料的価値が大きいものです。

読（「日本紀講書」）があり、そこにおいてなされてきたものが、その特異な訓読をつくってきたと見られます。他の漢文訓読と違うものとして、音読をできるだけ避け字音を残さないこと、漢字の字面から離れた意訳的なものが見えること、他の漢文訓読文献には出てこないような和文にしか用いられない和語があらわれること、他の漢文訓読には用いられない古い上代語を使う場合があること、等が特性としてあげられます（築島裕『平安時代の漢文訓読語につきての研究』東京大学出版会、一九六三年）。

要するに、徹底的に和語化して、上代語ふうに訓読されるということです。「日本紀講書」（以下たんに講書ということにします）のなかで、そうした特性がつくられてきたということを具体的に見ながら、そのありようの意味を考えたいと思います。

講書は、平安時代の前半、十世紀半ばまで、ほぼ定期的に六度におよんで催されました。順に、弘仁三年（八一二年）～同四年、承和十年（八四三年）～同十一年、元慶二年（八七八年）～同五年、延喜四年（九〇四年）～同六年、承平六年（九三六年）～天慶六年（九四三年）、康保二年（九六五年）～、の六度です。これらの以前、養老五年（七二一年）に最初の講書がひらかれたという説があります。成立の翌年に講書がおこなわれたということになりますが、たしかな証にとぼしく、疑問視する向きもあります。確実なのは、平安時代の六度の講書です。そのなかで、元慶度が、以前とは異なる質・規模のものであったらしいことは、前の二度の講書が翌年に終了していたのに、これは四年がかりであることにうかがえます。また、承平度の場合、年数が段違いに多いのは、平将門・藤原純友の乱のために中断があったからです。最後となった、康保度の講書は、終了が確認されず、その後は講書がおこなわれなくなりました。それにしても、一世紀半にわたって、ほぼ三十年周期で講書がおこなわれていたのは、『日本書紀』にたいする特別な尊重をよく示しています（講書については、古い論文ですが、太田晶二郎「上代に於ける日本書紀講究」『太田晶二郎著作集　第三冊』吉川弘文館、一九九二年、初出一九三九年が、基本文献となります。参照をすすめます)。

講書にかかわって生まれたテキストが「日本紀私記」でした(以下、「私記」と呼びます)。講書のなかでなにがなされたかは、「私記」を通じて見ることができます。ただ、「私記」は、ほとんど現存しません。「日本書紀私記」の名をもつテキストはいくつか現存します。四種類あって、甲本、乙本、丙本、丁本と称されていますが(いずれも、『新訂増補国史大系　第八巻』吉川弘文館、に収められています)、甲乙丙の三本は、語句に訓を施したものを集めた和訓集であり(図21、乙本)、甲本にいたっては『日本書紀』にはない語句まであるというものであって、三者とももとより「私記」であったとは認められません。「私記」に和訓をつけていたなかから訓だけをとりだす体裁のものが独立していったことがあって、『日本書紀』の和訓集の体のものも、「私記」と呼ばれるようになったと見られます。元来の「私記」は、引用されてのこるものによれば、問答体のかたちをとっていたものです。丁本(最初の部分、ごく一部しかのこっていません)だけが、元来の「私記」で、登場する人物から承平度の講書の「私記」と知られます。平安時代の歌学書(『袖中抄』など)等に引用された逸文もありますが、鎌倉時代中期の『釈日本紀』には、「私記」が多く引用されていて(「私記」を切り張りして構成したともいえるものです)、その引用された「私記」から、講書の実際をうかがうことができます。

わかることは、全体を和語化して読み上げることが、講書の場では成されていたということ、問答においても、よみが大きな問題であったということです。受講者(大臣公卿も出席する公式行事でした)が、博士(講義をおこなう人です)のよみにたいして質問するというやりとりが、「私記」にはよく見られるのです。

源高明の『西宮記』(十世紀後半の成立)には、講書の儀式の次第が述べられています。どのように座に着くか

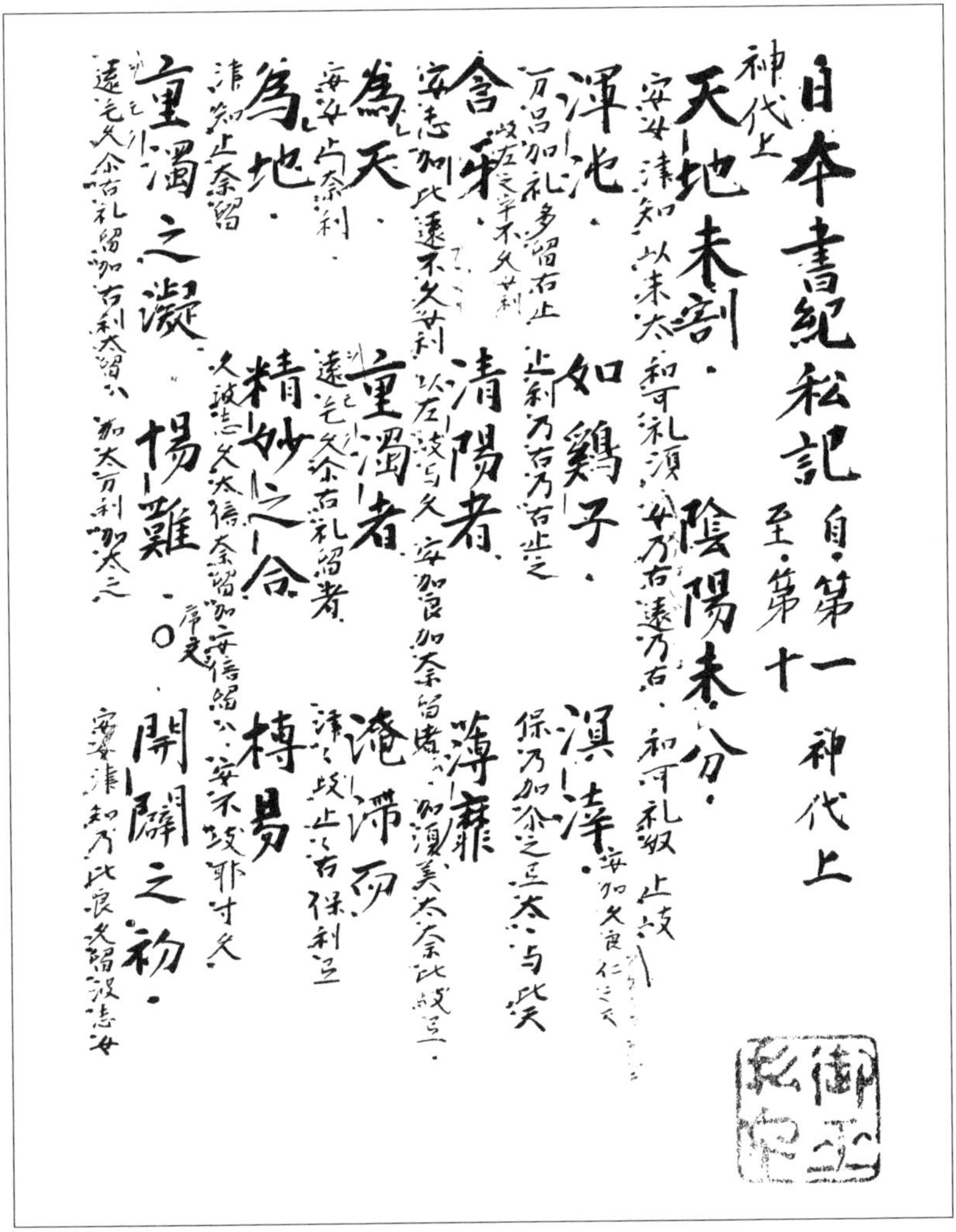

図21 『日本書紀私記（乙本）』御巫本〔古典保存会〕

『日本書紀私記』という名の本は、四種伝わっていて、甲本、乙本、丙本、丁本と呼ばれています。それらのうち、丁本のみが、『日本書紀』講書にかかわる元来の「私記」と認められます。甲、乙、丙本は、『日本書紀』の語句を抜きだしてよみを注した、和訓集というべきものです。乙本は、巻第一、二（神代）、丙本は巻第三以下を範囲としており、一続きのもので、『日本書紀』テキストに付されていた和訓を集めたものと考えられています。

といった、形式的なことが主ですが、そこに、「尚復、文を唱ふること、一声音、その体、高く長し。次に、博士、講読しをはんぬ。尚復、読みをはんぬ。尚復博士退出す」とあります。「尚復」とは、博士の補佐役です。特別な調子で読み上げたようですが、ともかくも全体を読み上げていたと知られます。

そのよみをめぐって論議があったのです。それがどのようなものであったかを、「私記」丁本について具体的に見ておきましょう。『日本書紀』の冒頭部についての論議の一節です。

まず『日本書紀』の冒頭は、次のとおりです。

古天地未剖、陰陽不分、渾沌如鶏子、溟涬而含牙。及其清陽者、薄靡而為天、重濁者、淹滞而為地、精妙之合摶易、重濁之凝竭難。故天先成而地後定。然後、神聖生其中焉。故曰、開闢之初、洲壌浮漂、譬猶游魚之浮水上也。于時、天地之中生一物。状如葦牙。便化為神。号国常立尊。

直訳ではわかりにくいところがのこるので、やや説明的に現代語訳してみます。

いにしえ、天と地とがまだ分かれず、陰と陽とが分かれていなかったとき、渾沌としてかたちの定まらないことは、鶏卵の中身の如くであり、自然の気がそのなかからおこって薄暗い中にきざしを含むのであった。気が分かれて、陽気は軽く清らかで高く揚って天となり、陰気は重く濁っていて滞って地となった。すなわち、軽くこまやかなものはまとまりやすく、重く濁ったものはかたまりにくい、だから、天が先ず成って、地が後に定まった。しかる後に、神がその天地の中に生じた。それで、開闢のはじめ、国土の浮かび漂っていることは、ちょうど魚が水に浮かんでいるようであったという。そのとき、天地の中に一つの物が生じた。そのかたちは葦の芽のようであった。それが神となった。名づけて国常立尊という。

「私記」は、この『日本書紀』の文章を読み上げ、順をおって、問答のかたちでよみと解釈を検討してゆきます。それが講書のやりかたでした。

『日本書紀』に即していえば、天地以前から説き起こして、天地のはじまりが古代中国で形成された陰陽論によって述べられるのであり、文章も、『三五暦紀』（逸書。類書によって引用したと思われます）、『淮南子』をそのまま引き写したものです。一種の作文ですね。講書においても、そのことは十分認識されていました。「溟涬而含牙」について、「私記」丁本でも、「此の文、荘子・春秋緯ならびに淮南子等に在り」といい、「薄靡而為天」のところで、問いが「此の文、淮南子の文なり」といい、博士も「及其清陽より地後定に至る廿余字は、全てこれ淮南子の文なり」と応じています。

そのなかで、傍線をつけた「浮漂」をめぐってなされた問答を、いま取り上げて見ます（原文は漢文ですが、訓読文を掲げることにします）。よみの問題がよくあらわれているからです。

A 問ふ。浮漂の義、古事記によりて、くらげなすたゞよへる、と読むべき事なり。而るに、字の如くに読まれたるは、如何。

師説。古事記の如く読むべきこと然るなり。又、仮名日本紀、大和本紀、上宮記等の意、また同じ。而るに先師は、溟涬の処においてこの訓に読まれたり。浮漂の処に至りて、字の如くに読まれたるなり。今、案ずるに、此処の浮漂の文たるや、古事記等を見て作る所なり。溟涬に至りて、古事記等になしと雖も、経籍中より新たに撰び出でたる所なり。然れば則ち、倭語の訓に、必ずしもこれを読まず。よりて、今、かの溟涬の処は、くくもりて、と読むなり。此の浮漂二字を、くらげなすたゆたひて、と改め読むべし。

この「浮漂」のよみの問題が、ずっと先にすすんでから蒸し返されますから、あわせて見ることにします。蒸し返した人は、「厳閤」と呼ばれていますが、「閤」は、「太閤」つまり摂政のことですから、このとき摂政太政大臣であった藤原忠平に他なりません。そうした高位の人が参加して、ちゃんと論議に加わっているのです。つぎの応答がそれです。

B　厳閤点じて云ふ。上文に云ふ、洲壌浮漂、譬猶游魚之浮水上也と。この浮標二字は、先師、皆、うかびただよへること、と読まれたるなり。また、その上文の、溟涬而含牙を、くくもりてきざしをふくめり、と読まれたるなり。而るに、今、古事記、仮名日本紀等、皆、溟涬の処に、くらげなすただよひて、と注す。然れば則ち、先師の説、もっとも此の文に依れるなり。而るに、浮漂の処に、此の訓を読まれたるは、頗る合はざるに似たり。また、諸経籍史書等、浮の字を、くらげなす、と読まず。此書、ただ訓を読むと雖も、また経籍を離れずして撰び作れり。然れば則ち、なほ旧説の如く読むべし。如何。
師説。此書の注す所、溟涬の文は、天地未分の前に在り。ただし、浮漂の文は、開闢の後に在り。今、古事記を考ふるに、開闢の後に、くらげなすただよへり、とこれを注し置くなり。然れば則ち、浮漂の文は、此の訓に読むべきなり。溟涬は、天地未分の前なり。よりて、くくもりて、と読むべし。ただし、旧説棄てがたし。

「浮漂」をクラゲナスタダヨヘルとよむかどうかが問題となっています。

Aの問いにおいて、「字の如く」というのは、「浮」を、普通のよみであるウカブとよみ、「漂」を、タダヨフとよむことです。本文を読み上げるに際して、「うかびただよへること」とよんだということは、Bの「厳閤」の発言（「点」というのは参加者が、意見を述べることを示します）であきらかです。Aの問いは、それに批判的に、『古事記』にしたがって、「くらげなすただよへる」とよむべきではないかというのです。

この問いは、『古事記』に、「国稚く浮ける脂の如くして、くらげなすただよへる時に、葦牙の如く萌え騰れる物に因りて成りし神の名は……」とあるのと、「洲壌浮漂」とは、文脈的に似ていることによっています。

これに対して、「師説」、つまり博士の答えは、そのとおりだといい、その補強として、「仮名日本紀」「大和本紀」「上宮記」という、いまは失われたテキストを持ち出して、これらも『古事記』とおなじだといいます。そして、博士は、弁明して、先師が「溟涬」のところでクラゲナスの訓でよみ、「浮漂」を字のごとくによんだので、それに従ったのだと答えます。先師のよみは、「溟涬而含牙」の「含牙」と、先に引用した『古事記』の「葦牙の如く萌え騰れる物」とを対応させて見ることによるもので、「牙」のよみにもかかわっていきます。

注意したいのは、その後です。博士は、考え直すといいます。「浮漂」云々はたしかに『古事記』によっているが、「溟涬」の文は、漢籍からあらたに選び出してつくったものだから、そのようにしてつくられた文は、「倭語の訓」によむ必要はないといいます。もともと「倭語」の表現はないのだということです。だから、『古事記』に対応させてよむべきなのは、「浮漂」のほうだというのです。

Bの「厳閤」は、その読み直しに異を唱えて、先師の説のほうがよいのではないかと、蒸し返します。「浮」の字を、クラゲナスとよむ例がないともいいますが、その後に、さきの「倭語の訓」の問題にかかわる発言がありま す。

「此書、ただ訓を読むと雖も、また経籍を離れずして撰び作れり」――、これは、講書のよみの核心にふれるものです。講書では、ただ「訓」をよむのだ、といいます。つまり、『日本書紀』(「此書」)は、漢文にこだわらず、「倭語」をもとにするものとして見るべきだということです。しかし、だからといって、まったく漢籍を離れてあるものではないのだから、「浮」に、文字とまったくかけ離れたような、クラゲナスを対応させるのはどうか、と批判しているのです。

これに応じた博士は、明快です。文脈からいえば、「浮漂」は開闢以後、「溟涬」は開闢以前であり、『古事記』の「くらげなすただよへる」はあきらかに開闢の後だから、クラゲナスの訓でよむのは、「浮漂」であるべきだといいます。

文脈理解として、「厳閤」発言を斥ける博士は正しいといえます。しかし、「浮漂」=「くらげなすただよへる」が、文字とかけ離れているのはあきらかで、もとより無理があるよみです。その無理をささえているのは、「倭語の訓」という論理であることを見ました。もとにあるのは、「倭語」のはずであり、『古事記』などの仮名書きから、その「くらげなす」を見出すことができたというのです。その態度自体は、博士も、「厳閤」もおなじです。どこに適用するかが違うだけですね。講書において本文をよむということが、文に即した理解によって和語を付すというようなものではないことが、ここによくうかがわれます。

この論議のなかでは、本文の理解そのものをこえて「倭語」があります。かならずしも字のとおりにはよまないとして「倭語」をもとめる態度は講書のなかで一貫します。そうした態度は、字の向こうに「倭語」がありうる、それは字義のとおりに考えなくてよいということに他なりません。『古事記』に仮名書きされてあるものが、それをささえています。

こうした講書のよみの営みが、この節のはじめにふれたような『日本書紀』の訓読の特性となることが納得されます。

そこにおいて、よまれるべき「倭語」は、漢字に基づいてよまれる結果としてあるのではなく、それを翻訳して漢字があるという、もとにあるはずのものとして、意識されています。あるいは、信じられているというのがより適切でしょう。「古語」の制度というにふさわしいものが、『古事記』につながって、あるのです。

4 制度化される「古語」

制度といいましたが、『釈日本紀』に引用された「私記」(元慶度のものと思われます)のなかに、

此の書、或は本文を変じて、便りに倭訓に従ふ。或は、倭漢、相合へる者有るなり。今、是れ倭訓を取り、便りに彼の文を用ゐるなり。未だ必ずしも盡くは本書の訓に従はず。然れば則ち、暫らく彼文を忘れ、猶、タナビクと読むべきなり。(「秘訓」一、「薄靡」の項)

とあることは、そう呼ぶのがふさわしいことを示しています。

冒頭部に「薄靡而為天」とある、その「薄靡」について、『淮南子』によった文だが、『淮南子』では、風が塵を揚げるさまとして理解されるものであり、タナビク（雲や霞が薄く層をなして横に引くことをいうことば）とよむと文意とは相違するのではないか、と問うのに対して、こう応えたのでした。

まず、「此の書」つまり『日本書紀』では、あるいは、「本文」（漢文として書かれたもの）を、漢文の意味とは別に「倭訓」（倭語ということです）にあわせて書くことがあり、あるいは、漢文と倭語とが合致することもある、といいます。要するに、本文は便宜的だというのです。そして、いま、「倭訓」を取って、『淮南子』の本文は便宜的に用いた（つまり、「倭語」を文にするために借りた）ので、合わないところがあり、文によって考えるべきではないといいます。「倭訓を取り、便りに彼の文を用ゐるなり」とは、まさに、文以前に「倭訓」＝「倭語」があるということなのです。そういうものだから、「本書の訓」とは必ずしも合わないのであって、文は忘れよといいます。

そうしたありようについて、関晃「上代に於ける日本書紀講読の研究」（『日本古代の政治と文化　関晃著作集第五巻』吉川弘文館、一九九七年。初出一九四二年）が、その問題性をほぼ的確にいいあてています。

書紀の本文と私記の訓注との関係は、（中略）、後者が前者に即して作られたものと言ふ事は出来ない。寧ろ、前者は後者の漢訳の如き観を呈する。（中略）それは訓注が書紀本文以前の存在なるが故である。（中略）私記に就いて訓読を繞る議論を見るに、訓は大抵の場合既に提出されてゐて、何故さう読むかの理由付けが議論を構成してゐる事、など皆、訓注が書紀以前のものなるが故である。

といいます。ここで「訓注」というのは、「私記」甲、乙、丙本のように本文の語を掲出して訓を付けた和訓集的形態を慮るがゆえの表現ですが、「倭語」によむこと、また、その「倭語」そのものを意味します。つまり、よみはテキストから出るのでなく、テキスト以前にあるというのです。それが『古事記』の仮名書きに拠りどころをもとめるのは、それこそが「倭語」だと信じるからです。まさに、「古語」の制度です。

端的に、「倭語」の擬制というべき、よみの制度（「古語」の制度）がそこに成り立たせられています。やはり『釈日本紀』に引かれた「私記」にこうあります。

問ふ。此の二神の御名、煮は並に同じき字なり。何故に、変声の読みあるか。

答ふ。是れ、古事記によれり。上の煮の字は、上声に読み、下の煮の字は、去声に読む。其の由、未だ詳かならずと雖も、此の如き神の名、皆、上古の口伝を以ちて、注し置く所なり。若し是れ、彼の時の称号、此の如く同じからざるか。（「秘訓」一、「泥土煮尊、沙土煮尊」の項）

泥土煮尊・沙土煮尊のよみに関して、『古事記』には、「宇比地迩上神。次、妹須比智迩去神。此二神名、以音。」とあるのと絡めて論議しています。『古事記』でも『日本書紀』でも、「二」には、同じ字を用いています。それなのに、なぜ上声・去声と、変えてよむのかと問います。「二」を、上声・去声で読み分けることが、よみの場では行われていたと知られますし、それが、『古事記』によっていたこともわかります。「其の由、未だ詳かならず」というのですから、解釈・理解をこえたかたちで、『古事記』の「古語」保持が信じられているのです。「上古の口伝」が保持されることを信じるわけです。

書かれたものは、「上古の口伝」に基づくはずであり、「倭語」は見出されなければなりませんでした。

訓注は書紀の和訳ではなくして上古口伝・古書・師説等に基いて得られた書紀以前の古語である。而して博士はかゝる方法論を此学独自のものとして充分なる自覚の下に遂行してゐる。（中略）訓読即ち古語への復原を第一の段階とするものであつたのである。訓詁説、訳語説は全く追放されねばならない。

と、関がいうのは、講書の、そのモチーフをいい当てています。そこで、「旧説」は、伝えられてきたということ自体において意味をもちます。「旧説」は理の通らなさにかかわらず、「旧説」であるということだけで意味があるのです。

講書は、文字テキストのもとに「倭語」をもとめ、みずからを保障しようとするのです。それは、「倭語」の発見・創出というべきです。「倭語」はもとにあったのではありません。あるべきものとして作り出されたものにほかなりません。そして、あるべきものとして読み出されたものを累積させたとき、そこから「文」が成り立ってきたかのように、倒立させて「倭語」の世界の虚像をつくってしまうのです。文字テキストの基盤としての伝承の世界がそこで成り立ちます（まさに発見されます）。

ここで、『古語拾遺』（八〇七年成立）が、

蓋し聞けらく、上古の世に、未だ文字有らざるときに、貴賤老少、口口に相伝へ、前言往行、存して忘れず、ときけり。

といいつつ、「国史・家牒、其の由を載すと雖も、一二の委曲、猶遺りたる有り」といって、忘れられた正しい由来を、自氏のために回復しよう（斎部氏のおこなうべきことが中臣氏に奪われている不当さを訴えます）としたことが想起されます。

そのとき、「国史・家牒」に対置して、持ち出されるのは、相伝されてきた「旧説」、「口実」（口伝の故実）でした。「国史・家牒」も「口口相伝」があってのものだから、そのもととなったところで対抗することができるということなのです。実際には『古語拾遺』は『日本書紀』によって再構成されたものにほかなりません。しかし、それが、「旧説」、「口実」として位置づけられて主張をささえます。擬制としての伝承の世界・「古語」の制度を、ここにも見るのです。

あったはずの（そして、あらねばならない）「旧語」というのは、『古事記』の擬制とおなじです。漢字が外来の文字であるがゆえに、文字以前に自己確証をもとめること、それが「古語」の制度の本質なのです。

そうした制度がわたしたちにまで生き続けるなかで、それを実体化して、伝承の世界を論じたり、伝承から文字テキストへの文学史的展開を論議したりしてきたのではなかったかと、問い返さねばならなくなります。

十　「古語」の世界の創出——『古事記伝』

『古事記』は、古い伝承を書きとめたものだという『古事記』観が、なお、わたしたちをとらえています。それは『古事記伝』の作り出したものが深くかかわっています。最後に、わたしたち自身を振り返るために、『古事記伝』について見ておきたいと思います。

1　文字をこえて「古語」をもとめる『古事記伝』

やや奇矯な言い方に聞こえるかもしれませんが、『古事記伝』は『古事記』そのものをよもうとしたものではありませんでした。

要するに、本居宣長にとって、『古事記』をよむのは、漢字の覆いを取り去って元来の「古語」「古伝」をあらわしだすことをめざすものでした。『古事記伝』はそのための作業だったのです。

次のように図式化してみることができます。

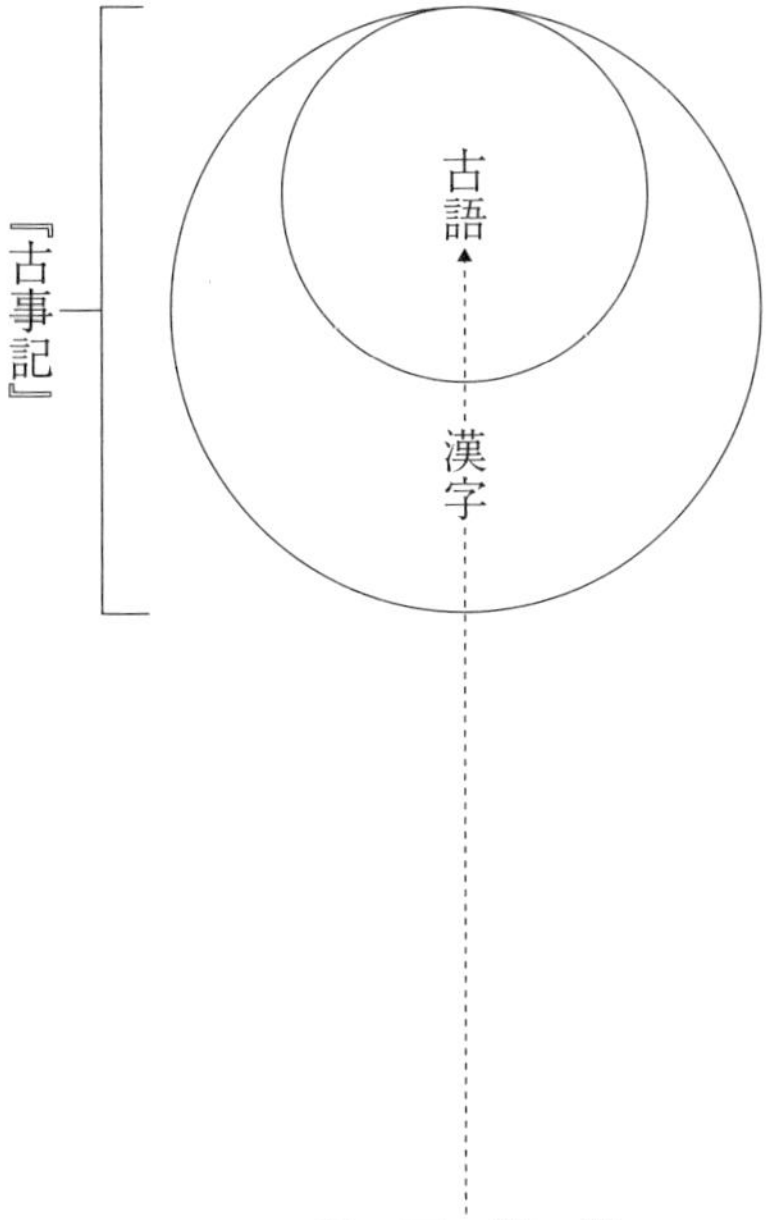
漢字の覆いをとり除くために字に拘るなと言い続けながら『日本書紀』『万葉集』等を総動員して「古語」をもとめる

『古事記』自体ではなく、「古語」が問題なのです。それは、安万侶の序文に保障されて成り立つ立場でした。前章で序文が述べる「誦習」の問題を見ましたが、宣長は、「阿礼が誦たる勅語旧辞を撰録すとあるは、古語を旨とするが故なり」としながら、

　さて其を彼阿礼に仰せて、其口に誦うかべさせ賜ひしは、いかなる故ぞといふに、万の事は、言にいふばかりは、書にはかき取がたく、及ばぬこと多き物なるを、殊に漢文にしも書ならひなりしかば、古語を違へじとて

は、いよゝ書取がたき故に、まづ人の口に熟誦ならはしめて後に、其言の随に書録さしめむの大御心にぞ有けむかし、当時、書籍ならねど、人の語にも、古言はなほのこりて、失はてぬ代なれば、阿礼がよみならひつるも、漢文の旧記に本づくとは云ども、語のふりを、此間の古語にかへして、口に唱へこゝろみしめ賜へるものぞ、

というのです（『古事記伝』一之巻「訓法の事」）。

周到に、序文において、「帝紀」と「旧辞」という、すでにあったとされるテキストとのあいだを整合して、阿礼の「誦習」において「古語」がどのように保持されたかをとらえるものです。

宣長の立場は明快です。前章で述べたことですが、阿礼は、いにしえの伝承をそのまま伝えたのではなく、すでにあったテキスト（「漢文の旧記」）を「古語にかへし」たというのです。天武天皇のその当時、「古言」は「なほのこりて」あった、だから阿礼は「古語」を再現しえたというのであり、もとめるべきものは、その「古語」だというのです。宣長にとって、『古事記』は「古語」をもとめる場以外ではありません。そして、もとめるべき「古語」は、むしろ『古事記』そのものをこえたところにあります。そこで把握されるべきものは、「上代の清らかなる正実」（『古事記伝』一之巻「古記典等総論」）です。それにゆきつくのでなくてはならないといいます。『古事記』自体の理解をめざしたものではないという所以です。

「文字は、後に当たる仮の物にしあれば、深くさだして何にかはせむ」（『古事記伝』一之巻「訓法の事」）というのは、宣長が実現するべきものからすれば必然なのでした。ただ、そうした、文字に対する態度言明など、言説的部分だけを取り上げて論じるのでは意味がありません。『古事記伝』において、「古語」をもとめることは、実際にど

のように果されてゆくのか、現場に立ち会って見るのでないと、宣長がなにをしたかにふれることはできません。

2 「訓法の事」にいう方針とよみの実際とのずれ

いま、「助字のたぐひ、又其余も、常に出る字どもをも、此彼集め出して、訓べきさまをあげつら」った（『古事記伝』一之巻「訓法の事」）なかから任意にいくつかの具体例を取り上げて見ます。

「訓法の事」にいわれること（よみの方針が示されています）と、『古事記伝』の実際のよみとを見合わせると、じつは、かならずしも一致しません。そのよみの現場に立って見たいのです。

いくつか任意に取り上げて見ましょう。問題とする文字とその用例数をあげ、上段に「訓法の事」で宣長のいうところを掲げ、下段には、それに対して『古事記伝』の実際のよみはどうであったかという数字を示すこととします（（　）内は『古事記伝』のよみのルビです）。

1 「欲」三十九例

おほくは将字と同じ格に、たゞ牟と訓べし、欲為力競（チカラクラベセム）などの類なり、書紀欽明御巻に為欲熟喫（コナシハマムトス）、かくも訓り、又淤母布と訓べき処あり、欲罷妣国（ハハノクニニマカラムトオモフ）などの類なり、

ム・ムトス二十（テム・ナム・ナを含む）、オモフ・ムトオモフ（オモホス）十二、マクホシ・マクホリス四、マホシ一、マクホシクオモホス一、不読一

ム・ムトスを中心とし、オモフ（ムトオモフ）という訓も考えるというのですが、実際にはそうなっていません。

2 「竟・訖」

「竟」八例

袁波理弖又袁閉弖又波弖々など訓べし、又然訓ては煩はしき処もある、其は捨て読まじきなり、 ―― ヲヘテ・ヲヘズ七、ヲハレバ一、

「訖」十一例

竟字と全同じさまに用ひたり、訓べきさまも同じ ―― ヲヘテ・ヲヘツレバ五、ヲハリテ一、不読五、

ヲヘテにかたよっていて、ハテテは一例も見られません。また、「竟」の不読はありません。

3 「至」二十七例（宣長は分注には訓をつけないので、分注をのぞきます）

おほくはたゞ麻伝と訓べし、伊多流麻伝と訓べき処は、いと稀なり、 ―― マデ九、イタルマデ七、イタリテ五、ニ三、イデマス・キツル・ニナリヌル各一

イタルマデとよむべきところは稀だというのとは、実際はかけ離れていて、「おほくはただ麻伝と訓」んだとは到底いえません。マデ・イタルマデ以外の例も少なくありません。なお、「八挙須至于心前」とある二例（上巻、中巻・垂仁天皇条）の「至」は、宣長がマデイタルの意であって、イタルマデではないとするのに従って、マデの類に入れました。

4「到」七十八例
常のごと伊多流と訓べきもあり、又由久伊伝麻須など訓べき処もあり、

イタル・イタリマス六十一、キマス・キツ・マヰキテ九（クルの類としてまとめた）、ツキテ三、イデマス・イマシテ・ユキ五（ユクの類としてまとめた）

キマシテ・キツル・マヰキテ（クルの類としてひとまとまりにしました）や、ツキテなど、実際には、イタル・ユク・イデマスから離れた例が少なくありません。

かくよむべきだと示したものが実際のよみとしてはあらわれなかったり、示さなかったものがあらわれたりすることは見るとおりです。いっている方針と実際のよみとが違うように見えます。そうした『古事記伝』の訓の実際のなかで、宣長の問題を見るべきだといいたいのです。

3「欲」をめぐって

個別に検討してゆきますが、まず、「欲」の例を取り上げましょう。第四章でも取り上げた願望表現です。ム、オモフ以外の、マクホシ・マクホリについては、「訓法の事」に、さきに引いたあとに注記して「万葉などには、かならず本流本理須といふに用ひたる故に、何れの書にても、必然訓べきこととのみ心得たるは、ひがことなり」とありますから、マクホリはかならずしも排除されているのではありません。マクホシについては、そこで

も直接言及はないのですが、『万葉集』に「欲＝（マク）ホシ」が少なくないことは当然承知しており、マクホシとマクホリとは同じ範疇として意識されていたはずです。そのことについては、「欲知其御名」とある、中巻・仲哀天皇条の例について、シラマクホシとよむべきだといったうえで、

凡て欲字を、今人は、皆本理須と訓ども、然訓てはあしきも多し、たゞ牟と訓て宜きも多し、此事前に委く云り、又本志と、本理須とは、意は同じけれども、用ひざま異なり、たとへば、哀しと云と、哀しむと云とのけぢめの如くにて、本志と云は哀しと云が如く、本理須と云は哀しむと云が如し、

とあるのに、見るとおりです（『古事記伝』巻之三十「訶志比宮」）。

問題となるのは、まずマホシです。「欲退本国」（下巻・顕宗天皇条）の、「欲退」を、マカラマホシとよみます。しかし、上代にマホシの確実な例はありません。マクホシと同じというつもりかもしれませんが、それにしても、何ら説明なく、結果だけ示されているのです。不審がのこりますね。

また、マクホシクオモホスと、不読とは、あきらかに原則としていったところから離れてしまうものです。

マクホシクオモホスは、あの赤猪子の話（参照、第七章）に、

於是、天皇、大驚、吾、既忘先事。然、汝守志、待命、徒過盛年、是甚愛悲、心裏欲婚、悼其亟老、不得成婚而、賜御歌。（下巻・雄略天皇条）

と、八十年の後にやってきた赤猪子に対して、それでも婚をなそうと思ったとある、「欲婚」を、メサマクホシクオモホセドモとよむものです。

宣長が、ここで、メサムトオモホセドモのごとくによまないのは、「此欲は常に、願欲ふを云とは意異に」するという理解があるからでした。「徒に老ぬることを愛悲く所念て、老女の為に一度は婚て彼が心を慰めま欲く所念看なり」といいます（『古事記伝』四一之巻「朝倉宮」）。そうした天皇の気持ちをいうものとして、たんに願望のかたちでよむのは適切ではないという判断があるのだと思われます。

宣長には、他の「欲」と同じではないという理解があったのです。文字の上には示されえていないものまでとらえた、その理解（文脈理解というべきでしょう）をいかに訓として具体化するか。ホシとホリスとの別について「（どちらも「欲」の訓でありえて）意は同じけれども、用ひざま異なり、たとへば、哀しと云と、哀しむと云とのけぢめの如くにて、本志と云は哀しと云が如く、本理須と云は哀しむと云が如し」（前掲）ということから、ここでホシがとられた理由は了解できそうです。そうしたいという気持ちはあるが、じかの行動の意思とは違うと見ることが、宣長に、メサマクホリスでなくメサマクホシを選択させたのでしょう。さらに、オモホスをつけることによって、単純な意欲性を弱めるのだといえます。そうしなければ「常に、願欲ふ」のと同じになってしまうからです。

この、マクホシ＋オモホス、という奇妙な結合（上代には例がありません）は、『古事記伝』が作り出したといってよいものです。それを、適切でないと批判するのは容易でしょうし、現にこの訓をうけつぐ注釈書は一つもありません。しかし、「古語」をもとめる宣長の実際がそこにあるのです。具体的な場面で、同じ文字でも「常」とは「意異に」することを見過ごしてはならない、そこには相応しい「古語」が見出されねばならない、として、それをもとめるのです。

宣長は、文字に示されえていないものを、実際には文脈理解によってとらえ、それに相応しい「古語」をもとめ、作り出したのです。いわば『古事記』を踏み台にして、そのそとで、「古語」をもとめたのだといえます。

不読の例も同じことです。

火遠理命、見其婢、乞欲得水。婢、乃酌水、入玉器貢進。（上巻）

とある、「乞欲得水」を、ミヅヲエシメヨトコヒタマフとよんでいます（『古事記伝』一七之巻「神代・綿津見宮」）。「欲」は、この訓のなかに、あらわれていません。場面は、ホヲリが海神の宮を訪れて、御殿の入口のそばの井戸のほとりの木の上にあって、水を汲みにきた婢に、水がほしいと、乞うたところです。その「欲得水」という「欲」は、やはり願望をあらわすと見るべきですが、宣長は、命令のかたちでよむことにしたのでした。なぜそうするのか、宣長は、「――と訓べし」というだけです。シムとよむことの根拠としては、『万葉集』二十・四二九三歌「山人のわれに得しめし山づとそこれ」をあげますが、「欲」を願望としてよまない理由は語られていません。

推測するしかないのですが、婢が御殿にもどって、

有人、坐我井上香木之上。甚麗壮夫也。益我王而甚貴。故、其人乞水故、奉水者、不飲水、唾入此璵。（上巻）

と、トヨタマビメに報告します。「人がいて、わたしどもの井戸のほとりの木の上にいらっしゃいます。大変立派

な青年で、われらが王にもまして、とても高貴な様子です。それで、その人が水をもとめたので、水を差し上げたところ、その水を飲まずにこの玉を吐きいれたのです」というのです。「乞水・奉水・飲水」と「水」を繰りかえす表現が注意されます。その「乞水」とあわせてのことだと思われますが、ホヲリが水をもとめ、ただちに婢が差し出したときの、もとめの言を、水ヲ得ムト乞フや、水ヲ得マクホシト乞フというのでは迂遠だと見たのでしょう。なお、現行諸注についていえば、水ヲ得ムト乞フと、水ヲ得マクホシト乞フとにわかれています（後者のほうが多数派です）。山口佳紀・神野志隆光校注新編日本古典文学全集本は、エムトオモフトコヒキとしました。願望表現として見るという点で、宣長との態度の違いがそこにあります。

宣長は、こうよむべきだと自らいったことを離れて、文脈理解から、文字とは別にことばをもとめ、「古語」として相応しいと納得できるものを得てゆくのです。

それが、文字に拘らないということの、現場に立ったときの実際です。そこでは、文脈・場面理解から「古語」をもとめ、むしろ、「古語」を〝作り出し〟ているのだと、ことの本質がとらえられるべきです。

そうしたありようは、ム、オモフ、ホシ・ホリスという、自身の原則の枠のなかにあるように見えるところでも問われます。というより、そのように見えるところでこそ、問われねばならないというべきかも知れません。「欲」について、『古事記伝』は、ム、オモフ、ホシ・ホリスをどう区別しているかというと、ムとオモフとについては、こういっています。

たゞ牟とのみ訓て宜き処をも、書紀には多くは、淤母布淤煩須など訓り、其も意は違ふことなけれども、語のいきほひに従ふべし、（『古事記伝』一之巻「訓法の事」）

というのですが、その「語のいきほひ」とはどのような判断としてなされ、ホシ・ホリスをも含めた実際はどうなっているのでしょうか。

「欲」全三十九例からさきの三例を除いた三十六例について、よみを類別して列挙してみると、以下のようになります。原文は新編日本古典文学全集本により、そのページをあげます。『古事記伝』のよみの引用は「欲」にかかわる最小限の範囲にとどめ、そのよみについて述べるところは、筑摩書房版『本居宣長全集』の巻・ページを示します。訓について注解部で言及がないものが多いのですが、その場合は訓を付した本文のページを示すこととします。

Iム

1　愛我那勢命、入来坐之事、恐故、欲還（上四四）　カヘリナムヲ（九・二四二）
2　其八十神、各有欲婚稲羽之八上比売之心（上七四）　ヨバハム（九・四二七）
3　吾与汝、競、欲計族之多少（上七六）　クラベテム（九・四二九）
4　八十神、忿欲殺大穴牟遅神（上七八）　コロサムト（九・四三三）
5　欲為力競（上一〇八）　チカラクラベセム（十・一〇七）
6　我、先欲取其御手（上一〇八）　トラム（十・一〇七）
7　欲取其建御名方神之手、乞帰而取者（上一〇八）　トラムト（十・一〇三）
8　各相易佐知欲用（上一二四）　モチヒテム（十・二三六）
9　欲得其正本鉤（上一二六）　エム（十・二三五）

10 欲得其本鉤（上一二六） エム（十・二四一）
11 欲刺御頸、雖三度挙（中・垂仁二〇〇） サシマツラムトシテ（十一・八六）
12 取懸樹枝而、欲死（中・垂仁二一〇） シナムトゾシタマヒケル（十一・一四一）
13 大山守命者、違天皇之命、猶欲獲天下（中・応神二六八） エムトシテ（十一・五二三）
14 八十神、雖欲得是伊豆志袁登売（中・応神二七八） エムトスレドモ（十一・二一一）
15 欲見淡道島（下・仁徳二八八） ミタマハム（十二・六八）
16 吾思奇異故、欲見行（下・仁徳二九六） ミニユカナ（十二・一一〇）
17 天皇、聞此歌、即興軍、欲殺（下・仁徳三〇〇） トリタマハムトス（十二・一二五）
18 其弟墨江中王、欲取天皇以（下・履中三〇六） トリマツラムトシテ（十二・一五四）
19 汝命之妹、若日下王、欲婚大長谷王子（下・安康三二六） アハセムトス（十二・二二六）
20 欲召其老媼之時（下・顕宗三六四） メサムトスルトキハ（十二・三六二）

Ⅱ オモフ

21 欲相見其妹伊耶那美命、追往黄泉国（上四四） アヒミマクオモホシテ（九・二三七）
22 僕者、欲罷妣国根之堅州国故、哭（上五四） マカラムトオモフ（九・二九六）
23 欲奪吾国耳（上五六） ウバハムトオモホスニコソ（九・三〇七）
24 僕、欲往妣国以、哭（上五六） マカラムトオモヒテ（九・三〇六）
25 吾、欲目合汝（上一二〇） マグハヒセムトオモフ（十・二一五）

26 妾、恒通海道欲往来（上一三六） カヨハムトコソオモヒシヲ（十・二七八）
27 欲殺其出雲建而、到即結友（中・景行二一〇） トラムトオモホシテ（十一・二〇八）
28 吾、欲取其猪（中・応神二七〇） トラムトオモフヲ（十一・五二三）
29 欲報其霊（下・顕宗三六六） ムクイムトオモホシキ（十二・三七一）
30 欲毀其大長谷天皇之御陵而（下・顕宗三六六） ヤブラムトオモホシテ（十二・三七一）
31 欲報父王之仇、必悉破壊其陵、何少掘乎（下・顕宗三六六） ムクイムトオモフナレバ（十二・三七一）
32 父王之怨、欲報其霊、是誠理也（下・顕宗三六六） ムクイムトオモホス（十二・三七一）

Ⅲ ホシ・ホリス

33 僕、在淤岐島、雖欲度此地（上七六） ワタラマクホリツレドモ（九・四二五）
34 其父母、欲知其人（中・崇神一八六） シラマクホリテ（十一・三二）
35 今如此言教之大神者、欲知其御名（中・仲哀二四四） シラマクホシ（十一・三六八）
36 以吾名、欲易御子之御名（中・仲哀二五二） カヘマクホシ（十一・四一八）

これらのよみについて、「語のいきほひ」が具体的に説明されることはひとつもありません。「――と訓べし」というのがせいぜいであって、それも全体の半数にも及びません。その言及があるものを用例番号だけ列挙しておけば、1、2、3、5、6、8、12、16、17、19、21、23、26、35、36です。ム、オモフ、ホシ・ホリスの選択は、結果として示されるだけなのです。

これらについて一々見てゆくと、疑問が少なくありません。たとえば、25が、なぜ単にムでなく、ムトオモフでなければならないのか。「欲目合汝」で切れるのであり、たとえば、「将嫁大穴牟遅神」（上七八）とある、「将嫁」の「将」とまさに「同じ格」ではないかと見えますが、『古事記伝』は、この「将嫁」をアハナとよみます。また、34が、どうしてシラマクホリテであって、シラムトシテでないのか。3、8が、クラベム・モチヒムでなく、どうしてクラベテム・モチヒテムなのか。16のミニユカナについて、『古事記伝』は「那は、牟と云に同じ古言なり」とはいいますが、なぜここだけをそうよむのか。21はアヒミマクオモホシテとよむが、他はムトオモフ・ムトオモホスであるのに、どうしてこれだけがマクオモホシテなのか。等々ですが、説明なしの結果として示され、すべて宣長の判断があるだけです。

場当たり的で一貫性に欠けるともいえます。「古語」として示されたものは、宣長の感取した「語のいきほひ」に依拠しているということであり、いいかえれば、宣長の直観に負っているということに他ならないのです。「古語」としてはこうあるべきだと宣長が直観するところによって、訓が〝作り出される〟というしかないのです。

4 直観による宣長のよみ

さらに、別な例を見ましょう。「全同じさまに用」いるといわれた「竟・訖」について見ると、前者八例・後者十一例のよみは、つぎのようになっています。これも、「欲」と同じ要領で、列挙的に掲げてみます。

1 約竟以廻時（上三二） チギリヲヘテ（九・一七三）
2 各言竟之後（上三二） ノリタマヒヲヘテ（九・一六五）
3 如此言竟而（上三四） ノリタマヒヲヘテ（九・一八五）
4 既生国竟、更生神（上三六） ウミヲヘテ（九・二〇三）
5 吾与汝所作之国、未作竟（上四四） ツクリヲヘズアレバ（九・二四〇）
6 言竟、即伏最端和迩、捕我（上七六） イヒヲハレバ（九・四二五）
7 歌竟、即崩（中・景行二三四） ウタヒヲヘテ（十一・二八〇）
8 其政未竟之間（中・仲哀二四八） ヲヘタマハザルホドニ（十一・三九一）
9 思已死訖（上八二） スデニミウセヌ（九・四五三）
10 汝子事代主神、如此白訖（上一〇八） カクマヲシヌ（十・一〇三）
11 随天神御子之命勿違白訖（上一一〇） マヲシヌ（十・一一四）
12 今、平訖葦原中国之白（上一一二） コトムケヲヘヌ（十・一四一）
13 如此平訖、参上覆奏（中・崇神一九二） コトムケヲヘテ（十一・四九）
14 拝訖大神（中・垂仁二〇八） ヲロガミヲヘテ（十一・一二七）
15 是事白訖、即如熟瓜振析而（中・景行二二〇） マヲシヲヘツレバ（十一・一九四）
16 即挙火見者、既崩訖（中・仲哀二四四） カムアガリマシニキ（十一・三四三）
17 政、既平訖、参上侍之（下・履中三一四） コトムケヲヘテ（十二・一六八）

18 夜、既曙訖（下・安康三三四）　アケヌ（十二・二五〇）
19 遂兄儛訖（下・清寧三五六）　マヒヲハリテ（十二・三三二）

これらがただ「――と訓べし」といわれるだけなのは、「欲」の場合と同じです。一々について見てゆくと、疑問が出てくることも、「欲」の場合とおなじです。6「言竟即――」と15「白訖即――」とは、同じ文脈といってよいものですが、前者がヲハレバ、後者がヲヘツレバと読み分けられるのはどうしてなのか。「煩はしき処もある、其は捨て読まじきなり」といわれ、実際、「訖」に不読が五例あります（9、10、11、16、18。みな完了のかたちでよんでいます）。文脈が下に続く場合はヲヘテ・ヲハリテとよみ、「訖」で切れるときは（念のためにいえば、「竟」はみな下に続きます）、「煩わし」いから完了のヌで言い切ることにしたらしいと察せられるのですが、説明はありません。結果を示すだけで、すべて宣長の直観的感取に委ねられているのです。

そうした直観に負う『古事記伝』の「古語」実現作業は、たとえば、イザナキ・イザナミの結婚のくだりにおけるイザナミの言、「女人先言、不良」（上三二）の「不良」のよみを決めるところにあらわです。イザナキ・イザナミが男女として交わって国を生むのですが、女であるイザナミから先にいいかけたのはよくないという、イザナキのことばです。しかし、そのまま交わりをして生んだのが、ヒルコ・淡島で、子としては扱えない存在でした。そして、天神の指示をもとめ、やり直してイザナキがさきにいいかけ、交わりをもって、国を生むこととなります。

この「不良」について、宣長は、ヨカラズ、サガナシ、フサハズという三つの訓が、それぞれ「古語」と認められるといいます。そこではたしかな文献の用例を通じて確認するという手続きをとります。しかし、そのどれをとるかという段になると、さて右の三をならべて今一度考るに、なほ布佐波受と訓ぞまさりて聞ゆる、(『古事記伝』四之巻「神代・美斗能麻具波比の段」)

と帰着するのです。そのなかに、

凡て同字にても、用ひざまに従て、此方の言はかはるを、書紀の訓は、その別なく、同字にだにあれば、此も彼も同じ言に訓て、語は古語ながら、其所に叶はぬこと多し、

とありますから、「其所に叶」うように、相応しい「古語」をもとめたということです。ただ、最後の決定は、「まさりて聞ゆる」という直観によるということに他なりません。

「至」「到」についていては、一々を掲げることはせず、一、二の例をあげるだけにとどめますが、これも、ありようは同じなのです。

たとえば、「至」には、「至(于)今」のかたちが七例(上九〇、一二二、一三四、中・景行二三六、仲哀二四八、応神二六六、下・顕宗三六四)ありますが、『古事記伝』のよみは、イマニイタルマデ五例(九・四九六、十・二二五、二六九、十一・四九四、十二・三六八)、イマニ二例(十一・二九四、三九五)にわかれます。イタルマデとよむべきところは「いと稀」だといったことは、事実のうえで破られてゆきますが、これも結果を示すだけです。加えて、イマニとイマニイタルマデとの相違がどういうものかということについてはふれるところがありません。「到」は、ほぼイタル・イタリマスで統一されます。「由久伊伝麻須など訓べき処もあり」というのは、行きつく

ことをいうものとして、その訓にユクの類があってよいということだと受け取られます。そうであれば、クルの類も、さらにツクもあってよいということになりますね。だからクルの類があるのでしょうが、そのことわりはありません。そのなかで、「降到」という、高天原から地上世界に行きつくことをいうものとして、同じ文脈のなかにある「到」が、「クダリツキテ」（十・五四、五六、九六）と「クダリキツル」（十・七六）と、ツクとクルとで読み分けられるのは、どういうことなのでしょうか。「其所に叶」うものとしてもとめたということになるのかも知れませんが、説明がなく、これも宣長の直観的感取にしたがったというしかありません。

5『古事記伝』の意義

こうして、『古事記伝』が「古語」をもとめることの本質は、「古語」の世界を〝作り出す〟ことにほかならないととらえられます。端的にいえば、直観によって選ばれた「古語」による、フィクションとしての「古語」の世界なのです。

問題はなおそのさきにあります。

ひとつは、宣長の側にそくして、なぜ「古語」を〝作り出す〟ことにかくもこだわり続けねばならないのかということです。そうでなくてはならなかった所以を問う必要があります。さらにまた、主観的直観的に文字の向こうに超え出ることが、どのようにして「古語」たることをささえてありえたかということも問わねばなりません。

もうひとつは、わたしたち自身について問われます。このような『古事記伝』にどう相対することができるのかということです。「古語」としてよむことが見てきたようなものだという認識をもたずに、『古事記』をよむにあたって『古事記伝』を参看したりすることはできません。

宣長の問題から見ましょう。

『古事記伝』一之巻「古記典等総論」には、よく知られる方法的言明があります。すなわち、意（ココロ）―事（コト）―言（コトバ）の、三位一体とでもいうべき論です。『古事記』と『日本書紀』とを比較して、こういいます。

書紀は、後代の意をもて、上代の事を記し、漢国の言を以、皇国の意を記されたる故に、あひかなはざること多かるを、此記は、いさゝかもさかしらを加へずて、古より云伝たるまゝに記されたれば、その意も事も言も相称て、皆上代の実なり、是もはら古の語言を主としたるが故ぞかし、すべて意も事も、言を以て伝るものなれば、書はその記せる言辞ぞ主には有りける、

ここにあるのは、漢字という外来の文字に対する強い意識から出る「言」への強烈な志向といえます。漢字の「意」や「事」からではなく、自分たちの固有の「古の語言」（「古語」）から、自分たちの元来のありようを示す「上代の実」のありさまは見るべきだというのです。いいかえれば、漢字によって意味・事柄がわかればよいというのでなく、「たゞ其意を得て、其事のさまに随ひて、かなふべき古語を思ひ求めて」（『記伝』一之巻「訓法の事」）ゆかねばならないといいます。「意も事も言も相称」うものとしてあったはずの、自分たちのいにしえのことばを実現し、そのことばと意味と事柄とが一体であるところで把握されるのでなくてはならないというのです。

ことばは、もとより漢字とは別にありました。文字がなかったところで、口に言い伝えてきたのであり、「漢の

ふり」におかされていない「上代の清らかなる正実」は、そこに生きてあったと確信し、それをもとめねばならぬというのです。「清らかなる正実」とは、けがされていないいにしえの真実のすがたであり、「古語」とともにそれにつながってあることを信じ、いまの自分たちを信じることができるものです。「漢国の言」ではない、「皇国」固有の言語世界へのつよい意識と、それによるアイデンティティーの自覚といってよいものがここにあります。

いにしえの真実のすがたを『古事記』において確信するのだといいましたが、『古事記伝』は、『古事記』が語る世界のありように、いまの世界の根源をみるのです。『古事記伝』が、『古事記』冒頭部について読み出したものは、宇宙論的といってよい世界の物語でした（参照、神野志隆光『古代天皇神話論』若草書房、一九九九年）。それを自分たちの世界の根拠として確かめ、神々の物語から、世界は神代以来のことわりのままにあるということを確認してゆきます。「人は人事を以て神代を議るを、我は神代を以て人事を知れり」（『古事記伝』七之巻）といい、さらに、

凡て世間のありさま、代々時々に、吉善事凶悪事つぎ〳〵に移りもてゆく理は、大きなるも小きも、悉に此神代の始の趣に依るものなり、（『古事記伝』七之巻）

といいつつ、それを、神々の物語を読み通すことにおいて納得するものとして、『古事記伝』は見届けることができます（参照、金沢英之『宣長と『三大考』』笠間書院、二〇〇五年）。現実の世界を肯定し、自己を肯定することがそこで果されるのです。

そうしたものとして、ことは、歌――正しくいえば歌を詠むこと――と「もののあはれ」の問題につながると考えられるべきです。ここで、『石上私淑言』にかかわることとなります。もちろん、宝暦十三年（一七六三）の成

立と見られる『石上私淑言』と、『古事記伝』との間には、三十年という年月の隔たりがあります。両者を取り上げるには、その点についての配慮が当然必要ではあります。しかし、成立的な問題とは別に、宣長の営みを全体として見るとき、両者は根幹でつながるといえます。

「歌は物のあはれをしるよりいでくるものなり」（九九。『石上私淑言』は、筑摩書房『本居宣長全集』第二巻により、そのページを示すこととします）――、『石上私淑言』におけるよく知られたテーゼです。「物のあはれをしる」とは、

すべて世中にありとある事にふれて。其おもむき心ばへをわきまへしりて。うれしかるべき事はうれしく。おかしかるべき事はおかしく。かなしかるべき事はかなしく。こひしかるべきことはこひしく。それ〳〵に。情の感くが物のあはれをしるなり。それを何とも思はず。情の感かぬが物のあはれをしらぬ也。されば物のあはれするを。心ある人といひ。しらぬを心なき人といふ也。（一〇六～一〇七）

というのであって、人としてあるべき心のありように他なりません。「物のあはれ」を知らないものは、「心なき人」であって、人でなしなのです。その、人としてあるべき心が、そのまま歌とならずにはやまないのだと、宣長はいいます。つまり、歌を詠まないことは、「物のあはれ」を知らないこと、すなわち人でないということになってしまいます。歌を詠むことは、人として生きていることの、まさに証しです。百川敬仁『内なる宣長』（東京大学出版会、一九八七年）が喝破したとおり、「物のあはれをしる」ことは、まさに、倫理の問題、すなわち、人としての生き方の問題でした。歌は人として生きるために詠まねばならないのであり、歌を詠むことは、倫理的実践、あるいは自己実現のみちにほかならないということです。

『石上私淑言』巻二は、歌を歴史的に振り返ります。そのなかで、書が伝わって以来漢ぶりになっていったのだが、「歌のみぞ其ころもなをよろづの事にたがひて。意も言も吾御国のをのづからの神代の心ばへのまゝにては有ける」（一五四）とし、詩がさかしらにおちいるのに対して、歌は「神代の心ばへ」すなわち「まことの心ばへ」のままに保持されてきたといいます。「人の心のゆくゑはいづこもく〳〵も同じ」（一四九）だと、人間の普遍性を認め、それゆえ、「歌と詩はもと同じ心ばへなるべき物」（一五五）だと認めるのですが、歌は、元来の「心ばへ」を失わずにありえているというのです。その歌とともに、かわらぬ、人としてのあるべきありようを確信することができるというのが、宣長における歌の意味です。それは、自分たちのことばにおいてあり続けてきた――ことばは時とともにかわるが心ばえは変わらない――というのであり、詩と歌とのあいだで、固有の言語文化世界として、自分たちをとらえるものです。

『古事記伝』を貫く、「古語」があらねばならないという確信はここにつながっています。『古事記』によって「古語」の世界を〝作り出す〟ことにおいて、固有の言語世界は根拠づけられます。そこで、自分たちのありようを確認しうるたしかな根拠を得ることができるのです。「上代の清らかなる正実」を見、そこに歌を通じてつながってあるものとして自らを保障することができます。

その「古語」の世界を〝作り出す〟ことは、直観に負うてあるのだと、あらためていわねばなりません。

さきの、「不良」でいえば、ヨカラズ、サガナシ、フサハズという三つの訓を取り上げるとき、ヨカラズは、「字の随」だということとともに、『続日本紀』宣命（七詔）の例と、『釈日本紀』「秘訓」一「不祥」の項に引く「私記」に「案古事記云。ヨカラズ」とあるのを証とします。サガナシは同じ「私記」に師説のよみとしたものによります。また、フサハズについては、『古事記』のヤチホコ神の歌から、着替えを繰りかえすのに「ふさはず」といって脱ぎ捨てるという例をあげます。文字の意味把握と文脈理解があって、それに合うことばを、たしかな文献(宣命、祝詞、『古事記』『日本書紀』の歌、『万葉集』の歌等に「古語」はのこるととらえます)から捜し出してゆくというやりかたです。その手続きにかんしていえば、上代語をふるいにかけるたしかなやりかた、まさしく実証的作業だといえます。しかし、最後の決定は直観なのでした。

文脈理解のうえでは適切な「古語」があてはめられています。それは文字を踏み台にして文字を超えて取り出したものですが、しかし、意味と事柄とにおいて支障なく、「古語」の世界と信じることができます。それが、『古事記伝』において成り立つ〈古事記〉——『古事記』の現実態——なのです。

そうした『古事記伝』に対して、テキストとして『古事記』をどう把握するかと振り返ってみることなしに、その注解の個々の事項を取り入れたりすることができるでしょうか。わたしたち自身の問題として問われます。

『古事記伝』の評価はいまも高いものがあります。そのこと自体は否定されるいわれはありません。しかし、『古事記伝』に対する認識が、

『古事記伝』の注釈は、今日でも『古事記』を読もうとする者は必ず拠らなければならない注釈である。それは、『古事記』本文校訂の基礎が確実であり、訓読に注意が行き届いており、語釈もまた広く各種の資料を見て安定した判断を下したものであるために、確実で信頼しうるからである。(大野晋、筑摩書房版本居宣長全集『古事記伝』解題、九・二六)

といったものであってよいでしょうか。あるいは、

宣長は言葉を重んずる余り、その言葉を書き表はしてゐる文字は存外軽視して訓んでゐる傾向がある。（中略）古語を求めて訓むべしといふ基本的態度には異論はないが、文字に拘はる必要はないという考へには原則として従ひ難い。何故ならば、古事記はその用字法に相当のきまりがあるからである。従つてできるだけ文字に即して訓むことにする。（倉野憲司『古事記全註釈』二、凡例）

というように、部分修正的に見てゆけばいいのだということですむでしょうか。述べてきたような、「古語」を〝作り出す〟『古事記伝』を、そうした安易さで受け入れてよいのか、根本的な態度が問われます。

わたしたちは、文字の現実からの認識として、『古事記』は「古語」をもとめてよむようなものではないと、まず、いわねばなりません。漢字によって書くとき、「訓」によろうが、「音」によろうが、書くことは、その意図自体が訓読の回路によって可能なのでした。そこにあることばは、「古語」などではありえません。『古事記伝』に対して、ここから答えるべきです。『古事記伝』が、「古語」を〝作り出す〟ことは、漢字テキストとしての『古事記』に対して、できないことをおこなっていたものであり、部分修正がきくようなものでもないのだ、と。

そのうえで、『古事記伝』は、その「古語」の問題を離れてなお意義あるものかと、問われます。つまり、言・意・事の三位一体ということそのものは、『古事記伝』においては破綻しているといわねばなりません。しかし、『古事記伝』のよみの実際は、見てきたように、その三位一体が、実際には、「意・事」把握（文脈理解）によって「言」をもとめる（作り出す）こととなっているということでした。

「言」を〝作り出し〟つつ、「意・事」のレベルで、物語の全体構築に向かうものとして、『古事記伝』はあります。わたしたちは、『古事記伝』が「意・事」のレベルで果したもの(『古事記』理解)に相対するべきです。うけとめねばならないものがそこにはあります。その点では、『古事記伝』の意義は、なおうしなわれていないといえます。

『古事記伝』は、「古語」「古伝」を書きとどめた『古事記』という強固な制度をつくりました。それが、なおわたしたちをとらえています。安万侶の序文の規制と、その「古語」の制度は、宣長に、また、その宣長をうけてわたしたちにつながってきたのです。漢字テキストとしての『古事記』に正当にむかうとき、そのとらわれから離れることができます。

おわりに

漢字テキストとしての『古事記』という、やや耳慣れないいい方が、『古事記』を考える方法的な立場だということは、第十章までゆきついてわかってもらえたと思います。第一章から第三章まで、『古事記』の入り口に立つまでにずいぶんかかったと感じたかも知れません。ただ、漢字で書くということがどのように可能であったかというところから考えるのでないと、やり過ごしてしまう問題があるのをわかってもらえれば、わたしの意図は果せたといえます。

外来の文字である漢字を受け入れるという問題からはじめて、漢字テキストとしての『古事記』を考えることが、古い伝承を書きとどめた『古事記』といった通念的な理解の見直しにもつながってきました。そのなかで、漢字で書くことがどのように可能であったかを見るとともに、書くことにおいてはじめて成り立たせるものに目を向けることとなりました。端的に、あったものを書いたのでなく、書くことがあらしめたものとして見るということです。漢字テキストにおいてつくったものを、倒立させて伝承や「帝紀」「旧辞」に投げかける体の論議（おおかたの成立論は、そのようなものでしかありません）から脱しようということでもあります。

それだけをたしかめれば十分なのですが、こうしたアプローチを導いてくれたものとして小松英雄『国語史学基礎論』（笠間書院、増訂版一九八六年、初版一九七三年）については、どうしても一言ふれておきたいと思います。第四章でも述べましたが、注の問題を取り上げて、漢字テキストというレベルで見ることを、方法的に明確に開示したものです。

わたしは、『古事記』を本格的に勉強しはじめたときに、この本に接しました。分注の意味について考えたとき、この本に依拠するところが大きかったのですが、その分注論を収めた『古事記の達成』(東京大学出版会、一九八三年)は、第三章で自己批評的に言及した歌謡物語論を収めるものでもありました。漢字テキストとしての『古事記』を、新しい資料状況にも対応して、きちんと論じ直すことをいま果そうとしてきたのですが、成立論的な方法(強固な制度として『古事記』研究において長く規制的でした)に対する、小松の、漢字テキストに即して見る方法的立場の揺らぎのなさ(徹底性)に、あらためて学ぶことでした。

最後に、本書のもととなった、わたしの論文の一覧を掲げておきます(刊行順)。その時々に独立して成されたものですが、それらを全体として書き直して組みこんで、本書が成りました。論文としては、なお独立して意味をもつものであり、本書を補うものともなります。

1 「軽太子と軽大郎女の歌謡物語について」『論集上代文学』一四冊、笠間書院、一九八五年六月。
2 「『古事記』の表現　序説」『論集上代文学』一七冊、笠間書院、一九八九年八月。
3 「文字とことば・「日本語」として書くこと」『万葉集研究』二一集、塙書房、一九九七年三月。
4 「古事記の悲恋――軽太子・軽大郎女の物語」『悲恋の古典文学』久保朝孝編、世界思想社、一九九七年一二月。
5 「文字の現実と『古事記』」『国文学』四四巻一一号、学燈社、一九九九年九月。

6 「文字テキストから伝承の世界へ」『声と文字　上代文学へのアプローチ』稲岡耕二編、塙書房、一九九九年一一月。
7 「文字と歌　序説」『上代文学』八四号、上代文学会、二〇〇〇年四月。
8 「『古事記』——文字テキストとしての水準」『国文学』四七巻四号、学燈社、二〇〇二年三月。
9 「文字テキストとしての『古事記』における歌」『論集上代文学』二五冊、笠間書院、二〇〇二年一一月。
10 「『古事記伝』と『古事記』」『本居宣長の世界』長島弘明編、森話社、二〇〇五年一一月。
11 「飛鳥と古代歌謡」『続明日香村史』中巻、明日香村、二〇〇六年九月。

あとがき

『古事記』について、論文集でなく、書きおろしのかたちで刊行するのは、『古事記の世界観』（吉川弘文館、一九八六年）、『古事記　天皇の世界の物語』（ＮＨＫブックス、一九九五年）についで、この本が三冊目になります。ほぼ十年おきということになりますが、『古事記』をひとつの作品として見ようとしてきたことはかわりません。前の二書が「世界」を標題に含むように、天皇の世界を語るものとして見ることを主にしているのに対して、この本は、漢字によって書かれたというテキストのありようそのものにたちもどって見ようとしたものです。

『古事記』をひとつの作品として見るのは、いま作品としてあるものに即してそこで成り立っているものを見るということです。成立論的研究が中心であった（いまでもそうかもしれません）のに対して批判的であろうとした、この立場（作品論的立場）は、『古事記の達成』（東京大学出版会、一九八三年）で得たものです。

『古事記の達成』を出発として、作品論的立場を追究してきたのですが、いま、テキストのありようそのものを考えるというのは、近年、文字資料（木簡）の新しい発見があるなかで、漢字テキストとしての把握という点で、その立場の根本をたしかめようということです。古い伝承を書きとどめた『古事記』というとらえかたが、いまも規制的ですが、この本は、そこから離れなければならないということを、漢字テキストとしての本性を見ることから明確にしました。それは、『古事記』把握にとって、もっとも基礎的な問題だともいえます。

そうした問題を、東京大学教養学部において、「日本語テキスト分析」「日本思想」「比較文学」という題目で、

一、二年生に授業を続けてくるなかで、具体化してきました。大学に入学したばかりの学生に、『古事記』というテキストの根本的なとらえかたを語ることが、わたしの『古事記』把握をはじめから検証することとなったのでした。

古代の文字世界と、そのなかの『古事記』について、漢字テキストとしての成り立ちの根本から述べることをこころみる、この本は、授業のなかから生まれたのです。実際には、二〇〇五年度のふたつの授業(「日本語テキスト分析」「比較文学」)をもととしています。論文集とはちがうよさがあるとすれば、授業をもとにしているからです。

この本の契機となった授業を聞いてくれた学生のみなさんと、リベラルアーツの一冊に受け入れてくださった東京大学出版会(とりわけ、編集の山本徹さん)に感謝します。また、校正に多大な労を払ってくれた、東京大学大学院博士課程の福田武史さんに感謝します。

二〇〇六年十二月、還暦の年のおわりに

神野志 隆光

著者紹介
1946 年　和歌山県生まれ．
1974 年　東京大学大学院博士課程中退．
現　在　東京大学大学院総合文化研究科教授．東京大学博士（文学）

主要著書
『古事記の達成』（東京大学出版会，1983 年）
『古事記の世界観』（吉川弘文館，1986 年）
『柿本人麻呂研究』（塙書房，1992 年）
『古事記――天皇の世界の物語』（NHK ブックス，1995 年）
『古事記』（小学館，1997 年．新編日本古典文学全集，山口佳紀と共著）
『古代天皇神話論』（若草書房，1999 年）
『古事記と日本書紀』（講談社現代新書，1999 年）
『「日本」とは何か』（講談社現代新書，2005 年）　他

漢字テキストとしての古事記

2007 年 2 月 20 日　初　版

[検印廃止]

著　者　神野志隆光《こうのしたかみつ》

発行者　財団法人　東京大学出版会

代 表 者　岡本和夫
113-8654　東京都文京区本郷 7-3-1 東大構内
電話 03-3811-8814　FAX03-3812-6958
振替 00160-6-59964
http://www.utp.or.jp/

印刷所　大日本法令印刷株式会社
製本所　矢嶋製本株式会社

ISBN 978-4-13-083044-7　Printed in Japan